CLASSIQUES & CIE LYCÉE

Edmond Rostand

Cyrano de Bergerac

(1897)

suivi de lettres de Cyrano de Bergerac

Texte intégral suivi d'un dossier critique pour la préparation du bac français

Collection dirigée par
Johan Faerber

Édition annotée et commentée par
Mathilde Levesque
agrégée de lettres modernes
docteur en langue et littérature françaises

Hatier

Cyrano de Bergerac d'Edmond Rostand

9 Acte premier
81 Acte II
145 Acte III
207 Acte IV
273 Acte V

Choix de lettres de Cyrano de Bergerac

310 Présentation
312 Contre un gros homme
316 Contre un pilleur de pensées
318 Lettre d'amour

 • ISBN978-2-218-95923-3

REPÈRES CLÉS

POUR SITUER L'ŒUVRE

322 **Le contexte historique et littéraire**

324 **Edmond Rostand : l'homme d'une œuvre**

326 **Présences de l'Antiquité dans *Cyrano de Bergerac***

FICHES DE LECTURE

POUR APPROFONDIR SA LECTURE

328 **Une comédie héroïque ?**

333 **Cyrano, de l'homme au mythe**

335 **Cyrano et son panache**

THÈMES ET DOCUMENTS

POUR COMPARER

337 | THÈME 1 |
La laideur et l'esprit

DOC. 1 ♦ **HUGO,** « Quasimodo », *Notre-Dame de Paris* (1831)

DOC. 2 ♦ **CORBIÈRE,** « Le crapaud », *Les Amours jaunes* (1873)

DOC. 3 ♦ **ROSTAND,** *Cyrano de Bergerac* (1897) • Acte V, scène 6

DOC. 4 ♦ **LEIRIS,** *L'Âge d'homme* (1939)

DOC. 5 ♦ **CÉSAIRE,** *Une Tempête* (1969) • scène 2

DOC. 6 ♦ **PORTRAIT DE SAVINIEN DE CYRANO DE BERGERAC**

342 | THÈME 2 |
Le discours amoureux

DOC. 1 ♦ **SHAKESPEARE,** *Roméo et Juliette* (1562) • Acte II, scène 1

DOC. 2 ♦ **RACINE,** *Bérénice* (1670) • Acte IV, scène 5

DOC. 3 ♦ **STENDHAL,** *Le Rouge et le Noir* (1830)

DOC. 4 ♦ **ROSTAND,** *Cyrano de Bergerac* (1897) • Acte III, scène 7

DOC. 5 ♦ **TARDIEU,** *Oswald et Zénaïde* (1966)

DOC. 6 ♦ **ROSTAND,** *Cyrano de Bergerac*, opéra

OBJECTIF BAC

POUR S'ENTRAÎNER

| SUJETS D'ÉCRIT |

349 SUJET 1 ♦ La revanche de l'esprit

351 SUJET 2 ♦ Le discours amoureux et ses codes

| SUJETS D'ORAL |

353 SUJET 1 ♦ La scène d'exposition

353 SUJET 2 ♦ La tirade des nez

CYRANO
DE BERGERAC

Comédie héroïque représentée
pour la première fois le 28 décembre 1897

Personnages

CYRANO DE BERGERAC
CHRISTIAN DE NEUVILLETTE [1]
COMTE DE GUICHE [2]
RAGUENEAU [3]
LE BRET [4]
LE CAPITAINE CARBON DE CASTEL-JALOUX [5]
LES CADETS
LIGNIÈRE [6]
DE VALVERT
UN MARQUIS
DEUXIÈME MARQUIS
TROISIÈME MARQUIS

1. **Christian de Neuvillette**: ce personnage fait référence au baron de Neuvillette, mort en 1640 au siège d'Arras où Cyrano fut blessé, et qui fut l'époux de la cousine de Cyrano, Madeleine Robineau (1609-1657).

2. **Comte de Guiche**: il s'agit de l'un des neveux par alliance de Richelieu. Il deviendra plus tard duc de Gramont (1604-1678).

3. **Ragueneau** : Cyprien Ragueneau (1608-1654) était un rôtisseur parisien qui fréquenta de près Molière et la troupe de la Comédie-Française. Aujourd'hui encore, on trouve le restaurant « Le Ragueneau » juste à côté de la Comédie-Française.

4. **Le Bret**: Henri Lebret (1618-1710), ami de Cyrano. C'est lui qui prit en charge, en la censurant, la première édition des *États et Empires de la Lune* de Cyrano, en 1657.

5. **Carbon de Castel-Jaloux**: ce personnage est cité par Lebret comme ayant en effet été le capitaine d'une compagnie de Gardes dans laquelle Cyrano s'engagea.

6. **Lignière**: François Payot (1626-1704), sieur de Lignières, fut un ami du véritable Cyrano.

MONTFLEURY[1]
BELLEROSE[2]
JODELET[3]
CUIGY[4]
BRISSAILLE[5]
UN FÂCHEUX[6]
UN MOUSQUETAIRE
UN AUTRE
UN OFFICIER ESPAGNOL
UN CHEVAU-LÉGER[7]
LE PORTIER
UN BOURGEOIS
SON FILS
UN TIRE-LAINE[8]
UN SPECTATEUR
UN GARDE
BERTRANDOU LE FIFRE[9]
LE CAPUCIN[10]

1. **Montfleury :** Cyrano détestait cet acteur de l'Hôtel de Bourgogne, connu pour sa forte carrure. Il lui consacre une lettre satirique (« Contre un gros homme »), présentée p. 312. Son vrai nom était Zacharie Jacob (vers 1600-1667).

2. **Bellerose :** il s'agit de Pierre Le Messier (1592-1670), particulièrement actif dans la troupe de l'Hôtel de Bourgogne.

3. **Jodelet :** acteur de farces, de son vrai nom Julien Bedeau (vers 1600-1660).

4. **Cuigy :** Nicolas de Cuigy connut en effet Cyrano et Lebret.

5. **Brissaille :** poète de l'époque de Cyrano.

6. **Fâcheux :** personne gênante.

7. **Chevau-léger :** soldat appartenant à la cavalerie légère, c'est-à-dire moins armé que les autres.

8. **Tire-laine :** équivalent de « pickpocket ».

9. **Fifre :** joueur de fifre, petite flûte traversière en bois.

10. **Capucin :** religieux.

DEUX MUSICIENS
LES PAGES
LES POÈTES
LES PÂTISSIERS
ROXANE [1]
SŒUR MARTHE
LISE
LA DISTRIBUTRICE [2] DES DOUCES LIQUEURS
MÈRE MARGUERITE DE JÉSUS [3]
LA DUÈGNE [4]
SŒUR CLAIRE
UNE COMÉDIENNE
LA SOUBRETTE [5]
LA BOUQUETIÈRE [6]

La foule, bourgeois, marquis, mousquetaires, tire-laine, pâtissiers, poètes, cadets gascons, comédiens, violons, pages, enfants, soldats, Espagnols, spectateurs, spectatrices, précieuses, comédiennes, bourgeoises, religieuses, etc.

Les quatre premiers actes ont lieu en 1640,
le cinquième, en 1655.

---

1. **Roxane :** ce personnage est inspiré de Madeleine Robineau, cousine de Cyrano. Elle est nommée un peu plus loin Madeleine Robin.

2. **Distributrice :** personne qui vendait des rafraîchissements pendant les représentations.

3. **Mère Marguerite de Jésus :** religieuse (1590-1657), fondatrice d'un couvent, et dont Cyrano fut particulièrement proche à la fin de sa vie. Elle était également très liée à Madeleine Robineau.

4. **Duègne :** vieille femme désagréable, chargée de la protection d'une jeune personne.

5. **Soubrette :** servante.

6. **Bouquetière :** vendeuse de fleurs.

Acte premier

Une représentation à l'Hôtel de Bourgogne

La salle de l'Hôtel de Bourgogne[1]*, en 1640. Sorte de hangar de jeu de paume*[2] *aménagé et embelli pour des représentations.*

La salle est un carré long ; on la voit en biais, de sorte qu'un de ses côtés forme le fond qui part du premier plan, à droite, et va au dernier plan, à gauche, faire angle avec la scène qu'on aperçoit en pan[3] *coupé.*

Cette scène est encombrée, des deux côtés, le long des coulisses, par des banquettes. Le rideau est formé par deux tapisseries qui peuvent s'écarter. Au-dessus du manteau d'Arlequin[4]*, les armes royales*[5]*. On descend de l'estrade dans la salle par de larges marches. De chaque côté de ces marches, la place des violons*[6]*. Rampe de chandelles.*

Deux rangs superposés de galeries latérales : le rang supérieur est divisé en loges[7]*. Pas de sièges au parterre, qui est la scène même du théâtre ; au fond de ce parterre, c'est-à-dire à droite, premier plan,*

---

1. **Hôtel de Bourgogne** : ce théâtre a véritablement existé, et c'est là notamment que fut jouée *La Mort d'Agrippine* du vrai Cyrano.

2. **Jeu de paume** : jeu très ancien d'abord pratiqué à main nue ou avec des gants de cuir. Il est considéré comme l'ancêtre de tous les jeux de raquette.

3. **Pan** : partie de mur.

4. **Manteau d'Arlequin** : élément de la scène du théâtre à l'italienne, qui permet d'en réduire ou d'en augmenter la partie visible.

5. **Armes royales** : il s'agit en fait des armoiries royales, c'est-à-dire du symbole représentant le pouvoir du roi.

6. **Violons** : les pièces de théâtre étaient accompagnées d'un orchestre.

7. **Loges** : petits compartiments séparés par des cloisons, dans lesquels les spectateurs prennent place.

quelques bancs formant gradins et, sous un escalier qui monte vers des places supérieures et dont on ne voit que le départ, une sorte de buffet orné de petits lustres, de vases fleuris, de verres de cristal, d'assiettes de gâteaux, de flacons, etc.

Au fond, au milieu, sous la galerie de loges, l'entrée du théâtre. Grande porte qui s'entre-bâille pour laisser passer les spectateurs. Sur les battants de cette porte, ainsi que dans plusieurs coins et au-dessus du buffet, des affiches rouges sur lesquelles on lit : La Clorise[1].

Au lever du rideau, la salle est dans une demi-obscurité, vide encore. Les lustres sont baissés au milieu du parterre, attendant d'être allumés.

Scène première

LE PUBLIC, *qui arrive peu à peu.*

CAVALIER, BOURGEOIS, LAQUAIS, PAGES, TIRE-LAINE, LE PORTIER, *etc., puis* LES MARQUIS, CUIGY, BRISSAILLE, LA DISTRIBUTRICE, LES VIOLONS, *etc.*

On entend derrière la porte un tumulte de voix, puis un cavalier entre brusquement.

LE PORTIER, *le poursuivant.*

Holà ! vos quinze sols[2] !

LE CAVALIER

J'entre gratis !

LE PORTIER

Pourquoi ?

1. ***La Clorise*** : pastorale de Balthazar Baro, jouée en 1631 à l'Hôtel de Bourgogne.
2. **Sols** : monnaie ancienne.

LE CAVALIER

Je suis chevau-léger de la maison du Roi !

LE PORTIER, *à un autre cavalier qui vient d'entrer.*

Vous ?

DEUXIÈME CAVALIER

Je ne paye pas [1] !

LE PORTIER

Mais…

DEUXIÈME CAVALIER

Je suis mousquetaire.

PREMIER CAVALIER, *au deuxième.*

On ne commence qu'à deux heures. Le parterre
Est vide. Exerçons-nous au fleuret [2].

Ils font des armes avec des fleurets qu'ils ont apportés.

UN LAQUAIS, *entrant.*

Pst… Flanquin…

UN AUTRE, *déjà arrivé.*

Champagne ?…

LE PREMIER, *lui montrant des jeux qu'il sort de son pourpoint [3].*

Cartes. Dés.

Il s'assied par terre.

Jouons.

1. **Je ne paye pas :** il était fréquent, à l'époque, d'user de multiples tours pour assister gratuitement aux spectacles.

2. **Fleuret :** arme d'escrime. Cyrano est aussi connu pour sa pratique de ce sport.

3. **Pourpoint :** manteau d'homme descendant jusque sous la ceinture.

LE DEUXIÈME, *même jeu.*

Oui, mon coquin.

PREMIER LAQUAIS, *tirant de sa poche un bout de chandelle qu'il allume et colle par terre.*

J'ai soustrait à mon maître un peu de luminaire[1].

UN GARDE, *à une bouquetière qui s'avance.*

C'est gentil de venir avant que l'on n'éclaire !...

Il lui prend la taille.

UN DES BRETTEURS[2], *recevant un coup de fleuret.*

Touche !

UN DES JOUEURS

Trèfle !

LE GARDE, *poursuivant la fille.*

Un baiser !

LA BOUQUETIÈRE, *se dégageant.*

On voit !...

LE GARDE, *l'entraînant dans les coins sombres.*

Pas de danger !

UN HOMME, *s'asseyant par terre avec d'autres porteurs de provisions de bouche[3].*

Lorsqu'on vient en avance, on est bien pour manger[4].

UN BOURGEOIS, *conduisant son fils.*

Plaçons-nous là, mon fils.

---

1. Luminaire : lumière.

2. Bretteurs : qui aiment se battre à l'épée.

3. Provisions de bouche : réserves de nourriture.

4. Manger : les spectateurs avaient coutume de boire et manger pendant les représentations.

UN JOUEUR
Brelan d'as !

UN HOMME, *tirant une bouteille de sous son manteau et s'asseyant aussi.*
Un ivrogne
Doit boire son bourgogne…
Il boit.
à l'Hôtel de Bourgogne !

LE BOURGEOIS, *à son fils.*
Ne se croirait-on pas en quelque mauvais lieu ?
Il montre l'ivrogne du bout de sa canne.
Buveurs…
En rompant[1]*, un des cavaliers le bouscule.*
Bretteurs !
Il tombe au milieu des joueurs.
Joueurs !

LE GARDE, *derrière lui, lutinant*[2] *toujours la femme.*
Un baiser !

LE BOURGEOIS, *éloignant vivement son fils.*
Jour de Dieu !
– Et penser que c'est dans une salle pareille
Qu'on joua du Rotrou[3], mon fils !

LE JEUNE HOMME
Et du Corneille !

1. Rompre : dans le registre de l'escrime, ce mot signifie « reculer en parant un coup ».

2. Lutinant : agaçant, pour jouer.

3. Rotrou (1609-1650) : auteur contemporain de Cyrano. Il fréquentait l'Hôtel de Bourgogne en tant que poète attitré des comédiens. Le bourgeois est ici outré par la vulgarité de la scène, dans un endroit de haute réputation.

UNE BANDE DE PAGES[1], *se tenant par la main, entre en farandole et chante.*

Tra la la la la la la la la la lère…

LE PORTIER, *sévèrement aux pages.*

Les pages, pas de farce !…

PREMIER PAGE, *avec une dignité blessée.*

Oh ! Monsieur ! ce soupçon !…

Vivement au deuxième, dès que le portier a tourné le dos.

As-tu de la ficelle ?

LE DEUXIÈME

Avec un hameçon.

PREMIER PAGE

On pourra de là-haut pêcher quelque perruque.

UN TIRE-LAINE, *groupant autour de lui plusieurs hommes de mauvaise mine.*

Or çà, jeunes escrocs, venez qu'on vous éduque :
Puis donc que[2] vous volez pour la première fois…

DEUXIÈME PAGE, *criant à d'autres pages déjà placés aux galeries supérieures.*

Hep ! Avez-vous des sarbacanes ?

TROISIÈME PAGE, *d'en haut.*

Et des pois !

Il souffle et les crible de pois.

LE JEUNE HOMME, *à son père.*

Que va-t-on nous jouer ?

---

1. **Page** : jeune homme attaché au service d'une personne de haut rang.
2. **Puis donc que** : puisque.

LE BOURGEOIS
Clorise.

LE JEUNE HOMME
De qui est-ce ?

LE BOURGEOIS
De monsieur Balthazar Baro. C'est une pièce !...
Il remonte au bras de son fils.

LE TIRE-LAINE[1], *à ses acolytes*[2].
... La dentelle surtout des canons[3], coupez-la !

UN SPECTATEUR, *à un autre, lui montrant une encoignure*[4] *élevée.*
Tenez, à la première du *Cid*, j'étais là !

LE TIRE-LAINE, *faisant avec ses doigts le geste de subtiliser.*
Les montres...

LE BOURGEOIS, *redescendant, à son fils.*
Vous verrez des acteurs très illustres...

LE TIRE-LAINE, *faisant le geste de tirer par petites secousses furtives.*
Les mouchoirs...

LE BOURGEOIS
Montfleury...

1. Tire-laine : voir note 8 p. 7.

2. Ses acolytes : les autres tire-laine.

3. Canons : pièces de toile et de dentelle que l'on nouait à l'époque au-dessus du genou.

4. Encoignure : coin.

QUELQU'UN, *criant de la galerie supérieure.*

Allumez donc les lustres !

LE BOURGEOIS

… Bellerose, l'Épy, la Beaupré, Jodelet [1] !

UN PAGE, *au parterre.*

Ah ! voici la distributrice !…

LA DISTRIBUTRICE, *paraissant derrière le buffet.*

Oranges, lait,
Eau de framboise, aigre de cèdre [2]…

Brouhaha à la porte.

UNE VOIX DE FAUSSET [3]

Place, brutes !

UN LAQUAIS, *s'étonnant.*

Les marquis !… au parterre [4] ?…

UN AUTRE LAQUAIS

Oh ! pour quelques minutes.

Entre une bande de petits marquis.

UN MARQUIS, *voyant la salle à moitié vide.*

Hé quoi ! Nous arrivons ainsi que les drapiers [5],
Sans déranger les gens ? sans marcher sur les pieds ?
Ah fi ! fi ! fi !

Il se trouve devant d'autres gentilshommes entrés peu avant.

---

1. Montfleury, Bellerose, l'Épy, la Beaupré, Jodelet : comédiens de l'Hôtel de Bourgogne.

2. Aigre de cèdre : orangeade au miel et au cédrat.

3. Voix de fausset : voix d'homme particulièrement aiguë et peu agréable.

4. Parterre : cet espace était en effet réservé aux spectateurs les plus pauvres.

5. Drapier : fabricant et vendeur de draps.

Cuigy ! Brissaille !

Grandes embrassades.

CUIGY

Des fidèles !
Mais oui, nous arrivons devant que[1] les chandelles…

LE MARQUIS

Ah ! ne m'en parlez pas ! Je suis dans une humeur…

UN AUTRE

Console-toi, marquis, car voici l'allumeur[2] !

LA SALLE, *saluant l'entrée de l'allumeur.*

Ah !…

On se groupe autour des lustres qu'il allume. Quelques personnes ont pris place aux galeries. Lignière entre au parterre, donnant le bras à Christian de Neuvillette. Lignière, un peu débraillé, figure d'ivrogne distingué. Christian, vêtu élégamment, mais d'une façon un peu démodée, paraît préoccupé et regarde les loges.

Scène 2

Les mêmes, CHRISTIAN, LIGNIÈRE, *puis* RAGUENEAU *et* LE BRET.

CUIGY

Lignière !

1. Devant que : avant que.

2. Allumeur : personne chargée d'allumer les lumières pour la représentation.

Brissaille, *riant.*

Pas encor gris[1] !…

Lignière, *bas à Christian.*

Je vous présente ?

Signe d'assentiment[2] de Christian.

Baron de Neuvillette.

Saluts.

La salle, *acclamant l'ascension du premier lustre allumé.*

Ah !

Cuigy, *à Brissaille, en regardant Christian.*

La tête est charmante.

Premier marquis, *qui a entendu.*

Peuh !…

Lignière, *présentant à Christian.*

Messieurs de Cuigy, de Brissaille…

Christian, *s'inclinant.*

Enchanté !…

Premier marquis, *au deuxième.*

Il est assez joli, mais n'est pas ajusté
Au dernier goût[3].

Lignière, *à Cuigy.*

Monsieur débarque de Touraine.

1. **Gris** : plus ou moins enivré.

2. **Assentiment** : accord.

3. **Au dernier goût** : à la dernière mode.

CHRISTIAN

Oui, je suis à Paris depuis vingt jours à peine.
J'entre aux gardes demain, dans les Cadets[1].

PREMIER MARQUIS, *regardant les personnes qui entrent dans les loges.*

Voilà
La présidente Aubry !

LA DISTRIBUTRICE

Oranges, lait…

LES VIOLONS, *s'accordant.*

La… la…

CUIGY, *à Christian, désignant la salle qui se garnit.*

Du monde !

CHRISTIAN

Eh ! oui, beaucoup.

PREMIER MARQUIS

Tout le bel air !

Ils nomment les femmes à mesure qu'elles entrent, très parées, dans les loges. Envois de saluts, réponses de sourires.

DEUXIÈME MARQUIS

Mesdames
De Guéméné…

CUIGY

De Bois-Dauphin…

1. **Cadets** : les Cadets de Gascogne étaient l'un des régiments des troupes de Louis XIII.

PREMIER MARQUIS

Que nous aimâmes…

BRISSAILLE

De Chavigny…

DEUXIÈME MARQUIS

Qui de nos cœurs va se jouant !

LIGNIÈRE

Tiens, monsieur de Corneille est arrivé de Rouen.

LE JEUNE HOMME, *à son père.*

L'Académie[1] est là ?

LE BOURGEOIS

Mais… j'en vois plus d'un membre ;
Voici Boudu, Boissat, et Cureau de la Chambre ;
Porchères, Colomby, Bourzeys, Bourdon, Arbaud…
Tous ces noms dont pas un ne mourra[2], que c'est beau !

PREMIER MARQUIS

Attention ! nos précieuses prennent place :
Barthénoïde, Urimédonte, Cassandace,
Félixérie[3]…

DEUXIÈME MARQUIS, *se pâmant.*

Ah ! Dieu ! leurs surnoms sont exquis !
Marquis, tu les sais tous ?

1. L'Académie : les membres de l'Académie française, créée en 1635 et chargée de fixer la langue française, notamment grâce au fameux *Dictionnaire de l'Académie*.

2. Pas un ne mourra : allusion au fait que les membres de l'Académie sont surnommés « les Immortels ».

3. Barthénoïde, Urimédonte, Cassandace, Félixérie : surnoms de Précieuses, telles que les peindra plus tard Molière dans *Les Précieuses ridicules* (1660).

PREMIER MARQUIS

Je les sais tous, marquis !

LIGNIÈRE, *prenant Christian à part.*

Mon cher, je suis entré pour vous rendre service :
La dame ne vient pas. Je retourne à mon vice !

CHRISTIAN, *suppliant.*

Non !... vous qui chansonnez[1] et la ville et la cour,
Restez : vous me direz pour qui je meurs d'amour.

LE CHEF DES VIOLONS, *frappant sur son pupitre, avec son archet.*

Messieurs les violons !...

Il lève son archet.

LA DISTRIBUTRICE

Macarons, citronnée...

Les violons commencent à jouer.

CHRISTIAN

J'ai peur qu'elle ne soit coquette et raffinée,
Je n'ose lui parler, car je n'ai pas d'esprit...
Le langage aujourd'hui qu'on parle et qu'on écrit,
Me trouble. Je ne suis qu'un bon soldat timide.
– Elle est toujours à droite, au fond : la loge vide.

LIGNIÈRE, *faisant mine de sortir.*

Je pars.

CHRISTIAN, *le retenant encore.*

Oh ! non, restez !

1. **Chansonne :** taquine en chanson.

Lignière

Je ne peux. D'Assoucy[1]

M'attend au cabaret. On meurt de soif, ici.

La distributrice, *passant devant lui avec un plateau.*

Orangeade ?

Lignière

Fi !

La distributrice

Lait ?

Lignière

Pouah !

La distributrice

Rivesalte[2] ?

Lignière

Halte !

À Christian.

Je reste encor un peu. – Voyons ce rivesalte ?

Il s'assied près du buffet. La distributrice lui verse du rivesalte.

Cris, *dans le public à l'entrée d'un petit homme grassouillet et réjoui.*

Ah ! Ragueneau !...

Lignière, *à Christian.*

Le grand rôtisseur Ragueneau.

1. **D'Assoucy** : Charles d'Assoucy (1605-1677), écrivain et ami du véritable Cyrano.

2. **Rivesalte** : muscat de Rivesaltes, vin doux.

RAGUENEAU, *costume de pâtissier endimanché, s'avançant vivement vers Lignière.*

Monsieur, avez-vous vu monsieur de Cyrano ?

LIGNIÈRE, *présentant Ragueneau à Christian.*

Le pâtissier des comédiens et des poètes !

RAGUENEAU, *se confondant.*

Trop d'honneur...

LIGNIÈRE

Taisez-vous, Mécène[1] que vous êtes !

RAGUENEAU

Oui, ces messieurs chez moi se servent...

LIGNIÈRE

À crédit.

Poète de talent lui-même...

RAGUENEAU

Ils me l'ont dit.

LIGNIÈRE

Fou de vers !

RAGUENEAU

Il est vrai que pour une odelette[2]...

LIGNIÈRE

Vous donnez une tarte...

---

1. Mécène : homme politique romain qui a employé sa fortune pour promouvoir le développement des lettres et des arts. En tant que nom commun, un mécène désigne une personne fortunée qui finance un artiste ou un prix, par exemple.

2. Odelette : petite ode au sujet léger et gracieux.

RAGUENEAU

Oh ! une tartelette !

LIGNIÈRE

Brave homme, il s'en excuse !... Et pour un triolet[1]
Ne donnâtes-vous pas ?

RAGUENEAU

Des petits pains !

LIGNIÈRE, *sévèrement.*

Au lait.
– Et le théâtre ! vous l'aimez ?

RAGUENEAU

Je l'idolâtre.

LIGNIÈRE

Vous payez en gâteaux vos billets de théâtre !
Votre place, aujourd'hui, là, voyons, entre nous,
Vous a coûté combien ?

RAGUENEAU

Quatre flans. Quinze choux.

Il regarde de tous côtés.

Monsieur de Cyrano n'est pas là ? Je m'étonne.

LIGNIÈRE

Pourquoi ?

RAGUENEAU

Montfleury joue !

LIGNIÈRE

En effet, cette tonne,

1. **Triolet** : poème de forme fixe constitué de huit vers et deux rimes.

Va nous jouer ce soir le rôle de Phédon.
Qu'importe à Cyrano ?

RAGUENEAU

Mais vous ignorez donc ?
Il fit à Montfleury, messieurs, qu'il prit en haine,
Défense, pour un mois, de reparaître en scène.

LIGNIÈRE, *qui en est à son quatrième petit verre.*

Eh bien ?

RAGUENEAU

Montfleury joue !

CUIGY, *qui s'est rapproché de son groupe.*

Il n'y peut rien.

RAGUENEAU

Oh ! oh !
Moi, je suis venu voir !

PREMIER MARQUIS

Quel est ce Cyrano ?

CUIGY

C'est un garçon versé dans les colichemardes [1].

DEUXIÈME MARQUIS

Noble ?

CUIGY

Suffisamment. Il est cadet aux gardes [2].

Montrant un gentilhomme qui va et vient dans la salle comme s'il cherchait quelqu'un.

---

1. Colichemarde : épée utilisée pour les duels.

2. Il est cadet aux gardes : il appartient à la troupe des Cadets de Gascogne.

Mais son ami Le Bret peut vous dire…

Il appelle.

Le Bret !

Le Bret descend vers eux.

Vous cherchez Bergerac ?

LE BRET

Oui, je suis inquiet !…

CUIGY

N'est-ce pas que cet homme est des moins ordinaires ?

LE BRET, *avec tendresse.*

Ah ! c'est le plus exquis des êtres sublunaires [1] !

RAGUENEAU

Rimeur !

CUIGY

Bretteur [2] !

BRISSAILLE

Physicien [3] !

LE BRET

Musicien !

LIGNIÈRE

Et quel aspect hétéroclite que le sien !

---

1. Sublunaire : situé sous la lune. Il s'agit aussi d'un clin d'œil au premier roman de Cyrano, *Les États et Empires de la Lune*, dans lequel le héros vit des aventures sur cet astre.

2. Bretteur : qui aime se battre à l'épée.

3. Physicien : Cyrano est en effet reconnu comme l'auteur du *Fragment de physique*, publié en 1662.

RAGUENEAU

Certes, je ne crois pas que jamais nous le peigne
Le solennel monsieur Philippe de Champaigne[1] ;
Mais bizarre, excessif, extravagant, falot[2],
Il eût fourni, je pense, à feu[3] Jacques Callot[4]
Le plus fol[5] spadassin[6] à mettre entre ses masques[7] :
Feutre à panache[8] triple et pourpoint[9] à six basques[10],
Cape, que par derrière, avec pompe[11], l'estoc[12]
Lève, comme une queue insolente de coq,
Plus fier que tous les Artabans[13] dont la Gascogne
Fut et sera toujours l'alme Mère Gigogne[14],

---

1. **Philippe de Champaigne :** peintre sollicité pour les portraits officiels. Il était notamment le seul habilité à peindre Richelieu en cardinal ; il fut aussi peintre officiel de la reine Marie de Médicis.

2. **Falot :** drôle, plaisant.

3. **Feu :** *feu X* est une expression figée pour désigner une personne décédée.

4. **Jacques Callot :** dessinateur et graveur (1592-1635), spécialisé dans l'eau-forte, et qui représentait souvent des personnages masqués.

5. **Fol :** forme archaïque de « fou ».

6. **Spadassin :** homme d'épée chargé de la protection d'une personne.

7. **Masques :** Jacques Callot s'est beaucoup inspiré des personnages de la *Commedia dell'arte*, qui portaient des masques.

8. **Feutre à panache :** chapeau orné d'un bouquet de plumes.

9. **Pourpoint :** manteau d'homme descendant jusque sous la ceinture.

10. **Basques :** partie de vêtement qui descend en-dessous de la taille.

11. **Avec pompe :** avec une noblesse faste.

12. **Estoc :** longue épée acérée.

13. **Artabans :** allusion à Artaban, personnage du *Cléopâtre* de La Calprenède, dont la fierté a donné lieu à l'expression « fier comme Artaban ».

14. **Dont la Gascogne fut et sera toujours l'alme Mère Gigogne :** autrement dit, que la Gascogne abrita et abritera toujours comme une mère nourricière et protectrice. « Alme mère » est la traduction du latin *Alma Mater,* c'est-à-dire « mère nourricière ». La Mère Gigogne est un personnage du théâtre de foire qui accouche d'une multitude d'enfants.

Il promène en sa fraise[1] à la Pulcinella[2],
Un nez !... Ah ! messeigneurs, quel nez que ce nez-là !...
On ne peut voir passer un pareil nasigère[3]
Sans s'écrier : « Oh ! non, vraiment, il exagère ! »
Puis on sourit, on dit : « Il va l'enlever... » Mais
Monsieur de Bergerac ne l'enlève jamais.

LE BRET, *hochant la tête.*

Il le porte, – et pourfend[4] quiconque le remarque !

RAGUENEAU, *fièrement.*

Son glaive est la moitié des ciseaux de la Parque[5] !

PREMIER MARQUIS, *haussant les épaules.*

Il ne viendra pas !

RAGUENEAU

Si !... Je parie un poulet
À la Ragueneau !

LE MARQUIS, *riant.*

Soit !

Rumeurs d'admiration dans la salle. Roxane vient de paraître dans sa loge. Elle s'assied sur le devant, sa duègne prend place au fond. Christian, occupé à payer la distributrice, ne regarde pas.

1. **Fraise** : pièce de lingerie portée autour du cou.

2. **Pulcinella** : nom italien de Polichinelle.

3. **Nasigère** : qui porte un nez.

4. **Pourfend** : combat vivement.

5. **Parque** : dans l'Antiquité, les trois Parques sont des divinités chargées de la destinée humaine. Nona tient le fil de cette destinée, Decima le met sur le fuseau, et c'est Morta qui le coupe à l'aide de ses ciseaux.

DEUXIÈME MARQUIS, *avec des petits cris.*

Ah ! messieurs ! mais elle est
Épouvantablement ravissante !

PREMIER MARQUIS

Une pêche
Qui sourirait avec une fraise !

DEUXIÈME MARQUIS

Et si fraîche
Qu'on pourrait, l'approchant, prendre un rhume de cœur !

CHRISTIAN, *lève la tête, aperçoit Roxane, et saisit vivement Lignière par le bras.*

C'est elle !

LIGNIÈRE, *regardant.*

Ah ! c'est elle ?...

CHRISTIAN

Oui. Dites vite. J'ai peur.

LIGNIÈRE, *dégustant son rivesalte à petits coups.*

Magdeleine Robin, dite Roxane. – Fine.
Précieuse.

CHRISTIAN

Hélas !

LIGNIÈRE

Libre. Orpheline. Cousine
De Cyrano, – dont on parlait...

À ce moment un seigneur très élégant, le cordon bleu en sautoir[1]*, entre dans la loge et, debout, cause un instant avec Roxane.*

---

1. Cordon bleu en sautoir : avec autour du cou un cordon bleu, représentant à l'époque la décoration la plus illustre, celle de chevalier de l'Ordre du Saint-Esprit.

CHRISTIAN, *tressaillant.*

Cet homme ?...

LIGNIÈRE, *qui commence à être gris, clignant de l'œil.*

Hé ! hé !

– Comte de Guiche. Épris d'elle. Mais marié
À la nièce d'Armand de Richelieu [1]. Désire
Faire épouser Roxane à certain triste sire,
Un monsieur de Valvert, vicomte... et complaisant.
Elle n'y souscrit pas, mais de Guiche est puissant ;
Il peut persécuter une simple bourgeoise.
D'ailleurs j'ai dévoilé sa manœuvre sournoise
Dans une chanson qui... Ho ! il doit m'en vouloir !
– La fin était méchante... Écoutez...

Il se lève en titubant, le verre haut, prêt à chanter.

CHRISTIAN

Non. Bonsoir.

LIGNIÈRE

Vous allez ?

CHRISTIAN

Chez monsieur de Valvert !

LIGNIÈRE

Prenez garde :

C'est lui qui vous tuera !

Lui désignant du coin de l'œil Roxane.

Restez. On vous regarde.

1. **Armand de Richelieu** : il s'agit du cardinal.

CHRISTIAN

C'est vrai !

Il reste en contemplation. Le groupe de tire-laine, à partir de ce moment, le voyant la tête en l'air et bouche bée, se rapproche de lui.

LIGNIÈRE

C'est moi qui pars. J'ai soif ! Et l'on m'attend
– Dans des tavernes !

Il sort en zigzaguant.

LE BRET, *qui a fait le tour de la salle, revenant vers Ragueneau, d'une voix rassurée.*

Pas de Cyrano.

RAGUENEAU, *incrédule.*

Pourtant…

LE BRET

Ah ! je veux espérer qu'il n'a pas vu l'affiche !

LA SALLE

Commencez ! Commencez !

Scène 3

LES MÊMES, *moins* LIGNIÈRE ; DE GUICHE, VALVERT, *puis* MONTFLEURY.

UN MARQUIS, *voyant de Guiche, qui descend de la loge de Roxane, traverse le parterre, entouré de seigneurs obséquieux*[1], *parmi lesquels le vicomte de Valvert.*

Quelle cour, ce de Guiche !

1. **Obséquieux** : exagérément poli.

UN AUTRE

Fi !... Encore un Gascon !

LE PREMIER

Le Gascon souple et froid,
Celui qui réussit !... Saluons-le, crois-moi.

Ils vont vers de Guiche.

DEUXIÈME MARQUIS

Les beaux rubans ! Quelle couleur, comte de Guiche ?
Baise-moi-ma-mignonne ou bien *Ventre-de-Biche* ?

DE GUICHE

C'est couleur *Espagnol malade*[1].

PREMIER MARQUIS

La couleur
Ne ment pas, car bientôt, grâce à votre valeur,
L'Espagnol ira mal, dans les Flandres[2] !

DE GUICHE

Je monte
Sur scène[3]. Venez-vous ?

Il se dirige, suivi de tous les marquis et gentilshommes, vers le théâtre. Il se retourne et appelle.

Viens, Valvert !

1. **Baise-moi-ma-mignonne, Ventre-de-biche, Espagnol malade** : il s'agit de véritables couleurs, appartenant à une gamme de cinquante nuances proposées à l'époque par les marchands.

2. **Dans les Flandres** : allusion aux conflits entre la France et l'Espagne pendant la guerre de Trente Ans.

3. **Sur scène** : les meilleures places étaient en effet situées sur la scène.

CHRISTIAN, *qui les écoute et les observe, tressaille en entendant ce nom.*

Le vicomte !

Ah ! je vais lui jeter à la face mon…

Il met la main dans sa poche, et y rencontre celle d'un tire-laine en train de le dévaliser. Il se retourne.

Hein ?

LE TIRE-LAINE

Ay !…

CHRISTIAN, *sans le lâcher.*

Je cherchais un gant !

LE TIRE-LAINE, *avec un sourire piteux.*

Vous trouvez une main.

Changeant de ton, bas et vite.

Lâchez-moi. Je vous livre un secret.

CHRISTIAN, *le tenant toujours.*

Quel ?

LE TIRE-LAINE

Lignière…

Qui vous quitte…

CHRISTIAN, *de même.*

Eh ! bien ?

LE TIRE-LAINE

… touche à son heure dernière.

Une chanson qu'il fit blessa quelqu'un de grand,
Et cent hommes – j'en suis – ce soir sont postés !…

CHRISTIAN

Cent !

Par qui ?

LE TIRE-LAINE

Discrétion…

CHRISTIAN, *haussant les épaules.*

Oh !

LE TIRE-LAINE, *avec beaucoup de dignité.*

Professionnelle !

CHRISTIAN

Où seront-ils postés ?

LE TIRE-LAINE

À la porte de Nesle[1].

Sur son chemin. Prévenez-le !

CHRISTIAN, *qui lui lâche enfin le poignet.*

Mais où le voir !

LE TIRE-LAINE

Allez courir tous les cabarets : *le Pressoir*
D'Or, *la Pomme de Pin*, *la Ceinture qui craque*,
Les Deux Torches, *les Trois Entonnoirs*, – et dans chaque,
Laissez un petit mot d'écrit l'avertissant.

CHRISTIAN

Oui, je cours ! Ah ! les gueux ! Contre un seul homme, cent !

Regardant Roxane avec amour.

---

1. Porte de Nesle : la narration de cet épisode circulait beaucoup à l'époque du vrai Cyrano. On raconte que ce dernier aurait mis en déroute la centaine d'hommes qui attendaient Lignière en embuscade.

La quitter… elle !

Avec fureur, Valvert.

Et lui !… – Mais il faut que je sauve
Lignière !…

Il sort en courant. – De Guiche, le vicomte, les marquis, tous les gentilshommes ont disparu derrière le rideau pour prendre place sur les banquettes de la scène. Le parterre est complètement rempli. Plus une place vide aux galeries et aux loges.

LA SALLE

Commencez.

UN BOURGEOIS, *dont la perruque s'envole au bout d'une ficelle, pêchée par un page de la galerie supérieure.*

Ma perruque !

CRIS DE JOIE

Il est chauve !…
Bravo, les pages !… Ha ! ha ! ha !…

LE BOURGEOIS, *furieux, montrant le poing.*

Petit gredin [1] !

RIRES ET CRIS, *qui commencent très fort et vont décroissant.*

HA ! HA ! ha ! ha ! ha ! ha !

Silence complet.

LE BRET, *étonné.*

Ce silence soudain ?…

Un spectateur lui parle bas.

Ah ?…

LE SPECTATEUR

La chose me vient d'être certifiée.

1. **Gredin :** vaurien.

MURMURES, *qui courent.*

Chut ! – Il paraît ?... Non !... – Si ! – Dans la loge grillée.
– Le Cardinal [1] ! – Le Cardinal ! – Le Cardinal !

UN PAGE

Ah ! diable, on ne va pas pouvoir se tenir mal !...

On frappe sur la scène. Tout le monde s'immobilise. Attente.

LA VOIX D'UN MARQUIS, *dans le silence, derrière le rideau.*

Mouchez [2] cette chandelle !

UN AUTRE MARQUIS, *passant la tête par la fente du rideau.*

Une chaise !

Une chaise est passée, de main en main, au-dessus des têtes. Le marquis la prend et disparaît, non sans avoir envoyé quelques baisers aux loges.

UN SPECTATEUR

Silence !

On refrappe les trois coups. Le rideau s'ouvre. Tableau. Les marquis assis sur les côtés, dans des poses insolentes. Toile de fond représentant un décor bleuâtre de pastorale [3]. Quatre petits lustres de cristal éclairent la scène. Les violons jouent doucement.

LE BRET, *à Ragueneau, bas.*

Montfleury entre en scène ?

RAGUENEAU, *bas aussi.*

Oui, c'est lui qui commence.

LE BRET

Cyrano n'est pas là.

---

1. Le Cardinal : le cardinal de Richelieu, premier ministre en 1640.

2. Mouchez : éteignez.

3. Pastorale : genre littéraire à la mode au XVIIe siècle et mettant en scène les amours de bergers et de bergères dans un décor bucolique.

RAGUENEAU

J'ai perdu mon pari.

LE BRET

Tant mieux ! tant mieux !

On entend un air de musette[1]*, et Montfleury paraît en scène, énorme, dans un costume de berger de pastorale, un chapeau garni de roses penché sur l'oreille, et soufflant dans une cornemuse enrubannée.*

LE PARTERRE, *applaudissant.*

Bravo, Montfleury ! Montfleury !

MONTFLEURY, *après avoir salué, jouant le rôle de Phédon*[2].

« Heureux qui loin des cours, dans un lieu solitaire,
Se prescrit à soi-même un exil volontaire,
Et qui, lorsque Zéphire[3] a soufflé sur les bois... »

UNE VOIX, *au milieu du parterre.*

Coquin, ne t'ai-je pas interdit pour un mois ?

Stupeur. Tout le monde se retourne. Murmures.

VOIX DIVERSES

Hein ? – Quoi ? – Qu'est-ce ?...

On se lève dans les loges, pour voir.

CUIGY

C'est lui !

LE BRET, *terrifié.*

Cyrano !

---

1. Musette : musique populaire.

2. Phédon : nom du héros de la pastorale de Baro.

3. Zéphire : nom de la divinité correspondant au vent léger dans la mythologie grecque.

LA VOIX

Roi des pitres[1],
Hors de scène à l'instant !

TOUTE LA SALLE, *indignée.*

Oh !

LA VOIX

Tu récalcitres[2] ?

VOIX DIVERSES, *du parterre, des loges.*

– Chut ! Assez ! – Montfleury jouez ! – Ne craignez rien !...

MONTFLEURY, *d'une voix mal assurée.*

« Heureux qui loin des cours dans un lieu sol... »

LA VOIX, *plus menaçante.*

Eh bien ?
Faudra-t-il que je fasse, ô Monarque des drôles,
Une plantation de bois sur vos épaules[3] ?

Une canne au bout d'un bras jaillit au-dessus des têtes.

MONTFLEURY, *d'une voix de plus en plus faible.*

« Heureux qui... »

La canne s'agite.

LA VOIX

Sortez !

LE PARTERRE

Oh !

---

1. Pitre : bouffon.

2. Tu récalcitres : tu résistes de manière opiniâtre.

3. Une plantation de bois sur vos épaules : Rostand s'inspire ici encore de la lettre écrite par Cyrano contre Montfleury : « la vaste étendue de votre rondeur me fait croire si fermement que vous êtes une terre, que de bon cœur je planterais du bois sur vous pour voir comment il s'y porterait » (voir p. 315).

MONTFLEURY, *s'étranglant.*

« Heureux qui loin des cours… »

CYRANO, *surgissant du parterre, debout sur une chaise, les bras croisés, le feutre en bataille, la moustache hérissée, le nez terrible.*

Ah ! je vais me fâcher !…

Sensation à sa vue.

Scène 4

LES MÊMES, CYRANO, *puis* BELLEROSE, JODELET.

MONTFLEURY, *aux marquis.*

Venez à mon secours,
Messieurs !

UN MARQUIS, *nonchalamment.*

Mais jouez donc !

CYRANO

Gros homme, si tu joues
Je vais être obligé de te fesser les joues !

LE MARQUIS

Assez !

CYRANO

Que les marquis se taisent sur leurs bancs,
Ou bien je fais tâter ma canne à leurs rubans[1] !

TOUS LES MARQUIS, *debout.*

C'en est trop !… Montfleury…

1. **Je fais tâter ma canne à leurs rubans :** je frappe leurs rubans avec ma canne.

Cyrano

Que Montfleury s'en aille,
Ou bien je l'essorille[1] et le désentripaille[2] !

Une voix

Mais…

Cyrano

Qu'il sorte !

Une autre voix

Pourtant…

Cyrano

Ce n'est pas encor fait ?

Avec le geste de retrousser ses manches.

Bon ! je vais sur la scène en guise de buffet,
Découper cette mortadelle[3] d'Italie !

Montfleury, *rassemblant toute sa dignité.*

En m'insultant, Monsieur, vous insultez Thalie[4] !

Cyrano, *très poli.*

Si cette Muse, à qui, Monsieur, vous n'êtes rien,
Avait l'honneur de vous connaître, croyez bien
Qu'en vous voyant si gros et bête comme une urne,
Elle vous flanquerait quelque part son cothurne[5].

---

1. Je l'essorille : je lui coupe les oreilles.

2. Je le désentripaille : je lui enlève les tripes.

3. Mortadelle : saucisson de porc et de bœuf.

4. Thalie : muse de la comédie.

5. Cothurne : chaussure montante à semelle épaisse portée par les comédiens de l'Antiquité.

LE PARTERRE

Montfleury ! Montfleury ! – La pièce de Baro ! –

CYRANO, *à ceux qui crient autour de lui.*

Je vous en prie, ayez pitié de mon fourreau[1] :
Si vous continuez, il va rendre sa lame !

Le cercle s'élargit.

LA FOULE, *reculant.*

Hé ! là !...

CYRANO, *à Montfleury.*

Sortez de scène !

LA FOULE, *se rapprochant et grondant.*

Oh ! oh !

CYRANO, *se retournant vivement.*

Quelqu'un réclame ?

Nouveau recul.

UNE VOIX, *chantant au fond.*

Monsieur de Cyrano
Vraiment nous tyrannise,
Malgré ce tyranneau[2]
On jouera *La Clorise.*

TOUTE LA SALLE, *chantant.*

La Clorise, La Clorise !...

CYRANO

Si j'entends une fois encor cette chanson,
Je vous assomme tous.

---

1. **Fourreau :** étui de l'épée.

2. **Tyranneau :** petit tyran. Le personnage joue ici avec la sonorité de *Cyrano*.

UN BOURGEOIS

Vous n'êtes pas Samson !

CYRANO

Voulez-vous me prêter, Monsieur, votre mâchoire [1] ?

UNE DAME, *dans les loges.*

C'est inouï !

UN SEIGNEUR

C'est scandaleux !

UN BOURGEOIS

C'est vexatoire [2] !

UN PAGE

Ce qu'on s'amuse !

LE PARTERRE

Kss ! – Montfleury ! – Cyrano !

CYRANO

Silence !

LE PARTERRE, *en délire.*

Hi han ! Bêê ! Ouah, ouah ! Cocorico !

CYRANO

Je vous…

UN PAGE

Miâou !

---

1. **Samson [...] mâchoire** : Samson, personnage biblique, assomma mille Philistins à l'aide d'une mâchoire d'âne.

2. **Vexatoire** : vexant.

CYRANO

Je vous ordonne de vous taire !
Et j'adresse un défi collectif au parterre !
– J'inscris les noms ! – Approchez-vous, jeunes héros !
Chacun son tour ! Je vais donner des numéros ! –
Allons, quel est celui qui veut ouvrir la liste ?
Vous, Monsieur ? Non ! Vous ? Non ! Le premier duelliste [1],
Je l'expédie avec les honneurs qu'on lui doit !
– Que tous ceux qui veulent mourir lèvent le doigt.

Silence.

La pudeur vous défend de voir ma lame nue ?
Pas un nom ? – Pas un doigt ? – C'est bien. Je continue.

Se retournant vers la scène où Montfleury attend avec angoisse.

Donc, je désire voir le théâtre guéri
De cette fluxion [2]. Sinon...

La main à son épée.

le bistouri !

MONTFLEURY

Je...

CYRANO *descend de sa chaise, s'assied au milieu du rond qui s'est formé, s'installe comme chez lui.*

Mes mains vont frapper trois claques, pleine lune [3] !
Vous vous éclipserez [4] à la troisième.

LE PARTERRE, *amusé.*

Ah ?...

1. **Duelliste :** qui se bat en duel.

2. **Fluxion :** congestion.

3. **Pleine lune :** nouvelle allusion à la rondeur de Montfleury.

4. **Éclipserez :** jeu de mots. Le verbe signifie « partir » en même temps qu'il renvoie à lune, mentionnée juste avant.

CYRANO, *frappant dans ses mains.*

Une !

MONTFLEURY

Je…

UNE VOIX, *des loges.*

Restez !

LE PARTERRE

Restera… restera pas…

MONTFLEURY

Je crois,

Messieurs…

CYRANO

Deux !

MONTFLEURY

Je suis sûr qu'il vaudrait mieux que…

CYRANO

Trois !

Montfleury disparaît comme dans une trappe. Tempête de rires, de sifflets, de huées.

LA SALLE

Hu !… Hu !… Lâche !… Reviens !…

CYRANO, *épanoui, se renverse sur sa chaise et croise ses jambes.*

Qu'il revienne, s'il l'ose !

UN BOURGEOIS

L'orateur de la troupe !

Bellerose s'avance et salue.

LES LOGES

Ah !… Voilà Bellerose !

BELLEROSE, *avec élégance.*

Nobles seigneurs…

LE PARTERRE

Non ! Non ! Jodelet !

JODELET *s'avance, et, nasillard.*

Tas de veaux !

LE PARTERRE

Ah ! Ah ! Bravo ! très bien ! bravo !

JODELET

Pas de bravos !

Le gros tragédien dont vous aimez le ventre
S'est senti…

LE PARTERRE

C'est un lâche !

JODELET

Il dut sortir !

LE PARTERRE

Qu'il rentre !

LES UNS

Non !

LES AUTRES

Si !

UN JEUNE HOMME, *à Cyrano.*

Mais à la fin, monsieur, quelle raison
Avez-vous de haïr Montfleury ?

CYRANO, *gracieux, toujours assis.*

Jeune oison[1],
J'ai deux raisons, dont chaque est suffisante seule.
Primo : c'est un acteur déplorable, qui gueule,
Et qui soulève avec des han ! de porteur d'eau,
Le vers qu'il faut laisser s'envoler ! – *Secundo* :
Est mon secret…

LE VIEUX BOURGEOIS, *derrière lui.*

Mais vous nous privez sans scrupule
De *La Clorise* ! Je m'entête…

CYRANO, *tournant sa chaise vers le bourgeois, respectueusement.*

Vieille mule,
Les vers du vieux Baro valant moins que zéro,
J'interromps sans remords !

LES PRÉCIEUSES, *dans les loges.*

Ha ! – Ho ! – Notre Baro !
Ma chère ! – Peut-on dire ?… Ah ! Dieu !…

CYRANO, *tournant sa chaise vers les loges, galant.*

Belles personnes,
Rayonnez, fleurissez, soyez des échansonnes[2]
De rêve, d'un sourire enchantez un trépas,
Inspirez-nous des vers… mais ne les jugez pas !

BELLEROSE

Et l'argent qu'il va falloir rendre !

1. Oison : désigne à la fois le petit de l'oie et une personne particulièrement crédule, naïve.

2. Échansonne : personne chargée de servir les boissons à la table du Prince.

CYRANO, *tournant sa chaise vers la scène.*

Bellerose,
Vous avez dit la seule intelligente chose !
Au manteau de Thespis [1] je ne fais pas de trous :

Il se lève, et lançant un sac sur la scène.

Attrapez cette bourse au vol, et taisez-vous !

LA SALLE, *éblouie.*

Ah !… Oh !…

JODELET, *ramassant prestement la bourse et la soupesant.*

À ce prix-là, monsieur, je t'autorise
À venir chaque jour empêcher *La Clorise* !…

LA SALLE

Hu !… Hu !…

JODELET

Dussions-nous même ensemble être hués !…

BELLEROSE

Il faut évacuer la salle !…

JODELET

Évacuez !…

On commence à sortir, pendant que Cyrano regarde d'un air satisfait. Mais la foule s'arrête bientôt en entendant la scène suivante, et la sortie cesse. Les femmes qui, dans les loges, étaient déjà debout, leur manteau remis, s'arrêtent pour écouter, et finissent par se rasseoir.

LE BRET, *à Cyrano.*

C'est fou !…

1. **Thespis** : poète grec (VIe siècle av. J.-C.) reconnu comme le plus ancien tragique.

UN FÂCHEUX[1], *qui s'est approché de Cyrano.*

Le comédien Montfleury ! quel scandale !
Mais il est protégé par le duc de Candale[2] !
Avez-vous un patron[3] ?

CYRANO

Non !

LE FÂCHEUX

Vous n'avez pas ?...

CYRANO

Non !

LE FÂCHEUX

Quoi, pas un grand seigneur pour couvrir de son nom ?...

CYRANO, *agacé.*

Non, ai-je dit deux fois. Faut-il donc que je trisse[4] ?
Non, pas de protecteur...

La main à son épée.

mais une protectrice !

LE FÂCHEUX

Mais vous allez quitter la ville ?

CYRANO

C'est selon.

LE FÂCHEUX

Mais le duc de Candale a le bras long !

---

1. **Fâcheux** : personne gênante.

2. **Duc de Candale** : Louis-Charles Gaston de Nogaret de la Valette de Foix (1627-1658). Il était en effet protecteur des arts.

3. **Patron** : protecteur financier.

4. **Que je trisse** : que je répète trois fois.

CYRANO

Moins long[1]

Que n'est le mien…

Montrant son épée.

quand je lui mets cette rallonge !

LE FÂCHEUX

Mais vous ne songez pas à prétendre…

CYRANO

J'y songe.

LE FÂCHEUX

Mais…

CYRANO

Tournez les talons, maintenant.

LE FÂCHEUX

Mais…

CYRANO

Tournez !

– Ou dites-moi pourquoi vous regardez mon nez.

LE FÂCHEUX, *ahuri.*

Je…

CYRANO, *marchant sur lui.*

Qu'a-t-il d'étonnant ?

LE FÂCHEUX, *reculant.*

Votre Grâce se trompe…

---

1. Moins long : Cyrano joue ici sur les sens propre et figuré de l'expression « avoir le bras long ».

CYRANO

Est-il mol[1] et ballant, monsieur, comme une trompe ?…

LE FÂCHEUX, *même jeu.*

Je n'ai pas…

CYRANO

Ou crochu comme un bec de hibou ?

LE FÂCHEUX

Je…

CYRANO

Y distingue-t-on une verrue au bout ?

LE FÂCHEUX

Mais…

CYRANO

Ou si quelque mouche, à pas lents, s'y promène ?
Qu'a-t-il d'hétéroclite[2] ?

LE FÂCHEUX

Oh !…

CYRANO

Est-ce un phénomène ?

LE FÂCHEUX

Mais d'y porter les yeux, j'avais su me garder !

CYRANO

Et pourquoi, s'il vous plaît, ne pas le regarder ?

1. **Mol** : forme archaïque de « mou ».
2. **Hétéroclite** : mal assorti.

LE FÂCHEUX

J'avais…

CYRANO

Il vous dégoûte alors ?

LE FÂCHEUX

Monsieur…

CYRANO

Malsaine
Vous semble sa couleur ?

LE FÂCHEUX

Monsieur !

CYRANO

Sa forme, obscène ?

LE FÂCHEUX

Mais du tout !…

CYRANO

Pourquoi donc prendre un air dénigrant ?
– Peut-être que monsieur le trouve un peu trop grand ?

LE FÂCHEUX, *balbutiant.*

Je le trouve petit, tout petit, minuscule !

CYRANO

Hein ? comment ? m'accuser d'un pareil ridicule ?
Petit, mon nez ? Holà !

LE FÂCHEUX

Ciel !

CYRANO

Énorme, mon nez !
– Vil camus, sot camard [1], tête plate, apprenez
Que je m'enorgueillis d'un pareil appendice [2],
Attendu qu'un grand nez est proprement l'indice
D'un homme affable [3], bon, courtois, spirituel,
Libéral, courageux, tel que je suis, et tel
Qu'il vous est interdit à jamais de vous croire,
Déplorable maraud [4] ! car la face sans gloire
Que va chercher ma main en haut de votre col,
Est aussi dénuée…

Il le soufflette [5].

LE FÂCHEUX

Aï !

CYRANO

De fierté, d'envol,
De lyrisme, de pittoresque, d'étincelle,
De somptuosité, de Nez enfin, que celle…

Il le retourne par les épaules, joignant le geste à la parole.

Que va chercher ma botte au bas de votre dos !

LE FÂCHEUX, *se sauvant.*

Au secours ! À la garde !

CYRANO

Avis donc aux badauds

1. Camus, camart : qui a le nez court et plat.

2. Appendice : partie en prolongement d'une autre.

3. Affable : aimable, doux.

4. Maraud : coquin.

5. Il le soufflette : il lui donne une gifle.

Qui trouveraient plaisant mon milieu de visage,
Et si plaisantin est noble, mon usage
Est de lui mettre, avant de le laisser s'enfuir,
Par devant, et plus haut, du fer, et non du cuir !

DE GUICHE, *qui est descendu de la scène, avec les marquis.*

Mais à la fin il nous ennuie !

LE VICOMTE DE VALVERT, *haussant les épaules.*

Il fanfaronne !

DE GUICHE

Personne ne va donc lui répondre ?…

LE VICOMTE

Personne ?
Attendez ! Je vais lui lancer un de ces traits[1] !…

Il s'avance vers Cyrano qui l'observe, et se campant devant lui d'un air fat[2].

Vous… vous avez un nez… heu… un nez… très grand.

CYRANO, *gravement.*

Très.

LE VICOMTE, *riant.*

Ha !

CYRANO, *imperturbable.*

C'est tout ?…

LE VICOMTE

Mais…

1. **Traits** : traits d'esprit, autrement appelés « pointes » à l'époque. Ces deux mots renvoient au caractère vif et piquant des paroles.

2. **Fat** : prétentieux.

CYRANO

Ah non ! c'est un peu court, jeune homme !
On pouvait dire… Oh ! Dieu… bien des choses en somme…
En variant le ton, – par exemple, tenez :
Agressif : « Moi, monsieur, si j'avais un tel nez,
Il faudrait sur-le-champ que je me l'amputasse ! »
Amical : « Mais il doit tremper dans votre tasse :
Pour boire, faites-vous fabriquer un hanap [1] ! »
Descriptif : « C'est un roc !… c'est un pic !… c'est un cap !
Que dis-je, c'est un cap ?… C'est une péninsule ! »
Curieux : « De quoi sert cette oblongue [2] capsule ?
D'écritoire, monsieur, ou de boîte à ciseaux ? »
Gracieux : « Aimez-vous à ce point les oiseaux
Que paternellement vous vous préoccupâtes
De tendre ce perchoir à leurs petites pattes ? »
Truculent : « Ça, monsieur, lorsque vous pétunez [3],
La vapeur du tabac vous sort-elle du nez
Sans qu'un voisin ne crie au feu de cheminée ? »
Prévenant : « Gardez-vous, votre tête entraînée
Par ce poids, de tomber en avant sur le sol ! »
Tendre : « Faites-lui faire un petit parasol
De peur que sa couleur au soleil ne se fane ! »
Pédant : « L'animal seul, monsieur, qu'Aristophane [4]
Appelle Hippocampelephantocamélos
Dut avoir sous le front tant de chair sur tant d'os ! »

1. **Hanap** : grand récipient métallique servant à boire.

2. **Oblongue** : plus long que large.

3. **Pétunez** : prisez du tabac.

4. **Aristophane** : auteur de comédie grec (vers 450-vers 385 av. J.-C.). Le nom de l'animal est probablement inventé par Rostand lui-même, il n'apparaît pas chez Aristophane.

Cavalier : « Quoi, l'ami, ce croc est à la mode ?
Pour pendre son chapeau, c'est vraiment très commode ! »
Emphatique : « Aucun vent ne peut, nez magistral,
T'enrhumer tout entier, excepté le mistral ! »
Dramatique : « C'est la Mer Rouge quand il saigne ! »
Admiratif : « Pour un parfumeur, quelle enseigne ! »
Lyrique : « Est-ce une conque[1], êtes-vous un triton[2] ? »
Naïf : « Ce monument, quand le visite-t-on ? »
Respectueux : « Souffrez[3], monsieur, qu'on vous salue,
C'est là ce qui s'appelle avoir pignon sur rue[4] ! »
Campagnard : « Hé, ardé ! C'est-y un nez ? Nanain !
C'est queuqu'navet géant ou ben queuqu'melon nain[5] ! »
Militaire : « Pointez contre cavalerie ! »
Pratique : « Voulez-vous le mettre en loterie ?
Assurément, monsieur, ce sera le gros lot ! »
Enfin, parodiant Pyrame[6] en un sanglot :
« Le voilà donc ce nez qui des traits de son maître
A détruit l'harmonie ! Il en rougit, le traître ! »
– Voilà ce qu'à peu près, mon cher, vous m'auriez dit
Si vous aviez un peu de lettres et d'esprit :

1. **Conque** : coquille.

2. **Triton** : animal aquatique dont la queue est aplatie.

3. **Souffrez** : acceptez.

4. **Pignon sur rue** : à l'origine, le pignon désigne une pièce triangulaire permettant de soutenir la principale poutre d'une charpente. L'expression « avoir pignon sur rue » signifie « avoir une maison ou un commerce en ville », puis, au sens figuré, « être dans une situation particulièrement aisée et reconnue ».

5. **Hé [...] nain** : patois campagnard signifiant : « Pardi ! Est-ce un nez ? Non !/C'est un navet géant ou un melon nain ! ».

6. **Pyrame** : protagoniste des *Amours tragiques de Pyrame et Thisbé* de Théophile de Viau (1617). On y trouve les vers suivants : « Ha, voici le poignard qui du sang de son maître/S'est souillé lâchement ; il en rougit le traître ! ».

Mais d'esprit, ô le plus lamentable des êtres,
Vous n'en eûtes jamais un atome, et de lettres[1]
Vous n'avez que les trois qui forment le mot : sot !
Eussiez-vous eu, d'ailleurs, l'invention[2] qu'il faut
Pour pouvoir là, devant ces nobles galeries,
Me servir toutes ces folles plaisanteries,
Que vous n'en eussiez pas articulé le quart
De la moitié du commencement d'une, car
Je me les sers moi-même, avec assez de verve[3],
Mais je ne permets pas qu'un autre me les serve.

De Guiche, *voulant emmener le vicomte pétrifié.*

Vicomte, laissez donc !

Le vicomte, *suffoqué.*

Ces grands airs arrogants !
Un hobereau[4] qui… qui… n'a même pas de gants !
Et qui sort sans rubans, sans bouffettes, sans ganses[5] !

Cyrano

Moi, c'est moralement que j'ai mes élégances.
Je ne m'attife[6] pas ainsi qu'un freluquet[7],
Mais je suis plus soigné si je suis moins coquet ;
Je ne sortirais pas avec, par négligence,
Un affront pas très bien lavé, la conscience

1. Lettres : nouveau jeu de mots, qui renvoie à la lettre de l'alphabet mais aussi à l'expression « avoir des lettres », c'est-à-dire « être cultivé ».

2. Invention : imagination.

3. Verve : qualité de parole d'un personnage brillant.

4. Hobereau : gentilhomme de campagne vivant sur ses terres.

5. Bouffettes […] ganses : divers rubans décorant les habits élégants de l'époque.

6. Attife : habille (familier).

7. Freluquet : jeune homme mal bâti.

Jaune encore de sommeil dans le coin de son œil,
Un honneur chiffonné, des scrupules en deuil.
Mais je marche sans rien sur moi qui ne reluise,
Empanaché d'indépendance et de franchise[1] ;
Ce n'est pas une taille avantageuse, c'est
Mon âme que je cambre ainsi qu'en un corset,
Et tout couvert d'exploits qu'en rubans je m'attache,
Retroussant mon esprit ainsi qu'une moustache,
Je fais, en traversant les groupes et les ronds,
Sonner les vérités comme des éperons[2].

LE VICOMTE

Mais, monsieur…

CYRANO

Je n'ai pas de gants ?… la belle affaire !
Il m'en restait un seul… d'une très vieille paire
– Lequel m'était d'ailleurs encor fort importun :
Je l'ai laissé dans la figure de quelqu'un.

LE VICOMTE

Maraud, faquin, butor[3] de pied plat ridicule !

CYRANO, *ôtant son chapeau et saluant comme si le vicomte venait de se présenter.*

Ah ?… Et moi, Cyrano-Savinien-Hercule
De Bergerac[4].

Rires.

---

1. **Empanaché d'indépendance et de franchise** : avec une fière allure composée d'indépendance et de franchise.

2. **Éperons** : pièces fixées sur les étriers et servant à piquer le ventre du cheval.

3. **Butor** : homme grossier.

4. **Cyrano-Savinien-Hercule de Bergerac** : il s'agit du vrai nom de Cyrano.

Le vicomte, *exaspéré.*

Bouffon !

Cyrano, *poussant un cri comme lorsqu'on est saisi d'une crampe.*

Ay !...

Le vicomte, *qui remontait, se retournant.*

Qu'est-ce encor qu'il dit ?

Cyrano, *avec des grimaces de douleur.*

Il faut la remuer, car elle s'engourdit...
– Ce que c'est que de la laisser inoccupée ! –
Ay !...

Le vicomte

Qu'avez-vous ?

Cyrano

J'ai des fourmis dans mon épée[1] !

Le vicomte, *tirant la sienne.*

Soit !

Cyrano

Je vais vous donner un petit coup charmant.

Le vicomte, *méprisant.*

Poète !...

Cyrano

Oui, monsieur, poète ! et tellement,
Qu'en ferraillant je vais – hop ! – à l'improvisade[2],
Vous composer une ballade[3].

---

1. **J'ai des fourmis dans mon épée** : mon épée me démange.
2. **À l'improvisade** : de manière improvisée.
3. **Ballade** : genre poétique de forme régulière comportant au moins trois couplets, un refrain et un envoi.

LE VICOMTE

Une ballade ?

CYRANO

Vous ne vous doutez pas de ce que c'est, je crois ?

LE VICOMTE

Mais...

CYRANO, *récitant comme une leçon.*

La ballade, donc, se compose de trois
Couplets de huit vers...

LE VICOMTE, *piétinant.*

Oh !

CYRANO, *continuant.*

Et d'un envoi de quatre...

LE VICOMTE

Vous...

CYRANO

Je vais tout ensemble en faire une et me battre,
Et vous toucher, monsieur, au dernier vers.

LE VICOMTE

Non !

CYRANO

Non ?

Déclamant.

« Ballade du duel qu'en l'hôtel bourguignon
Monsieur de Bergerac eut avec un bélître[1] ! »

1. Bélître : gueux fainéant.

LE VICOMTE
Qu'est-ce que c'est que ça, s'il vous plaît ?

CYRANO
C'est le titre.

LA SALLE, *surexcitée au plus haut point.*
Place ! – Très amusant ! – Rangez-vous ! – Pas de bruits !

Tableau. Cercle de curieux au parterre, les marquis et les officiers mêlés aux bourgeois et aux gens du peuple ; les pages grimpés sur des épaules pour mieux voir. Toutes les femmes debout dans les loges. À droite, de Guiche et ses gentilshommes. À gauche, Le Bret, Ragueneau, Cuigy, etc.

CYRANO, *fermant une seconde les yeux.*
Attendez !... Je choisis mes rimes... Là, j'y suis.

Il fait ce qu'il dit, à mesure.

Je jette avec grâce mon feutre,
Je fais lentement l'abandon
Du grand manteau qui me calfeutre [1],
Et je tire mon espadon [2] ;
Élégant comme Céladon [3],
Agile comme Scaramouche [4],
Je vous préviens, cher Myrmidon [5],
Qu'à la fin de l'envoi je touche !

Premiers engagements de fer.

Vous auriez bien dû rester neutre ;

1. **Qui me calfeutre** : qui m'entoure et me réchauffe.
2. **Espadon** : grande épée à deux poignées, que l'on tient à deux mains.
3. **Céladon** : berger de *L'Astrée* d'Honoré d'Urfé (1567-1625).
4. **Scaramouche** : personnage de la *Commedia dell'arte.*
5. **Myrmidon** : il s'agit à l'origine d'un peuple mythique de Grèce, né de fourmis. Par extension, désigne un homme chétif, qui n'oppose pas de résistance.

Où vais-je vous larder[1], dindon ?...
Dans le flanc, sous votre maheutre[2] ?...
Au cœur, sous votre bleu cordon ?...
– Les coquilles[3] tintent, ding-don !
Ma pointe voltige : une mouche !
Décidément... c'est au bedon[4],
Qu'à la fin de l'envoi, je touche.

Il me manque une rime en eutre...
Vous rompez, plus blanc qu'amidon ?
C'est pour me fournir le mot pleutre[5] !
– Tac ! je pare la pointe dont
Vous espériez me faire don :
J'ouvre la ligne, je la bouche...
Tiens bien ta broche, Laridon[6] !
À la fin de l'envoi, je touche.

Il annonce solennellement.

ENVOI

Prince, demande à Dieu pardon !
Je quarte du pied, j'escarmouche,
Je coupe, je feinte[7]...

Se fendant.

Hé ! là, donc

Le vicomte chancelle ; Cyrano salue.

1. **Larder** : piquer la viande de petits coups.

2. **Maheutre** : manche qui couvrait le bras de l'épaule au coude.

3. **Coquilles** : parties de la poignée de l'épée en forme de double coquille.

4. **Bedon** : ventre.

5. **Pleutre** : poltron, sans courage.

6. **Laridon** : nom donné par La Fontaine au chien de l'une de ses fables. Ne quittant pas la cuisine, il est l'exact opposé de son frère César, le chasseur.

7. **Je quarte du pied, j'escarmouche, je coupe, je feinte** : termes d'escrime.

À la fin de l'envoi, je touche.

Acclamations. Applaudissements dans les loges. Des fleurs et des mouchoirs tombent. Les officiers entourent et félicitent Cyrano. Ragueneau danse d'enthousiasme. Le Bret est heureux et navré. Les amis du vicomte le soutiennent et l'emmènent.

La foule, *en un long cri.*

Ah !...

Un chevau-léger

Superbe !

Une femme

Joli !

Ragueneau

Pharamineux !

Un marquis

Nouveau !...

Le Bret

Insensé !

Bousculade autour de Cyrano. On entend.

... Compliments... félicite... bravo...

Voix de femme

C'est un héros !...

Un mousquetaire, *s'avançant vivement vers Cyrano, la main tendue.*

Monsieur, voulez-vous me permettre ?...
C'est tout à fait très bien, et je crois m'y connaître ;
J'ai du reste exprimé ma joie en trépignant !...

Il s'éloigne.

CYRANO, *à Cuigy.*

Comment s'appelle donc ce monsieur ?

CUIGY

D'Artagnan.

LE BRET, *à Cyrano, lui prenant le bras.*

Çà, causons !...

CYRANO

Laisse un peu sortir cette cohue[1]...

À Bellerose.

Je peux rester ?

BELLEROSE, *respectueusement.*

Mais oui !...

On entend des cris au-dehors.

JODELET, *qui a regardé.*

C'est Montfleury qu'on hue !

BELLEROSE, *solennellement.*

Sic transit[2] !...

Changeant de ton, au portier et au moucheur de chandelles.

Balayez. Fermez. N'éteignez pas.

Nous allons revenir, après notre repas.

Répéter pour demain une nouvelle farce.

Jodelet et Bellerose sortent, après de grands saluts à Cyrano.

LE PORTIER, *à Cyrano.*

Vous ne dînez donc pas ?

---

1. **Cohue** : foule.

2. ***Sic transit*** : premiers mots de l'expression *sic transit gloria mundi* (« Ainsi passe la gloire terrestre »), prononcée lors de l'intronisation d'un nouveau pape.

CYRANO

Moi ?… Non.

Le portier se retire.

LE BRET, *à Cyrano.*

Parce que ?

CYRANO, *fièrement.*

Parce…

Changeant de ton, en voyant que le portier est loin.

Que je n'ai pas d'argent !…

LE BRET, *faisant le geste de lancer son sac.*

Comment ! le sac d'écus ?…

CYRANO

Pension paternelle, en un jour, tu vécus !

LE BRET

Pour vivre tout un mois, alors ?…

CYRANO

Rien ne me reste.

LE BRET

Jeter ce sac, quelle sottise !

CYRANO

Mais quel geste !…

LA DISTRIBUTRICE, *toussant derrière son petit comptoir.*

Hum !…

Cyrano et Le Bret se retournent. Elle s'avance intimidée.

Monsieur… Vous savoir jeûner… le cœur me fend…

Montrant le buffet.

J'ai là tout ce qu'il faut…

Avec élan.

Prenez !

CYRANO, *se découvrant.*

Ma chère enfant,
Encor que mon orgueil de Gascon m'interdise
D'accepter de vos doigts la moindre friandise,
J'ai trop peur qu'un refus ne vous soit un chagrin,
Et j'accepterai donc...

Il va au buffet et choisit.

Oh ! peu de chose ! – un grain
De ce raisin...

Elle veut lui donner la grappe, il cueille un grain.

Un seul !... ce verre d'eau...

Elle veut y verser du vin, il l'arrête.

limpide !
– Et la moitié d'un macaron !

Il rend l'autre moitié.

LE BRET

Mais c'est stupide !

LA DISTRIBUTRICE

Oh ! quelque chose encore !

CYRANO

Oui. La main à baiser.

Il baise, comme la main d'une princesse, la main qu'elle lui tend.

LA DISTRIBUTRICE

Merci, monsieur.

Révérence.

Bonsoir.

Elle sort.

Scène 5

CYRANO, LE BRET, *puis* LE PORTIER.

CYRANO, *à Le Bret.*

Je t'écoute causer.

Il s'installe devant le buffet et rangeant devant lui le macaron.

Dîner !...

... le verre d'eau.

Boisson !...

... le grain de raisin.

Dessert !...

Il s'assied.

Là, je me mets à table !
– Ah !... j'avais une faim, mon cher, épouvantable !

Mangeant.

– Tu disais ?

LE BRET

Que ces fats[1] aux grands airs belliqueux[2]
Te fausseront l'esprit si tu n'écoutes qu'eux !...
Va consulter des gens de bon sens, et t'informe
De l'effet qu'a produit ton algarade[3].

CYRANO, *achevant son macaron.*

Énorme.

LE BRET

Le Cardinal...

1. **Fats** : prétentieux.
2. **Belliqueux** : guerriers.
3. **Algarade** : réprimande.

CYRANO, *s'épanouissant.*

Il était là, le Cardinal ?

LE BRET

A dû trouver cela…

CYRANO

Mais très original.

LE BRET

Pourtant…

CYRANO

C'est un auteur. Il ne peut lui déplaire
Que l'on vienne troubler la pièce d'un confrère.

LE BRET

Tu te mets sur les bras, vraiment, trop d'ennemis !

CYRANO, *attaquant son grain de raisin.*

Combien puis-je, à peu près, ce soir, m'en être mis ?

LE BRET

Quarante-huit. Sans compter les femmes.

CYRANO

Voyons, compte !

LE BRET

Montfleury, le bourgeois, de Guiche, le vicomte,
Baro, l'Académie…

CYRANO

Assez ! tu me ravis !

LE BRET

Mais où te mènera la façon dont tu vis ?
Quel système est le tien ?

CYRANO

J'errais dans un méandre ;
J'avais trop de partis, trop compliqués, à prendre ;
J'ai pris…

LE BRET

Lequel ?

CYRANO

Mais le plus simple, de beaucoup.
J'ai décidé d'être admirable, en tout, pour tout !

LE BRET, *haussant les épaules.*

Soit ! – Mais enfin, à moi, le motif de ta haine
Pour Montfleury, le vrai, dis-le-moi !

CYRANO, *se levant.*

Ce Silène [1],
Si ventru que son doigt n'atteint pas son nombril,
Pour les femmes encor se croit un doux péril,
Et leur fait, cependant qu'en jouant il bredouille,
Des yeux de carpe avec ses gros yeux de grenouille !…
Et je le hais depuis qu'il se permit, un soir,
De poser son regard, sur celle… Oh ! j'ai cru voir
Glisser sur une fleur une longue limace !

LE BRET, *stupéfait.*

Hein ? Comment ? Serait-il possible ?…

CYRANO, *avec un rire amer.*

Que j'aimasse ?…
Changeant de ton et gravement.

1. Silène : satyre, père de Dionysos. Il est souvent représenté comme un vieillard bedonnant et ivre.

J'aime.

LE BRET

Et peut-on savoir ? tu ne m'as jamais dit ?...

CYRANO

Qui j'aime ?... Réfléchis, voyons. Il m'interdit
Le rêve d'être aimé même par une laide,
Ce nez qui d'un quart d'heure en tous lieux me précède ;
Alors moi, j'aime qui ?... Mais cela va de soi !
J'aime – mais c'est forcé ! – la plus belle qui soit !

LE BRET

La plus belle ?...

CYRANO

Tout simplement, qui soit au monde !
La plus brillante, la plus fine,

Avec accablement.

La plus blonde !

LE BRET

Eh ! mon Dieu, quelle est donc cette femme ?...

CYRANO

Un danger
Mortel sans le vouloir, exquis sans y songer,
Un piège de nature, une rose muscade [1]
Dans laquelle l'amour se tient en embuscade !
Qui connaît son sourire a connu le parfait.
Elle fait de la grâce avec rien, elle fait
Tenir tout le divin dans un geste quelconque,

1. **Rose muscade** : variété de rose très parfumée.

Et tu ne saurais pas, Vénus, monter en conque[1],
Ni toi, Diane[2], marcher dans les grands bois fleuris,
Comme elle monte en chaise et marche dans Paris !...

Le Bret

Sapristi ! je comprends. C'est clair !

Cyrano

C'est diaphane[3].

Le Bret

Magdeleine Robin, ta cousine ?

Cyrano

Oui, – Roxane.

Le Bret

Eh bien ! mais c'est au mieux ! Tu l'aimes ? Dis-le-lui !
Tu t'es couvert de gloire à ses yeux aujourd'hui !

Cyrano

Regarde-moi, mon cher, et dis quelle espérance
Pourrait bien me laisser cette protubérance[4] !
Oh ! je ne me fais pas d'illusion ! – Parbleu,
Oui, quelquefois, je m'attendris, dans le soir bleu ;
J'entre en quelque jardin où l'heure se parfume ;
Avec mon pauvre grand diable de nez je hume
L'avril – je suis des yeux, sous un rayon d'argent,
Au bras d'un cavalier, quelque femme, en songeant
Que pour marcher, à petits pas, dans de la lune,

1. **Vénus, monter en conque :** déesse de l'amour, née d'un coquillage.

2. **Diane :** déesse de la chasse.

3. **Diaphane :** transparent.

4. **Protubérance :** saillance, excroissance.

Aussi moi j'aimerais au bras en avoir une,
Je m'exalte, j'oublie… et j'aperçois soudain
L'ombre de mon profil sur le mur du jardin !

LE BRET, *ému.*

Mon ami !…

CYRANO

Mon ami, j'ai de mauvaises heures !
De me sentir si laid, parfois, tout seul…

LE BRET, *vivement, lui prenant la main.*

Tu pleures ?

CYRANO

Ah ! non, cela, jamais ! Non, ce serait trop laid,
Si le long de ce nez une larme coulait !
Je ne laisserai pas, tant que j'en serai maître,
La divine beauté des larmes se commettre
Avec tant de laideur grossière !… Vois-tu bien,
Les larmes, il n'est rien de plus sublime, rien,
Et je ne voudrais pas qu'excitant la risée,
Une seule, par moi, fût ridiculisée !…

LE BRET

Va, ne t'attriste pas ! L'amour n'est que hasard !

CYRANO, *secouant la tête.*

Non ! J'aime Cléopâtre : ai-je l'air d'un César[1] ?
J'adore Bérénice : ai-je l'aspect d'un Tite[2] ?

---

1. Cléopâtre, César : Cléopâtre, reine d'Égypte, était la maîtresse de l'empereur romain Jules César (Ier siècle av. J.-C.).

2. Bérénice, Tite : il s'agit de l'empereur romain Tite et de la reine de Palestine Bérénice (Ier siècle). Les amours de ses deux personnages ont inspiré plusieurs pièces de théâtre, dont la *Bérénice* de Racine (1670).

LE BRET

Mais ton courage ! ton esprit ! – Cette petite
Qui t'offrait là, tantôt, ce modeste repas,
Ses yeux, tu l'as bien vu, ne te détestaient pas !

CYRANO, *saisi.*

C'est vrai !

LE BRET

Hé bien ! alors ?... Mais, Roxane, elle-même,
Toute blême a suivi ton duel !...

CYRANO

Toute blême ?

LE BRET

Son cœur et son esprit déjà sont étonnés !
Ose, et lui parle, afin...

CYRANO

Qu'elle me rie au nez ?
Non ! – C'est la seule chose au monde que je craigne !

LE PORTIER, *introduisant quelqu'un à Cyrano.*

Monsieur, on vous demande...

CYRANO, *voyant la duègne*[1].

Ah ! mon Dieu ! Sa duègne !

1. Duègne : vieille femme désagréable, chargée de la protection d'une jeune personne.

Scène 6

CYRANO, LE BRET, LA DUÈGNE

LA DUÈGNE, *avec un grand salut.*

De son vaillant cousin on désire savoir
Où l'on peut, en secret, le voir.

CYRANO, *bouleversé.*

Me voir ?

LA DUÈGNE, *avec une révérence.*

Vous voir.
– On a des choses à vous dire.

CYRANO

Des ?...

LA DUÈGNE, *nouvelle révérence.*

Des choses !

CYRANO, *chancelant.*

Ah ! mon Dieu !

LA DUÈGNE

L'on ira, demain, aux primes roses [1]
D'aurore, – ouïr la messe à Saint-Roch [2].

CYRANO, *se soutenant sur Le Bret.*

Ah ! mon Dieu !

---

1. Aux primes roses : à l'aurore. On dit communément « l'aurore aux doigts de rose ».

2. Saint-Roch : nom d'une église parisienne du Ier arrondissement construite aux XVIIe et XVIIIe siècles.

La duègne

En sortant, – où peut-on entrer, causer un peu ?

Cyrano, *affolé.*

Où ?… Je… mais… Ah ! mon Dieu !…

La duègne

Dites vite.

Cyrano

Je cherche !…

La duègne

Où ?…

Cyrano

Chez… chez… Ragueneau… le pâtissier…

La duègne

Il perche[1] ?

Cyrano

Dans la rue – Ah ! mon Dieu, mon Dieu ! – Saint-Honoré !…

La duègne, *remontant.*

On ira. Soyez-y. Sept heures.

Cyrano

J'y serai.

La duègne sort.

1. **Perche** : habite. Ce terme relève d'un niveau de langue familier.

Scène 7

CYRANO, LE BRET, *puis* LES COMÉDIENS, LES COMÉDIENNES, CUIGY, BRISSAILLE, LIGNIÈRE, LE PORTIER, LES VIOLONS.

CYRANO, *tombant dans les bras de Le Bret.*

Moi !… D'elle !… Un rendez-vous !…

LE BRET

Eh bien ! tu n'es plus triste ?

CYRANO

Ah ! pour quoi que ce soit, elle sait que j'existe !

LE BRET

Maintenant, tu vas être calme ?

CYRANO, *hors de lui.*

Maintenant…
Mais je vais être frénétique[1] et fulminant[2] !
Il me faut une armée entière à déconfire[3] !
J'ai dix cœurs ; j'ai vingt bras ; il ne peut me suffire
De pourfendre[4] des nains…

Il crie à tue-tête.

Il me faut des géants !

Depuis un moment sur la scène, au fond, des ombres de comédiens et de comédiennes s'agitent, chuchotent : on commence à répéter. Les violons ont repris leur place.

1. **Frénétique** : exalté.
2. **Fulminant** : qui explose sous l'effet de la colère.
3. **Déconfire** : battre.
4. **Pourfendre** : faire subir une défaite.

Une voix, *de la scène.*

Hé ! pst ! là-bas ! Silence ! on répète céans[1] !

Cyrano, *riant.*

Nous partons !

Il remonte ; par la grande porte du fond, entrent Cuigy, Brissaille, plusieurs officiers, qui soutiennent Lignière complètement ivre.

Cuigy

Cyrano !

Cyrano

Qu'est-ce ?

Cuigy

Une énorme grive

Qu'on t'apporte !

Cyrano, *le reconnaissant.*

Lignière !... Hé, qu'est-ce qui t'arrive ?

Cuigy

Il te cherche !

Brissaille

Il ne peut rentrer chez lui !

Cyrano

Pourquoi ?

Lignière, *d'une voix pâteuse, lui montrant un billet tout chiffonné.*

Ce billet m'avertit... cent hommes contre moi...
À cause de... chanson... grand danger me menace...

1. **Céans** : ici.

Porte de Nesle… Il faut, pour rentrer, que j'y passe…
Permets-moi donc d'aller coucher sous… sous ton toit !

CYRANO

Cent hommes, m'as-tu dit ? Tu coucheras chez toi !

LIGNIÈRE, *épouvanté.*

Mais…

CYRANO, *d'une voix terrible, lui montrant la lanterne allumée que le portier balance en écoutant curieusement cette scène.*

Prends cette lanterne !…

Lignière, saisit précipitamment la lanterne.

Et marche ! – Je te jure
Que c'est moi qui ferai ce soir ta couverture[1] !…

Aux officiers.

Vous, suivez à distance, et vous serez témoins !

CUIGY

Mais cent hommes !…

CYRANO

Ce soir, il ne m'en faut pas moins !

Les comédiens et les comédiennes, descendus de scène, se sont rapprochés dans leurs divers costumes.

LE BRET

Mais pourquoi protéger…

CYRANO

Voilà Le Bret qui grogne !

LE BRET

Cet ivrogne banal ?…

1. C'est moi qui ferai ce soir ta couverture : c'est moi qui préparerai ton lit.

CYRANO, *frappant sur l'épaule de Lignière.*

Parce que cet ivrogne,
Ce tonneau de muscat, ce fût de rossoli[1],
Fit quelque chose un jour de tout à fait joli :
Au sortir d'une messe ayant, selon le rite,
Vu celle qu'il aimait prendre de l'eau bénite,
Lui que l'eau fait sauver, courut au bénitier,
Se pencha sur sa conque et le but tout entier !...

UNE COMÉDIENNE, *en costume de soubrette*[2].

Tiens, c'est gentil, cela !

CYRANO

N'est-ce pas, la soubrette ?

LA COMÉDIENNE, *aux autres.*

Mais pourquoi sont-ils cent contre un pauvre poète ?

CYRANO

Marchons !

Aux officiers.

Et vous, messieurs, en me voyant charger,
Ne me secondez pas, quel que soit le danger !

UNE AUTRE COMÉDIENNE, *sautant de la scène.*

Oh ! mais moi je vais voir !

CYRANO

Venez !...

UNE AUTRE, *sautant aussi, à un vieux comédien.*

Viens-tu, Cassandre ?...

1. **Rossoli** : nom d'une liqueur.

2. **Soubrette** : servante.

CYRANO

Venez tous, le Docteur, Isabelle, Léandre[1],
Tous ! Car vous allez joindre, essaim charmant et fol,
La farce italienne à ce drame espagnol,
Et sur son ronflement tintant un bruit fantasque,
L'entourer de grelots comme un tambour de basque !...

TOUTES LES FEMMES, *sautant de joie.*

Bravo ! – Vite, une mante[2] ! – Un capuchon !

JODELET

Allons !

CYRANO, *aux violons.*

Vous nous jouerez un air, messieurs les violons !

Les violons se joignent au cortège qui se forme. On s'empare des chandelles allumées de la rampe et on se les distribue. Cela devient une retraite aux flambeaux.

Bravo ! des officiers, des femmes en costume,
Et, vingt pas en avant...

Il se place comme il dit.

Moi, tout seul, sous la plume
Que la gloire elle-même à ce feutre piqua,
Fier comme un Scipion triplement Nasica[3] !...
– C'est compris ? Défendu de me prêter main-forte !
On y est ?... Un, deux, trois ! Portier, ouvre la porte !

1. Cassandre, le Docteur, Isabelle, Léandre : personnages de la *Commedia dell'arte.*

2. Mante : manteau de femme dépourvu de manches.

3. Scipion triplement Nasica : les Scipion sont une très grande famille romaine des quatre derniers siècles av. J.-C. Par ailleurs, en latin, *nasica* signifie « qui a les narines écartées, le nez épaté ».

Le portier ouvre à deux battants. Un coin du vieux Paris pittoresque[1] *et lunaire paraît.*

Ah !... Paris fuit, nocturne et quasi nébuleux[2] ;
Le clair de lune coule aux pentes des toits bleus ;
Un cadre se prépare, exquis, pour cette scène ;
Là-bas, sous des vapeurs en écharpe, la Seine,
Comme un mystérieux et magique miroir,
Tremble... Et vous allez voir ce que vous allez voir !

TOUS

À la porte de Nesle !

CYRANO, *debout sur le seuil.*

À la porte de Nesle !

Se retournant avant de sortir, à la soubrette.

Ne demandiez-vous pas pourquoi, mademoiselle,
Contre ce seul rimeur cent hommes furent mis ?

Il tire l'épée et, tranquillement.

C'est parce qu'on savait qu'il est de mes amis !

Il sort. Le cortège – Lignière zigzaguant en tête, – puis les comédiennes aux bras des officiers, – puis les comédiens gambadant, – se met en marche dans la nuit au son des violons, et à la lueur falote[3] *des chandelles.*

RIDEAU

1. Pittoresque : qui mérite d'être peint.

2. Nébuleux : obscurci par les nuages.

3. Falote : terne.

Acte II

La rôtisserie des poètes

La boutique de Ragueneau, rôtisseur-pâtissier, vaste ouvroir[1] *au coin de la rue Saint-Honoré et de la rue de l'Arbre-Sec qu'on aperçoit largement au fond, par le vitrage de la porte, grises dans les premières lueurs de l'aube.*

À gauche, premier plan, comptoir surmonté d'un dais[2] *en fer forgé, auquel sont accrochés des oies, des canards, des paons blancs. Dans de grands vases de faïence de hauts bouquets de fleurs naïves*[3]*, principalement des tournesols jaunes. Du même côté, second plan, immense cheminée devant laquelle, entre de monstrueux chenets*[4]*, dont chacun supporte une petite marmite, les rôtis pleurent dans les lèchefrites*[5]*.*

À droite, premier plan avec porte. Deuxième plan, un escalier montant à une petite salle en soupente[6]*, dont on aperçoit l'intérieur par des volets ouverts ; une table y est dressée, un menu*[7] *lustre flamand y luit : c'est un réduit où l'on va manger et boire. Une galerie de bois, faisant suite à l'escalier, semble mener à d'autres petites salles analogues.*

---

1. Ouvroir : lieu communautaire.

2. Dais : pièce, ici en fer forgé, qui surplombe une autre.

3. Naïves : simples.

4. Chenets : pièces placées dans la cheminée pour maintenir les bûches en hauteur.

5. Lèchefrites : ustensiles destinés à recevoir la graisse et le jus de la viande cuisant sur la broche.

6. Soupente : réduit aménagé le plus souvent pour servir de chambre.

7. Menu : petit.

Au milieu de la rôtisserie, un cercle en fer que l'on peut faire descendre avec une corde, et auquel de grosses pièces sont accrochées, fait un lustre de gibier.

Les fours, dans l'ombre, sous l'escalier, rougeoient. Des cuivres étincellent. Des broches tournent. Des pièces montées pyramident. Des jambons pendent. C'est le coup de feu matinal. Bousculade de marmitons effarés, d'énormes cuisiniers et de minuscules gâte-sauces[1]*. Foisonnement de bonnets à plume de poulet ou à aile de pintade. On apporte, sur des plaques de tôle et des clayons*[2] *d'osier, des quinconces*[3] *de brioches, des villages de petits fours.*

Des tables sont couvertes de gâteaux et de plats. D'autres, entourées de chaises, attendent les mangeurs et les buveurs. Une plus petite, dans un coin, disparaît sous les papiers. Ragueneau y est assis au lever du rideau, il écrit.

Scène première

RAGUENEAU, PÂTISSIERS, *puis* LISE *; Ragueneau, à la petite table, écrivant d'un air inspiré, et comptant sur ses doigts.*

PREMIER PÂTISSIER, *apportant une pièce montée.*

Fruits en nougat !

DEUXIÈME PÂTISSIER, *apportant un plat.*

Flan !

1. Gâte-sauces : jeunes aides de cuisine.

2. Clayons : petites planches de paille ou de jonc sur lesquelles on dispose des aliments qu'on fait sécher.

3. Quinconces : disposition géométrique particulière regroupant quatre éléments aux coins d'un carré, et un cinquième au centre.

TROISIÈME PÂTISSIER, *apportant un rôti paré de plumes.*

Paon !

QUATRIÈME PÂTISSIER, *apportant une plaque de gâteaux.*

Roinsoles[1] !

CINQUIÈME PÂTISSIER, *apportant une sorte de terrine.*

Bœuf en daube !

RAGUENEAU, *cessant d'écrire et levant la tête.*

Sur les cuivres, déjà, glisse l'argent de l'aube !
Étouffe en toi le dieu qui chante, Ragueneau !
L'heure du luth[2] viendra, – c'est l'heure du fourneau !

Il se lève. – À un cuisinier.

Vous, veuillez m'allonger cette sauce, elle est courte !

LE CUISINIER

De combien ?

RAGUENEAU

De trois pieds.

Il passe.

LE CUISINIER

Hein !

PREMIER PÂTISSIER

La tarte !

DEUXIÈME PÂTISSIER

La tourte !

1. **Roinsoles** : petits beignets frits.

2. **Luth** : instrument de musique à corde.

RAGUENEAU, *devant la cheminée.*

Ma Muse, éloigne-toi, pour que tes yeux charmants
N'aillent pas se rougir au feu de ces sarments[1] !

À un pâtissier, lui montrant des pains.

Vous avez mal placé la fente de ces miches :
Au milieu la césure, – entre les hémistiches[2] !

À un autre, lui montrant un pâté inachevé.

À ce palais de croûte, il faut, vous, mettre un toit…

À un jeune apprenti, qui, assis par terre, embroche des volailles.

Et toi, sur cette broche interminable, toi,
Le modeste poulet et la dinde superbe,
Alterne-les, mon fils, comme le vieux Malherbe[3]
Alternait les grands vers avec les plus petits,
Et fais tourner au feu des strophes de rôtis !

UN AUTRE APPRENTI, *s'avançant avec un plateau recouvert d'une assiette.*

Maître, en pensant à vous, dans le four, j'ai fait cuire
Ceci, qui vous plaira, je l'espère.

Il découvre le plateau, on voit une grande lyre[4] de pâtisserie.

RAGUENEAU, *ébloui.*

Une lyre !

L'APPRENTI

En pâte de brioche.

---

1. **Sarments :** rameaux de vigne.

2. **Césure, – entre les hémistiches :** la césure est située au milieu de l'alexandrin (vers de douze syllabes) qu'elle divise en deux hémistiches de six syllabes chacun.

3. **Malherbe :** poète français (1555-1628) souvent cité pour les règles poétiques qu'il a établies.

4. **Lyre :** instrument de musique à cordes pincées.

RAGUENEAU, *ému.*

Avec des fruits confits !

L'APPRENTI

Et les cordes, voyez, en sucre je les fis.

RAGUENEAU, *lui donnant de l'argent.*

Va boire à ma santé !

Apercevant Lise qui entre.

Chut ! ma femme ! Circule,
Et cache cet argent !

À Lise, lui montrant la lyre d'un air gêné.

C'est beau ?

LISE

C'est ridicule !

Elle pose sur le comptoir une pile de sacs en papier.

RAGUENEAU

Des sacs ?... Bon. Merci.

Il les regarde.

Ciel ! Mes livres vénérés !
Les vers de mes amis ! déchirés ! démembrés !
Pour en faire des sacs à mettre des croquantes [1]...
Ah ! vous renouvelez Orphée et les bacchantes [2] !

LISE, *sèchement.*

Et n'ai-je pas le droit d'utiliser vraiment
Ce que laissent ici, pour unique paiement,
Vos méchants écriveurs de lignes inégales !

---

1. Croquantes : gâteaux d'amandes séchées au four.

2. Orphée et les bacchantes : dans la mythologie grecque, Orphée aurait été déchiqueté par les bacchantes, agacées de le voir rester fidèle à Eurydice.

Ragueneau

Fourmi !… n'insulte pas ces divines cigales[1] !

Lise

Avant de fréquenter ces gens-là, mon ami,
Vous ne m'appeliez pas bacchante, – ni fourmi !

Ragueneau

Avec des vers, faire cela !

Lise

Pas autre chose.

Ragueneau

Que faites-vous alors, madame, avec la prose ?

Scène 2

Les mêmes, deux enfants,
qui viennent d'entrer dans la pâtisserie.

Ragueneau

Vous désirez, petits ?

Premier enfant

Trois pâtés.

Ragueneau, *les servant.*

Là, bien roux…
Et bien chauds.

Deuxième enfant

S'il vous plaît, enveloppez-les-nous ?

1. Fourmi […] cigales : protagonistes de la fable « La cigale et la fourmi » de La Fontaine.

RAGUENEAU, *saisi, à part.*

Hélas ! un de mes sacs !

Aux enfants.

Que je les enveloppe ?…

Il prend un sac et au moment d'y mettre les pâtés, il lit.

« Tel Ulysses, le jour qu'il quitta Pénélope[1]… »
Pas celui-ci !…

Il le met de côté et en prend un autre. Au moment d'y mettre les pâtés, il lit.

« Le blond Phœbus[2]… » Pas celui-là !

Même jeu.

LISE, *impatientée.*

Eh bien ! qu'attendez-vous ?

RAGUENEAU

Voilà, voilà, voilà !

Il en prend un troisième et se résigne.

Le sonnet à Philis[3] !… mais c'est dur tout de même !

LISE

C'est heureux qu'il se soit décidé !

Haussant les épaules.

Nicodème[4] !

Elle monte sur une chaise et se met à ranger des plats sur une crédence[5].

---

1. Ulysse, Pénélope : couple célèbre de l'*Odyssée* d'Homère (VIIIe siècle av. J.-C.).

2. Phœbus : autre nom d'Apollon.

3. Philis : surnom très fréquent dans la poésie pastorale et galante.

4. Nicodème : homme simple et niais.

5. Crédence : buffet servant à poser les plats.

Ragueneau, *profitant de ce qu'elle tourne le dos, rappelle les enfants déjà à la porte.*

Pst !… Petits !… Rendez-moi le sonnet à Philis,
Au lieu de trois pâtés je vous en donne six.

Les enfants lui rendent le sac, prennent vivement les gâteaux et sortent. Ragueneau, défripant le papier, se met à lire en déclamant.

« Philis !… » Sur ce doux nom, une tache de beurre !…
« Philis !… »

Cyrano entre brusquement.

Scène 3

Ragueneau, Lise, Cyrano, *puis le mousquetaire.*

Cyrano

Quelle heure est-il ?

Ragueneau, *le saluant avec empressement.*

Six heures.

Cyrano, *avec émotion.*

Dans une heure !

Il va et vient dans la boutique.

Ragueneau, *le suivant.*

Bravo ! J'ai vu…

Cyrano

Quoi donc ?

Ragueneau

Votre combat !…

CYRANO

Lequel ?

RAGUENEAU

Celui de l'hôtel de Bourgogne !

CYRANO, *avec dédain.*

Ah !… Le duel !…

RAGUENEAU, *admiratif.*

Oui, le duel en vers !…

LISE

Il en a plein la bouche !

CYRANO

Allons ! tant mieux !

RAGUENEAU, *se fendant avec une broche qu'il a saisie.*

« À la fin de l'envoi, je touche !…
À la fin de l'envoi, je touche !… » Que c'est beau !

Avec un enthousiasme croissant.

« À la fin de l'envoi… »

CYRANO

Quelle heure, Ragueneau ?

RAGUENEAU, *restant fendu pour regarder l'horloge.*

Six heures cinq !… « … je touche ! »

Il se relève.

… Oh ! faire une ballade !

LISE, *à Cyrano, qui en passant devant son comptoir lui a serré distraitement la main.*

Qu'avez-vous à la main ?

CYRANO

Rien. Une estafilade[1].

RAGUENEAU

Courûtes-vous quelque péril ?

CYRANO

Aucun péril.

LISE, *le menaçant du doigt.*

Je crois que vous mentez !

CYRANO

Mon nez remuerait-il ?
Il faudrait que ce fût pour un mensonge énorme !

Changeant de ton.

J'attends ici quelqu'un. Si ce n'est pas sous l'orme[2],
Vous nous laisserez seuls.

RAGUENEAU

C'est que je ne peux pas ;
Mes rimeurs vont venir…

LISE, *ironique.*

Pour leur premier repas.

CYRANO

Tu les éloigneras quand je te ferai signe…
L'heure ?

RAGUENEAU

Six heures dix.

1. Estafilade : longue coupure.

2. Si ce n'est pas sous l'orme : si je n'attends pas en vain.

CYRANO, *s'asseyant nerveusement à la table de Ragueneau et prenant du papier.*

Une plume ?…

RAGUENEAU, *lui offrant celle qu'il a à son oreille.*

De cygne.

UN MOUSQUETAIRE, *superbement moustachu, entre et d'une voix de stentor*[1].

Salut !

Lise remonte vivement vers lui.

CYRANO, *se retournant.*

Qu'est-ce ?

RAGUENEAU

Un ami de ma femme. Un guerrier
Terrible, – à ce qu'il dit !…

CYRANO, *reprenant la plume et éloignant du geste Ragueneau.*

Chut !…

À lui-même.

Écrire, – plier. –
Lui donner, – me sauver…

Jetant la plume.

Lâche !… Mais que je meure,
Si j'ose lui parler, lui dire un seul mot…

À Ragueneau.

L'heure ?

RAGUENEAU

Six et quart !…

1. **De stentor** : très puissante.

CYRANO, *frappant sa poitrine.*

… un seul mot de tous ceux que j'ai là !
Tandis qu'en écrivant…

Il reprend la plume.

Eh bien ! écrivons-la,
Cette lettre d'amour qu'en moi-même j'ai faite
Et refaite cent fois, de sorte qu'elle est prête,
Et que mettant mon âme à côté du papier,
Je n'ai tout simplement qu'à la recopier.

Il écrit. – Derrière le vitrage de la porte on voit s'agiter des silhouettes maigres et hésitantes.

Scène 4

RAGUENEAU, LISE, LE MOUSQUETAIRE, CYRANO, *à la petite table, écrivant, les poètes, vêtus de noir, les bas tombants, couverts de boue.*

LISE, *entrant, à Ragueneau.*

Les voici vos crottés !

PREMIER POÈTE, *entrant, à Ragueneau.*

Confrère !…

DEUXIÈME POÈTE, *de même, lui secouant les mains.*

Cher confrère !

TROISIÈME POÈTE

Aigle des pâtissiers !

Il renifle.

Ça sent bon dans votre aire[1].

QUATRIÈME POÈTE

Ô Phœbus-Rôtisseur !

CINQUIÈME POÈTE

Apollon maître-queux[2] !

RAGUENEAU, *entouré, embrassé, secoué.*

Comme on est tout de suite à son aise avec eux !...

PREMIER POÈTE

Nous fûmes retardés par la foule attroupée
À la porte de Nesle !...

DEUXIÈME POÈTE

Ouverts à coups d'épée,
Huit malandrins[3] sanglants illustraient les pavés !

CYRANO, *levant une seconde la tête.*

Huit ?... Tiens, je croyais sept.

Il reprend sa lettre.

RAGUENEAU, *à Cyrano.*

Est-ce que vous savez
Le héros du combat ?

CYRANO, *négligemment.*

Moi ?... Non !

LISE, *au mousquetaire.*

Et vous ?

---

1. Aire : surface plane d'un rocher sur lequel les oiseaux de proie construisent leur nid ; par extension, ce nid lui-même.

2. Maître-queux : maître cuisinier.

3. Malandrins : brigands.

LE MOUSQUETAIRE, *se frisant la moustache.*

Peut-être !

CYRANO, *écrivant, à part, on l'entend murmurer de temps en temps.*

Je vous aime…

PREMIER POÈTE

Un seul homme, assurait-on, sut mettre
Toute une bande en fuite !…

DEUXIÈME POÈTE

Oh ! c'était curieux
Des piques, des bâtons jonchaient le sol !…

CYRANO, *écrivant.*

… vos yeux…

TROISIÈME POÈTE

On trouvait des chapeaux jusqu'au quai des Orfèvres [1] !

PREMIER POÈTE

Sapristi ! ce dut être un féroce…

CYRANO, *même jeu.*

… vos lèvres…

PREMIER POÈTE

Un terrible géant, l'auteur de ces exploits !

CYRANO, *même jeu.*

… Et je m'évanouis de peur quand je vous vois.

DEUXIÈME POÈTE, *happant un gâteau.*

Qu'as-tu rimé de neuf, Ragueneau ?

1. Quai des Orfèvres : l'un des quais de Paris, relativement éloigné de la porte de Nesle.

CYRANO

… qui vous aime…

Il s'arrête au moment de signer, et se lève, mettant sa lettre dans son pourpoint[1].

Pas besoin de signer. Je la donne moi-même.

RAGUENEAU, *au deuxième poète.*

J'ai mis une recette en vers.

TROISIÈME POÈTE, *s'installant près d'un plateau de choux à la crème.*

Oyons[2] ces vers !

QUATRIÈME POÈTE, *regardant une brioche qu'il a prise.*

Cette brioche a mis son bonnet de travers.

Il la décoiffe d'un coup de dent.

PREMIER POÈTE

Ce pain d'épice suit le rimeur famélique[3],
De ses yeux en amande aux sourcils d'angélique !

Il happe le morceau de pain d'épice.

DEUXIÈME POÈTE

Nous écoutons.

TROISIÈME POÈTE, *serrant légèrement un chou entre ses doigts.*

Le chou bave sa crème. Il rit.

DEUXIÈME POÈTE, *mordant à même la grande lyre de pâtisserie.*

Pour la première fois la Lyre me nourrit[4] !

---

1. Pourpoint : manteau d'homme descendant jusque sous la ceinture.

2. Oyons : écoutons.

3. Famélique : amaigri.

4. La Lyre me nourrit : jeu de mots. Le poète sous-entend ici que d'habitude ce n'est pas son art qui le fait vivre.

RAGUENEAU, *qui s'est préparé à réciter, qui a toussé, assuré*[1] *son bonnet, pris une pose.*

Une recette en vers…

DEUXIÈME POÈTE, *au premier, lui donnant un coup de coude.*

Tu déjeunes[2] ?

PREMIER POÈTE, *au deuxième.*

Tu dînes[3] !

RAGUENEAU

Comment on fait les tartelettes amandines.

Battez, pour qu'ils soient mousseux,
Quelques œufs ;
Incorporez à leur mousse
Un jus de cédrat[4] choisi ;
Versez-y
Un bon lait d'amande douce ;
Mettez de la pâte à flan
Dans le flanc
De moules à tartelette ;
D'un doigt preste[5], abricotez[6]
Les côtés ;
Versez goutte à gouttelette
Votre mousse en ces puits, puis
Que ces puits

1. **Assuré** : ajusté.
2. **Déjeunes** : prends le petit-déjeuner.
3. **Dînes** : déjeunes.
4. **Cédrat** : fruit jaune, plus gros que le citron.
5. **Preste** : rapide et agile.
6. **Abricoter** : recouvrir de marmelade d'abricots.

Passent au four, et, blondines[1],
Sortant en gais troupelets[2],
Ce sont les
Tartelettes amandines !

LES POÈTES, *la bouche pleine.*

Exquis ! Délicieux !

UN POÈTE, *s'étouffant.*

Homph !

Ils remontent vers le fond, en mangeant.
Cyrano qui a observé s'avance vers Ragueneau.

CYRANO

Bercés par ta voix,
Ne vois-tu pas comme ils s'empiffrent ?

RAGUENEAU, *plus bas, avec un sourire.*

Je le vois...
Sans regarder, de peur que cela ne les trouble ;
Et dire ainsi mes vers me donne un plaisir double,
Puisque je satisfais un doux faible que j'ai
Tout en laissant manger ceux qui n'ont pas mangé !

CYRANO, *lui frappant sur l'épaule.*

Toi, tu me plais !...

Ragueneau va rejoindre ses amis.
Cyrano le suit des yeux, puis, un peu brusquement.

Hé là, Lise ?

Lise, en conversation tendre avec le mousquetaire,
tressaille et descend vers Cyrano.

1. **Blondines** : blondes.
2. **Troupelets** : petits troupeaux.

Ce capitaine…

Vous assiège ?

Lise, *offensée.*

Oh ! mes yeux, d'une œillade hautaine
Savent vaincre quiconque attaque mes vertus.

Cyrano

Euh ! pour des yeux vainqueurs, je les trouve battus.

Lise, *suffoquée.*

Mais…

Cyrano, *nettement.*

Ragueneau me plaît. C'est pourquoi, dame Lise,
Je défends que quelqu'un le ridicoculise[1].

Lise

Mais…

Cyrano, *qui a élevé la voix assez pour être entendu du galant.*

À bon entendeur…

Il salue le mousquetaire, et va se mettre en observation, à la porte du fond, après avoir regardé l'horloge.

Lise, *au mousquetaire qui a simplement rendu son salut à Cyrano.*

Vraiment, vous m'étonnez !
Répondez… sur son nez…

Le mousquetaire

Sur son nez… sur son nez…

Il s'éloigne vivement, Lise le suit.

1. **Ridicoculise** : mot-valise composé de « ridiculiser », « cocu » et « Lise ». Le véritable Cyrano avait l'habitude de forger ces mots burlesques.

CYRANO, *de la porte du fond, faisant signe à Ragueneau d'emmener les poètes.*

Pst !...

RAGUENEAU, *montrant aux poètes la porte de droite.*

Nous serons bien mieux par là...

CYRANO, *s'impatientant.*

Pst ! pst !...

RAGUENEAU, *les entraînant.*

Pour lire
Des vers...

PREMIER POÈTE, *désespéré, la bouche pleine.*

Mais les gâteaux !...

DEUXIÈME POÈTE

Emportons-les !

Ils sortent tous derrière Ragueneau, processionnellement, et après avoir fait une rafle de plateaux.

Scène 5

CYRANO, ROXANE, LA DUÈGNE

CYRANO

Je tire
Ma lettre si je sens seulement qu'il y a
Le moindre espoir !...

Roxane, masquée, suivie de la duègne, paraît derrière le vitrage. Il ouvre vivement la porte.

Entrez !...

Marchant sur la duègne.

Vous, deux mots, duègna !

LA DUÈGNE

Quatre.

CYRANO

Êtes-vous gourmande ?

LA DUÈGNE

À m'en rendre malade.

CYRANO, *prenant vivement des sacs de papier sur le comptoir.*

Bon. Voici deux sonnets de monsieur Benserade[1]...

LA DUÈGNE, *piteuse[2].*

Heu !...

CYRANO

... que je vous remplis de darioles[3].

LA DUÈGNE, *changeant de figure.*

Hou !

CYRANO

Aimez-vous le gâteau qu'on nomme petit chou ?

LA DUÈGNE, *avec dignité.*

Monsieur, j'en fais état[4], lorsqu'il est à la crème.

CYRANO

J'en plonge six pour vous dans le sein d'un poème

---

1. Benserade : Isaac de Benserade (1613-1691), poète très actif dans le salon mondain de l'Hôtel de Rambouillet.

2. Piteuse : honteuse.

3. Dariole : pâte feuilletée garnie.

4. J'en fais état : je les aime.

De Saint-Amant[1] ! Et dans ces vers de Chapelain[2]
Je dépose un fragment, moins lourd, de poupelin[3].
– Ah ! vous aimez les gâteaux frais ?

LA DUÈGNE

J'en suis férue[4] !

CYRANO, *lui chargeant les bras de sacs remplis.*

Veuillez aller manger tous ceux-ci dans la rue.

LA DUÈGNE

Mais…

CYRANO, *la poussant dehors.*

Et n'en revenez qu'après avoir fini !

Il referme la porte, redescend vers Roxane, et s'arrête, découvert[5]*, à une distance respectueuse.*

Scène 6

CYRANO, ROXANE, LA DUÈGNE, *un instant.*

CYRANO

Que l'instant entre tous les instants soit béni,
Où, cessant d'oublier qu'humblement je respire
Vous venez jusqu'ici pour me dire… me dire ?…

1. **Saint-Amant** : poète libertin et burlesque (1594-1661).
2. **Chapelain** : écrivain contemporain de Cyrano (1595-1674).
3. **Poupelin** : gâteau parfumé à l'écorce de citron.
4. **Férue** : éprise.
5. **Découvert** : sans chapeau.

Roxane, *qui s'est démasquée*[1].

Mais tout d'abord merci, car ce drôle, ce fat
Qu'au brave jeu d'épée, hier, vous avez fait mat[2],
C'est lui qu'un grand seigneur… épris de moi…

Cyrano

De Guiche ?

Roxane, *baissant les yeux.*

Cherchait à m'imposer… comme mari…

Cyrano

Postiche[3] ?

Saluant.

Je me suis donc battu, madame, et c'est tant mieux,
Non pour mon vilain nez, mais bien pour vos beaux yeux.

Roxane

Puis… je voulais… Mais pour l'aveu que je viens faire
Il faut que je revoie en vous le… presque frère,
Avec qui je jouais, dans le parc – près du lac !…

Cyrano

Oui… vous veniez tous les étés à Bergerac !…

Roxane

Les roseaux fournissaient le bois pour vos épées…

Cyrano

Et les maïs, les cheveux blonds pour vos poupées !

Roxane

C'était le temps des jeux…

1. Qui s'est démasquée : qui a enlevé son masque (à prendre au sens premier).
2. Faire mat : vaincre. Il s'agit d'une expression utilisée dans le jeu d'échecs.
3. Mari postiche : faux mari, qui tient la place d'un autre.

CYRANO

Des mûrons aigrelets[1]…

ROXANE

Le temps où vous faisiez tout ce que je voulais !…

CYRANO

Roxane, en jupons courts, s'appelait Madeleine…

ROXANE

J'étais jolie, alors ?

CYRANO

Vous n'étiez pas vilaine.

ROXANE

Parfois, la main en sang de quelque grimpement[2],
Vous accouriez ! – Alors, jouant à la maman,
Je disais d'une voix qui tâchait d'être dure :

Elle lui prend la main.

« Qu'est-ce que c'est encore que cette égratignure ? »

Elle s'arrête, stupéfaite.

Oh ! C'est trop fort ! Et celle-ci ?

Cyrano veut retirer sa main.

Non ! Montrez-la !
Hein ? à votre âge, encor ! – Où t'es-tu fait cela ?

CYRANO

En jouant, du côté de la porte de Nesle.

ROXANE, *s'asseyant à une table, et trempant son mouchoir dans un verre d'eau.*

Donnez !

1. Mûrons aigrelets : mûres au goût aigre.

2. Grimpement : escalade, ascension.

CYRANO, *s'asseyant aussi.*

Si gentiment ! Si gaiement maternelle !

ROXANE

Et, dites-moi, – pendant que j'ôte un peu le sang, –
Ils étaient contre vous ?

CYRANO

Oh ! pas tout à fait cent.

ROXANE

Racontez !

CYRANO

Non. Laissez. Mais vous, dites la chose
Que vous n'osiez tantôt me dire…

ROXANE, *sans quitter sa main.*

À présent, j'ose,
Car le passé m'encouragea de son parfum !
Oui, j'ose maintenant. Voilà. J'aime quelqu'un.

CYRANO

Ah !…

ROXANE

Qui ne le sait pas d'ailleurs.

CYRANO

Ah !…

ROXANE

Pas encore.

CYRANO

Ah !…

ROXANE

Mais qui va bientôt le savoir, s'il l'ignore.

CYRANO

Ah !...

ROXANE

Un pauvre garçon qui jusqu'ici m'aima
Timidement, de loin, sans oser le dire...

CYRANO

Ah !...

ROXANE

Laissez-moi votre main, voyons, elle a la fièvre. –
Mais moi, j'ai vu trembler les aveux sur sa lèvre.

CYRANO

Ah !...

ROXANE, *achevant de lui faire un petit bandage avec son mouchoir.*

Et figurez-vous, tenez, que, justement
Oui, mon cousin, il sert dans votre régiment !

CYRANO

Ah !...

ROXANE, *riant.*

Puisqu'il est cadet dans votre compagnie !

CYRANO

Ah !...

ROXANE

Il a sur son front de l'esprit, du génie,
Il est fier, noble, jeune, intrépide, beau...

CYRANO, *se levant tout pâle.*

Beau !

ROXANE

Quoi ? Qu'avez-vous !

CYRANO

Moi, rien… C'est… c'est…

Il montre sa main, avec un sourire.

C'est ce bobo.

ROXANE

Enfin, je l'aime. Il faut d'ailleurs que je vous die
Que je ne l'ai jamais vu qu'à la Comédie[1]…

CYRANO

Vous ne vous êtes donc pas parlé ?

ROXANE

Nos yeux seuls.

CYRANO

Mais comment savez-vous, alors ?

ROXANE

Sous les tilleuls
De la place Royale, on cause… Des bavardes
M'ont renseignée…

CYRANO

Il est cadet ?

ROXANE

Cadet aux gardes.

1. **La Comédie :** la Comédie-Française.

CYRANO

Son nom ?

ROXANE

Baron Christian de Neuvillette.

CYRANO

Hein ?...

Il n'est pas aux cadets.

ROXANE

Si, depuis ce matin :

Capitaine Carbon de Castel-Jaloux.

CYRANO

Vite,

Vite, on lance son cœur !... Mais, ma pauvre petite...

LA DUÈGNE, *ouvrant la porte du fond.*

J'ai fini les gâteaux, monsieur de Bergerac !

CYRANO

Eh bien ! lisez les vers imprimés sur le sac !

La duègne disparaît.

... Ma pauvre enfant, vous qui n'aimez que beau langage,
Bel esprit, – si c'était un profane[1], un sauvage ?

ROXANE

Non, il a les cheveux d'un héros de d'Urfé[2] !

CYRANO

S'il était aussi maldisant[3] que bien coiffé !

1. Profane : désigne, dans ce contexte, un homme non lettré, non cultivé.

2. D'Urfé : Honoré d'Urfé (1567-1625), auteur du roman pastoral *L'Astrée.*

3. Maldisant : qui ne s'exprime pas bien.

ROXANE

Non, tous les mots qu'il dit sont fins, je le devine !

CYRANO

Oui, tous les mots sont fins quand la moustache est fine.
– Mais si c'était un sot !...

ROXANE, *frappant du pied.*

Eh bien ! j'en mourrais, là !

CYRANO, *après un temps.*

Vous m'avez fait venir pour me dire cela ?
Je n'en sens pas très bien l'utilité, madame.

ROXANE

Ah, c'est que quelqu'un hier m'a mis la mort dans l'âme,
Et me disant que tous, vous êtes tous Gascons
Dans votre compagnie...

CYRANO

Et que nous provoquons
Tous les blancs-becs [1] qui, par faveur, se font admettre
Parmi les purs Gascons que nous sommes, sans l'être ?
C'est ce qu'on vous a dit ?

ROXANE

Et vous pensez si j'ai
Tremblé pour lui !

CYRANO, *entre ses dents.*

Non sans raison !

ROXANE

Mais j'ai songé,

1. **Blancs-becs** : jeunes personnes sans expérience.

Lorsque invincible et grand, hier, vous nous apparûtes,
Châtiant ce coquin, tenant tête à ces brutes, –
J'ai songé : s'il voulait, lui que tous ils craindront [1]...

CYRANO

C'est bien, je défendrai votre petit baron.

ROXANE

Oh, n'est-ce pas que vous allez me le défendre ?
J'ai toujours eu pour vous une amitié si tendre.

CYRANO

Oui, oui.

ROXANE

Vous serez son ami ?

CYRANO

Je le serai.

ROXANE

Et jamais il n'aura de duel ?

CYRANO

C'est juré.

ROXANE

Oh ! je vous aime bien. Il faut que je m'en aille.

Elle remet vivement son masque, une dentelle sur son front, et distraitement.

Mais vous ne m'avez pas raconté la bataille
De cette nuit. Vraiment ce dut être inouï !...
– Dites-lui qu'il m'écrive.

1. **S'ils voulaient, lui que tous ils craindront** : il s'agit d'une proposition subordonnée relative (« lui, que tous craindront »).

Elle lui envoie un petit baiser de la main
Oh ! je vous aime !

CYRANO

Oui, oui.

ROXANE

Cent hommes contre vous ? Allons, adieu. – Nous sommes
De grands amis !

CYRANO

Oui, oui.

ROXANE

Qu'il m'écrive ! – Cent hommes ! –
Vous me direz plus tard. Maintenant, je ne puis.
Cent hommes ! Quel courage !

CYRANO, *la saluant.*

Oh ! j'ai fait mieux depuis.

Elle sort. Cyrano reste immobile, les yeux à terre. Un silence. La porte de droite s'ouvre. Ragueneau passe sa tête.

Scène 7

CYRANO, RAGUENEAU, LES POÈTES, CARBON DE CASTEL-JALOUX, LES CADETS, LA FOULE, *etc., puis* DE GUICHE.

RAGUENEAU

Peut-on rentrer ?

CYRANO, *sans bouger.*

Oui…

Ragueneau fait signe et ses amis rentrent. En même temps, à la porte du fond paraît Carbon de Castel-Jaloux, costume de capitaine aux gardes, qui fait de grands gestes en apercevant Cyrano.

CARBON DE CASTEL-JALOUX

Le voilà !

CYRANO, *levant la tête.*

Mon capitaine…

CARBON, *exultant.*

Notre héros ! Nous savons tout ! Une trentaine
De mes cadets sont là !…

CYRANO, *reculant.*

Mais…

CARBON, *voulant l'entraîner.*

Viens ! on veut te voir !

CYRANO

Non !

CARBON

Ils boivent en face, à *La Croix du Traboir* [1].

CYRANO

Je…

CARBON, *remontant à la porte, et criant à la cantonade, d'une voix de tonnerre.*

Le héros refuse. Il est d'humeur bourrue !

UNE VOIX, *au dehors.*

Ah ! Sandious [2] !

1. ***La Croix du Traboir*** : ce lieu existe réellement à Paris.

2. **Sandious** : forme dialectale de juron. *Dious* est une variante de « Dieu ».

Tumulte au-dehors, bruit d'épées et de bottes qui se rapprochent.

Carbon, *se frottant les mains.*

Les voici qui traversent la rue !...

Les cadets, *entrant dans la rôtisserie.*

Mille dious ! – Capdelious ! – Mordious ! – Pocapdedious[1] !

Ragueneau, *reculant épouvanté.*

Messieurs, vous êtes donc tous de Gascogne !

Les cadets

Tous !

Un cadet, *à Cyrano.*

Bravo !

Cyrano

Baron !

Un autre, *lui secouant les mains.*

Vivat[2] !

Cyrano

Baron !

Troisième cadet

Que je t'embrasse !

Cyrano

Baron !...

Plusieurs Gascons

Embrassons-le !

1. **Mille dious [...] Pocapdedious :** jurons gascons.

2. **Vivat :** bravo.

CYRANO, *ne sachant auquel répondre.*

Baron… baron… de grâce…

RAGUENEAU

Vous êtes tous barons[1], messieurs ?

LES CADETS

Tous !

RAGUENEAU

Le sont-ils ?…

PREMIER CADET

On ferait une tour rien qu'avec nos tortils[2] !

LE BRET, *entrant, et courant à Cyrano.*

On te cherche ! Une foule en délire conduite
Par ceux qui cette nuit marchèrent à ta suite…

CYRANO, *épouvanté.*

Tu ne leur as pas dit où je me trouve ?…

LE BRET, *se frottant les mains.*

Si !

UN BOURGEOIS, *entrant, suivi d'un groupe.*

Monsieur, tout le Marais[3] se fait porter ici !

Au dehors la rue s'est remplie de monde.
Des chaises à porteurs[4], des carrosses s'arrêtent.

---

1. Barons : titre de noblesse.

2. Tortils : torsades d'étoffe aux couleurs des armes du chevalier et qui se placent en couronne.

3. Le Marais : quartier parisien des IIIe et IVe arrondissements.

4. Chaises à porteurs : cabines portées à bras d'hommes pour transporter des passagers.

LE BRET, *bas, souriant à Cyrano.*

Et Roxane ?

CYRANO, *vivement.*

Tais-toi !

LA FOULE, *criant dehors.*

Cyrano !...

Une cohue se précipite dans la pâtisserie. Bousculade. Acclamations.

RAGUENEAU, *debout sur la table.*

Ma boutique
Est envahie ! On casse tout ! C'est magnifique !

DES GENS, *autour de Cyrano.*

Mon ami... mon ami...

CYRANO

Je n'avais pas hier
Tant d'amis !...

LE BRET, *ravi.*

Le succès !

UN PETIT MARQUIS, *accourant, les mains tendues.*

Si tu savais, mon cher...

CYRANO

Si tu ?... Tu ?... Qu'est-ce donc qu'ensemble nous gardâmes [1] ?

UN AUTRE

Je veux vous présenter, Monsieur, à quelques dames
Qui là, dans mon carrosse...

1. Qu'est-ce donc qu'ensemble nous gardâmes : allusion à l'expression « on n'a pas gardé les cochons ensemble », qui permet d'imposer une distance à un interlocuteur que l'on trouve trop familier.

CYRANO, *froidement.*

Et vous d'abord, à moi,
Qui vous présentera ?

LE BRET, *stupéfait.*

Mais qu'as-tu donc ?

CYRANO

Tais-toi !

UN HOMME DE LETTRES, *avec une écritoire*[1].

Puis-je avoir des détails sur ?…

CYRANO

Non.

LE BRET, *lui poussant le coude.*

C'est Théophraste
Renaudot[2] ! l'inventeur de la gazette.

CYRANO

Baste[3] !

LE BRET

Cette feuille où l'on fait tant de choses tenir !
On dit que cette idée a beaucoup d'avenir !

LE POÈTE, *s'avançant.*

Monsieur…

CYRANO

Encor !

1. **Écritoire** : nécessaire à écrire.

2. **Théophraste Renaudot** : journaliste et médecin (1586-1653), fondateur de *La Gazette*, hebdomadaire français.

3. **Baste !** : Qu'importe !

LE POÈTE

Je veux faire un pentacrostiche[1]
Sur votre nom…

QUELQU'UN, *s'avançant encore.*

Monsieur…

CYRANO

Assez !

Mouvement. On se range. De Guiche paraît escorté d'officiers. Cuigy, Brissaille, les officiers qui sont partis avec Cyrano à la fin du premier acte. Cuigy vient vivement à Cyrano.

CUIGY, *à Cyrano.*

Monsieur de Guiche

Murmure. Tout le monde se range.

Vient de la part du maréchal de Gassion[2] !

DE GUICHE, *saluant Cyrano.*

… Qui tient à vous mander[3] son admiration
Pour le nouvel exploit dont le bruit vient de courre[4].

LA FOULE

Bravo !…

CYRANO, *s'inclinant.*

Le maréchal s'y connaît en bravoure.

DE GUICHE

Il n'aurait jamais cru le fait si ces messieurs
N'avaient pu lui jurer l'avoir vu.

---

1. Pentacrostiche : quintuple acrostiche. L'acrostiche désigne un poème dans lequel les premières lettres de chaque vers, lues de haut en bas, composent un mot.

2. Maréchal de Gassion : Jean de Gassion (1609-1647) fut maréchal de France.

3. Mander : faire savoir.

4. Courre : courir.

CUIGY

De nos yeux.

LE BRET, *bas à Cyrano, qui a l'air absent.*

Mais…

CYRANO

Tais-toi !

LE BRET

Tu parais souffrir !

CYRANO, *tressaillant et se redressant vivement.*

Devant ce monde ?…

Sa moustache se hérisse ; il poitrine[1].

Moi, souffrir ?… Tu vas voir !

DE GUICHE, *auquel Cuigy a parlé à l'oreille.*

Votre carrière abonde
De beaux exploits, déjà. – Vous servez chez ces fous
De Gascons, n'est-ce pas ?

CYRANO

Aux cadets, oui.

UN CADET, *d'une voix terrible.*

Chez nous !

DE GUICHE, *regardant les Gascons, rangés derrière Cyrano*

Ah ! ah !… Tous ces messieurs à la mine hautaine,
Ce sont donc les fameux ?…

CARBON DE CASTEL-JALOUX

Cyrano !

1. **Poitriner :** parader.

CYRANO

Capitaine ?

CARBON

Puisque ma compagnie est, je crois, au complet,
Veuillez la présenter au comte, s'il vous plaît.

CYRANO, *faisant deux pas vers de Guiche, et montrant les cadets.*

Ce sont les cadets de Gascogne
De Carbon de Castel-Jaloux ;
Bretteurs et menteurs sans vergogne [1],
Ce sont les cadets de Gascogne !
Parlant blason [2], lambel [3], bastogne [4],
Tous plus nobles que des filous,
Ce sont les cadets de Gascogne
De Carbon de Castel-Jaloux :

Œil d'aigle, jambe de cigogne,
Moustache de chat, dents de loups,
Fendant la canaille qui grogne [5],
Œil d'aigle, jambe de cigogne,
Ils vont, – coiffés d'un vieux vigogne [6]
Dont la plume cache les trous ! –

---

1. Sans vergogne : sans retenue, sans pudeur.

2. Blason : ensemble des pièces formant l'écu d'une grande famille, d'une ville ou d'un État.

3. Lambel : terme de blason désignant la branche cadette d'une maison.

4. Bastogne : il s'agit probablement d'un terme inventé par Rostand.

5. Fendant la canaille qui grogne : donnant des coups d'épée aux canailles agressives.

6. Vigogne : chapeau fait avec la laine d'un animal proche du lama.

Œil d'aigle, jambe de cigogne,
Moustache de chat, dents de loups !

Perce- Bedaine et Casse-Trogne
Sont leurs sobriquets[1] les plus doux ;
De gloire, leur âme est ivrogne !
Perce-Bedaine et Casse-Trogne,
Dans tous les endroits où l'on cogne
Ils se donnent des rendez-vous...
Perce-Bedaine et Casse-Trogne,
Sont leurs sobriquets les plus doux !

Voici les cadets de Gascogne
Qui font cocus tous les jaloux !
Ô femme, adorable carogne[2],
Voici les cadets de Gascogne !
Que le vieil époux se renfrogne[3] :
Sonnez, clairons ! chantez, coucous !
Voici les cadets de Gascogne
Qui font cocus tous les jaloux !

DE GUICHE, *nonchalamment assis dans un fauteuil que Ragueneau a vite apporté.*

Un poète est un luxe, aujourd'hui, qu'on se donne.
– Voulez-vous être à moi ?

CYRANO

Non, Monsieur, à personne.

---

1. Sobriquets : surnoms.

2. Carogne : femme méchante et hargneuse.

3. Se renfrogner : plisser le visage en signe de mécontentement.

DE GUICHE

Votre verve[1] amusa mon oncle Richelieu,
Hier. Je veux vous servir auprès de lui.

LE BRET, *ébloui.*

Grand Dieu !

DE GUICHE

Vous avez bien rimé cinq actes, j'imagine ?

LE BRET, *à l'oreille de Cyrano.*

Tu vas faire jouer, mon cher, ton *Agrippine*[2] !

DE GUICHE

Portez-les-lui.

CYRANO, *tenté et un peu charmé.*

Vraiment…

DE GUICHE

Il est des plus experts.
Il vous corrigera seulement quelques vers…

CYRANO, *dont le visage s'est immédiatement rembruni.*

Impossible, Monsieur ; mon sang se coagule
En pensant qu'on peut y changer une virgule.

DE GUICHE

Mais quand un vers lui plaît, en revanche, mon cher,
Il le paye très cher.

---

1. **Verve** : inspiration vive et créative.

2. ***Agrippine*** : tragédie du véritable Cyrano (*La Mort d'Agrippine*, 1654) qui suscita la polémique, notamment en raison de certaines répliques considérées comme des blasphèmes.

CYRANO

Il le paye moins cher
Que moi, lorsque j'ai fait un vers, et que je l'aime,
Je me le paye, en me le chantant à moi-même !

DE GUICHE

Vous êtes fier.

CYRANO

Vraiment, vous l'avez remarqué ?

UN CADET, *entrant avec, enfilés à son épée, des chapeaux aux plumets*[1] *miteux, aux coiffes trouées, défoncées.*

Regarde, Cyrano ! ce matin, sur le quai,
Le bizarre gibier à plumes que nous prîmes !
Les feutres[2] des fuyards !...

CARBON

Des dépouilles opimes[3] !

TOUT LE MONDE, *riant.*

Ah ! Ah ! Ah !

CUIGY

Celui qui posta ces gueux, ma foi,
Doit rager aujourd'hui.

BRISSAILLE

Sait-on qui c'est ?

DE GUICHE

C'est moi.

Les rires s'arrêtent.

---

1. **Plumets :** bouquets de plumes qui ornent les chapeaux.
2. **Feutres :** chapeaux en feutre.
3. **Opimes :** riches.

Je les avais chargés de châtier, – besogne
Qu'on ne fait pas soi-même, – un rimailleur ivrogne.

Silence gêné.

Le cadet, *à mi-voix, à Cyrano, lui montrant les feutres,*

Que faut-il qu'on en fasse ? Ils sont gras… Un salmis [1] ?

Cyrano, *prenant l'épée où ils sont enfilés, et les faisant, dans un salut, tous glisser aux pieds de De Guiche.*

Monsieur, si vous voulez les rendre à vos amis ?

De Guiche, *se levant et d'une voix brève.*

Ma chaise et mes porteurs, tout de suite : je monte.

À Cyrano, violemment.

Vous, Monsieur !…

Une voix, *dans la rue, criant.*

Les porteurs de monseigneur le comte
De Guiche !

De Guiche, *qui s'est dominé, avec un sourire.*

… Avez-vous lu *Don Quichot* [2] ?

Cyrano

Je l'ai lu.
Et me découvre au nom de cet hurluberlu [3].

De Guiche

Veuillez donc méditer alors…

---

1. Salmis : plat composé de pièces de gibier.

2. Don Quichot : *Don Quichotte* est un roman publié au début du XVIIe siècle par l'auteur espagnol Miguel de Cervantès. Il était très lu en France à l'époque. Le personnage éponyme est traditionnellement perçu comme un anti-héros.

3. Hurluberlu : personnage original.

UN PORTEUR, *paraissant au fond.*

Voici la chaise.

DE GUICHE

Sur le chapitre des moulins !

CYRANO, *saluant.*

Chapitre treize[1].

DE GUICHE

Car lorsqu'on les attaque, il arrive souvent…

CYRANO

J'attaque donc des gens qui tournent à tout vent ?

DE GUICHE

Qu'un moulinet de leurs grands bras chargés de toiles
Vous lance dans la boue !…

CYRANO

Ou bien dans les étoiles !

De Guiche sort. On le voit remonter en chaise. Les seigneurs s'éloignent en chuchotant. Le Bret les réaccompagne. La foule sort.

1. **Chapitre treize :** le chapitre de *Don Quichotte* dans lequel le héros se bat contre des moulins à vent qu'il prend pour des géants est en réalité le chapitre huit. L'inexactitude s'explique probablement par la nécessité de la rime.

Scène 8

CYRANO, LE BRET, LES CADETS, *qui se sont attablés à droite et à gauche et auxquels on sert à boire et à manger.*

CYRANO, *saluant d'un air goguenard ceux qui sortent sans oser le saluer.*

Messieurs… Messieurs… Messieurs…

LE BRET, *désolé, redescendant, les bras au ciel.*

Ah ! dans quels jolis draps…

CYRANO

Oh ! toi ! tu vas grogner !

LE BRET

Enfin, tu conviendras
Qu'assassiner toujours la chance passagère,
Devient exagéré.

CYRANO

Hé bien oui, j'exagère !

LE BRET, *triomphant.*

Ah !

CYRANO

Mais pour le principe, et pour l'exemple aussi,
Je trouve qu'il est bon d'exagérer ainsi.

LE BRET

Si tu laissais un peu ton âme mousquetaire
La fortune et la gloire…

CYRANO

Et que faudrait-il faire ?

Chercher un protecteur puissant, prendre un patron,
Et comme un lierre obscur qui circonvient[1] un tronc
Et s'en fait un tuteur[2] en lui léchant l'écorce,
Grimper par ruse au lieu de s'élever par force ?
Non, merci. Dédier, comme tous ils le font,
Des vers aux financiers ? se changer en bouffon
Dans l'espoir vil de voir, aux lèvres d'un ministre,
Naître un sourire, enfin, qui ne soit pas sinistre ?
Non, merci. Déjeuner, chaque jour, d'un crapaud ?
Avoir un ventre usé par la marche ? une peau
Qui plus vite, à l'endroit des genoux, devient sale ?
Exécuter des tours de souplesse dorsale ?...
Non, merci. D'une main flatter la chèvre au cou
Cependant que, de l'autre, on arrose le chou[3],
Et donneur de séné par désir de rhubarbe[4],
Avoir son encensoir[5], toujours, dans quelque barbe ?
Non, merci ! Se pousser de giron en giron[6],
Devenir un petit grand homme dans un rond,
Et naviguer, avec des madrigaux[7] pour rames,
Et dans ses voiles des soupirs de vieilles dames ?
Non, merci ! Chez le bon éditeur de Sercy[8]

1. **Circonvient** : entoure, enlace.

2. **Tuteur** : tige servant à soutenir ou redresser une plante ou un arbre.

3. **D'une main [...] chou** : reformulation de l'expression « ménager la chèvre et le chou », qui signifie « ménager deux personnes ou deux partis opposés ».

4. **Donneur de séné par désir de rhubarbe** : l'expression « passez-moi la rhubarbe, je vous passerai le séné » s'emploie pour exprimer les concessions mutuelles que se font deux personnes.

5. **Encensoir** : à prendre au sens figuré de « flatterie ».

6. **Giron** : sphère protectrice d'une personne.

7. **Madrigaux** : petites pièces de poésie mondaine.

8. **De Sercy** : Charles de Sercy, éditeur des œuvres du véritable Cyrano.

Faire éditer ses vers en payant ? Non, merci !
S'aller faire nommer pape par les conciles [1]
Que dans les cabarets tiennent des imbéciles ?
Non, merci ! Travailler à se construire un nom
Sur un sonnet, au lieu d'en faire d'autres ? Non,
Merci ! Ne découvrir du talent qu'aux mazettes [2] ?
Être terrorisé par de vagues gazettes,
Et se dire sans cesse : « Oh, pourvu que je sois
Dans les petits papiers du *Mercure François* [3] ? »...
Non, merci ! Calculer, avoir peur, être blême,
Préférer faire une visite qu'un poème,
Rédiger des placets [4], se faire présenter ?
Non, merci ! non, merci ! non, merci ! Mais... chanter,
Rêver, rire, passer, être seul, être libre,
Avoir l'œil qui regarde bien, la voix qui vibre,
Mettre, quand il vous plaît, son feutre de travers,
Pour un oui, pour un non, se battre, – ou faire un vers !
Travailler sans souci de gloire ou de fortune,
À tel voyage, auquel on pense, dans la lune [5] !
N'écrire jamais rien qui de soi ne sortît [6],
Et modeste d'ailleurs, se dire : mon petit,
Sois satisfait des fleurs, des fruits, même des feuilles,

1. **Conciles** : réunions des évêques.

2. **Mazettes** : individus qui manquent d'envergure.

3. ***Mercure François*** : l'orthographe est ici archaïque, mais fidèle à celle de l'époque. *Le Mercure Français* est un journal littéraire français créé en 1605.

4. **Placets** : requêtes écrites qui sollicitent l'intervention et la bienveillance d'un supérieur.

5. **Voyage [...] lune** : nouvelle allusion au roman du véritable Cyrano, *Les États et Empires de la Lune*.

6. **N'écrire [...] sortît** : autrement dit, ne pas plagier les autres auteurs. Cyrano est en effet l'auteur de deux lettres contre des écrivains qu'il accuse de plagiat.

Si c'est dans ton jardin à toi que tu les cueilles !
Puis, s'il advient d'un peu triompher, par hasard,
Ne pas être obligé d'en rien rendre à César [1],
Vis-à-vis de soi-même en garder le mérite,
Bref, dédaignant d'être le lierre parasite,
Lors même qu'on [2] n'est pas le chêne ou le tilleul,
Ne pas monter bien haut, peut-être, mais tout seul !

LE BRET

Tout seul, soit ! mais non pas contre tous ! Comment diable
As-tu donc contracté la manie effroyable
De te faire toujours, partout, des ennemis ?

CYRANO

À force de vous voir vous faire des amis,
Et rire à ces amis dont vous avez des foules,
D'une bouche empruntée au derrière des poules [3] !
J'aime raréfier sur mes pas les saluts,
Et m'écrie avec joie : un ennemi de plus [4] !

LE BRET

Quelle aberration !

CYRANO

Eh bien oui ! c'est mon vice.
Déplaire est mon plaisir. J'aime qu'on me haïsse.
Mon cher, si tu savais comme l'on marche mieux

---

1. Obligé d'en rien rendre à César : allusion à l'expression « rendez à César ce qui est à César ». Cyrano exprime ici, au contraire, le souhait de se libérer de toute reconnaissance, de toute dette.

2. Lors même qu'on : alors qu'on.

3. D'une bouche empruntée au derrière des poules : allusion à l'expression « avoir la bouche en cul de poule », qui signifie « afficher une moue affectée ».

4. Plus : le [s] est muet, pour la nécessité de la rime.

Sous la pistolétade[1] excitante des yeux !
Comme, sur les pourpoints, font d'amusantes taches
Le fiel[2] des envieux et la bave des lâches !
– Vous, la molle amitié dont vous vous entourez,
Ressemble à ces grands cols d'Italie, ajourés[3]
Et flottants, dans lesquels votre cou s'effémine :
On y est plus à l'aise... et de moins haute mine,
Car le front n'ayant pas de maintien ni de loi,
S'abandonne à pencher dans tous les sens. Mais moi,
La Haine, chaque jour, me tuyaute[4] et m'apprête
La fraise[5] dont l'empois[6] force à lever la tête ;
Chaque ennemi de plus est un nouveau godron[7]
Qui m'ajoute une gêne, et m'ajoute un rayon[8] :
Car, pareille en tous points à la fraise espagnole,
La Haine est un carcan[9], mais c'est une auréole !

LE BRET, *après un silence, passant son bras sous le sien.*
Fais tout haut l'orgueilleux et l'amer, mais, tout bas,
Dis-moi tout simplement qu'elle ne t'aime pas !

---

1. Pistolétade : fusillade.

2. Fiel : sentiment d'amertume et de douleur.

3. Ajourés : entrouverts, laissant paraître la peau.

4. Me tuyaute : m'enserre.

5. Fraise : bande de tissu blanc entourant le cou des nobles et bourgeois espagnols.

6. Empois : gelée à base d'amidon, utile pour apprêter le linge.

7. Godron : pli appliqué sur les fraises.

8. Qui [...] rayon : qui m'entrave et me valorise.

9. Carcan : collier de fer qui servait à attacher les condamnés au poteau d'exposition. Par extension, un carcan renvoie à une situation emprisonnante.

CYRANO, *vivement.*

Tais-toi !

Depuis un moment, Christian est entré, s'est mêlé aux cadets ; ceux-ci ne lui adressent pas la parole ; il a fini par s'asseoir seul à une petite table, où Lise le sert.

Scène 9

CYRANO, LE BRET, LES CADETS,
CHRISTIAN DE NEUVILLETTE

UN CADET, *assis à une table du fond, le verre à la main.*

Hé ! Cyrano !

Cyrano se retourne.

Le récit ?

CYRANO

Tout à l'heure !

Il remonte au bras de Le Bret. Ils causent bas.

LE CADET, *se levant et descendant.*

Le récit du combat ! Ce sera la meilleure
Leçon

Il s'arrête devant la table où est Christian.

pour ce timide apprentif[1] !

CHRISTIAN, *levant la tête.*

Apprentif ?

UN AUTRE CADET

Oui, septentrional[2] maladif !

---

1. **Apprentif** : apprenti.
2. **Septentrional** : qui vient du nord.

CHRISTIAN

Maladif ?

PREMIER CADET, *goguenard*[1].

Monsieur de Neuvillette, apprenez quelque chose :
C'est qu'il est un objet, chez nous, dont on ne cause
Pas plus que de cordon dans l'hôtel[2] d'un pendu !

CHRISTIAN

Qu'est-ce ?

UN AUTRE CADET, *d'une voix terrible.*

Regardez-moi !

Il pose trois fois, mystérieusement, son doigt sur son nez.

M'avez-vous entendu ?

CHRISTIAN

Ah ! c'est le...

UN AUTRE

Chut !... jamais ce mot ne se profère !

Il montre Cyrano qui cause au fond avec Le Bret.

Ou c'est à lui, là-bas, que l'on aurait affaire !

UN AUTRE, *qui, pendant qu'il était tourné vers les premiers, est venu sans bruit s'asseoir sur la table, dans son dos.*

Deux nasillards[3] par lui furent exterminés
Parce qu'il lui déplut qu'ils parlassent du nez[4] !

---

1. Goguenard : railleur, moqueur.

2. Hôtel : habitation.

3. Nasillards : qui parlent du nez.

4. Qu'ils parlassent du nez : jeu de mots. Signifie à la fois « parler avec le nez » et « avoir une discussion sur le nez » (de Cyrano).

UN AUTRE, *d'une voix caverneuse, surgissant de sous la table où il s'est glissé à quatre pattes.*

On ne peut faire, sans défuncter[1] avant l'âge,
La moindre allusion au fatal cartilage[2] !

UN AUTRE, *lui posant la main sur l'épaule.*

Un mot suffit ! Que dis-je, un mot ? Un geste, un seul !
Et tirer son mouchoir, c'est tirer son linceul[3] !

Silence. Tous autour de lui, les bras croisés, le regardent. Il se lève et va à Carbon de Castel-Jaloux qui, causant avec un officier, a l'air de ne rien voir.

CHRISTIAN

Capitaine !

CARBON, *se retournant et le toisant.*

Monsieur ?

CHRISTIAN

Que fait-on quand on trouve
Des Méridionaux[4] trop vantards ?...

CARBON

On leur prouve
Qu'on peut être du Nord, et courageux.

Il lui tourne le dos.

CHRISTIAN

Merci.

---

1. **Défuncter** : il s'agit d'un néologisme formé sur « défunt » et signifiant « mourir ».
2. **Fatal cartilage** : nouvelle périphrase pour désigner le nez de Cyrano.
3. **Linceul** : drap dans lequel on enveloppe les morts.
4. **Méridionaux** : qui viennent du sud.

PREMIER CADET, *à Cyrano.*

Maintenant, ton récit !

TOUS

Son récit !

CYRANO, *redescendant vers eux.*

Mon récit ?...

Tous rapprochent leurs escabeaux, se groupent autour de lui, tendent le col. Christian s'est mis à cheval sur une chaise.

Eh bien ! donc je marchais tout seul, à leur rencontre.
La lune, dans le ciel, luisait comme une montre,
Quand soudain, je ne sais quel soigneux horloger
S'étant mis à passer un coton nuager
Sur le boîtier d'argent de cette montre ronde,
Il se fit une nuit la plus noire du monde,
Et les quais n'étant pas du tout illuminés,
Mordious ! On n'y voyait pas plus loin...

CHRISTIAN

Que son nez.

Silence. Tout le monde se lève lentement. On regarde Cyrano avec terreur. Celui-ci s'est interrompu, stupéfait. Attente.

CYRANO

Qu'est-ce que c'est que cet homme-là ?

UN CADET, *à mi-voix.*

C'est un homme
Arrivé ce matin.

CYRANO, *faisant un pas vers Christian.*

Ce matin ?

CARBON, *à mi-voix.*

Il se nomme

Le baron de Neuvil…

CYRANO, *vivement, s'arrêtant.*

Ah ! c'est bien…

Il pâlit, rougit, a encore un mouvement pour se jeter sur Christian.

Je…

Puis il se domine, et dit d'une voix sourde.

Très bien…

Il reprend.

Je disais donc…

Avec un éclat de rage dans la voix.

Mordious !…

Il continue d'un ton naturel.

que l'on n'y voyait rien.

Stupeur. On se rassied en se regardant.

Et je marchais, songeant que pour un gueux fort mince
J'allais mécontenter quelque grand, quelque prince,
Qui m'aurait sûrement…

CHRISTIAN

Dans le nez…

Tout le monde se lève. Christian se balance sur sa chaise.

CYRANO, *d'une voix étranglée.*

Une dent,

Qui m'aurait une dent… et qu'en somme, imprudent,
J'allais fourrer…

CHRISTIAN

Le nez…

Cyrano

Le doigt… entre l'écorce
Et l'arbre, car ce grand pouvait être de force
À me faire donner…

Christian

Sur le nez…

Cyrano, *essuyant la sueur à son front.*

Sur les doigts.
– Mais j'ajoutai : Marche, Gascon, fais ce que dois !
Va, Cyrano ! Et ce disant, je me hasarde,
Quand, dans l'ombre, quelqu'un me porte…

Christian

Une nasarde [1].

Cyrano

Je la pare, et soudain me trouve…

Christian

Nez à nez…

Cyrano, *bondissant vers lui.*

Ventre-Saint-Gris [2] !

Tous les Gascons se précipitent pour voir ; arrivé sur Christian, il se maîtrise et continue.

avec cent braillards avinés [3]
Qui puaient…

Christian

À plein nez…

1. **Nasarde** : coup sur le nez.

2. **Ventre-Saint-Gris** : juron.

3. **Braillards avinés** : personnes saoules qui crient.

CYRANO, *blême et souriant.*

L'oignon et la litharge[1] !
Je bondis, front baissé…

CHRISTIAN

Nez au vent !

CYRANO

et je charge !
J'en estomaque[2] deux ! J'en empale un tout vif !
Quelqu'un m'ajuste : Paf ! et le riposte…

CHRISTIAN

Pif !

CYRANO, *éclatant.*

Tonnerre ! Sortez tous !

Tous les cadets se précipitent vers les portes.

PREMIER CADET

C'est le réveil du tigre !

CYRANO

Tous ! Et laissez-moi seul avec cet homme !

DEUXIÈME CADET

Bigre !
On va le retrouver en hachis !

RAGUENEAU

En hachis ?

UN AUTRE CADET

Dans un de vos pâtés !

1. **Litharge** : oxyde naturel de plomb autrefois utilisé pour falsifier le vin.
2. **Estomaque** : comprendre à la fois au sens propre de « frappe à l'estomac » et au sens figuré de « provoque une vive surprise ».

Ragueneau

Je sens que je blanchis,
Et que je m'amollis comme une serviette !

Carbon

Sortons !

Un autre

Il n'en va pas laisser une miette !

Un autre

Ce qui va se passer ici, j'en meurs d'effroi !

Un autre, *refermant la porte de droite.*

Quelque chose d'épouvantable !

Ils sont tous sortis, – soit par le fond, soit par les côtés ; quelques-uns ont disparu par l'escalier. Cyrano et Christian restent face à face, et se regardent un moment.

Scène 10

Cyrano, Christian

Cyrano

Embrasse-moi !

Christian

Monsieur…

Cyrano

Brave.

Christian

Ah çà ! mais !…

CYRANO

Très brave. Je préfère.

CHRISTIAN

Me direz-vous ?…

CYRANO

Embrasse-moi. Je suis son frère.

CHRISTIAN

De qui ?

CYRANO

Mais d'elle !

CHRISTIAN

Hein ?…

CYRANO

Mais de Roxane !

CHRISTIAN, *courant à lui.*

Ciel !

Vous, son frère ?

CYRANO

Ou tout comme : un cousin fraternel.

CHRISTIAN

Elle vous a ?…

CYRANO

Tout dit !

CHRISTIAN

M'aime-t-elle ?

CYRANO

Peut-être !

CHRISTIAN, *lui prenant les mains.*

Comme je suis heureux, Monsieur, de vous connaître !

CYRANO

Voilà ce qui s'appelle un sentiment soudain.

CHRISTIAN

Pardonnez-moi…

CYRANO, *le regardant, et lui mettant la main sur l'épaule.*

C'est vrai qu'il est beau, le gredin[1] !

CHRISTIAN

Si vous saviez, Monsieur, comme je vous admire !

CYRANO

Mais tous ces nez que vous m'avez…

CHRISTIAN

Je les retire !

CYRANO

Roxane attend ce soir une lettre…

CHRISTIAN

Hélas !

CYRANO

Quoi !

CHRISTIAN

C'est me perdre que de cesser de rester coi[2] !

---

1. Gredin : personne ne méritant aucune considération.

2. Rester coi : rester sans parler.

CYRANO

Comment ?

CHRISTIAN

Las[1] ! je suis sot à m'en tuer de honte !

CYRANO

Mais non, tu ne l'es pas puisque tu t'en rends compte.
D'ailleurs, tu ne m'as pas attaqué comme un sot.

CHRISTIAN

Bah ! on trouve des mots quand on monte à l'assaut !
Oui, j'ai certain esprit facile et militaire,
Mais je ne sais, devant les femmes, que me taire.
Oh ! leurs yeux, quand je passe, ont pour moi des bontés…

CYRANO

Leurs cœurs n'en ont-ils plus quand vous vous arrêtez ?

CHRISTIAN

Non ! car je suis de ceux, – je le sais… et je tremble ! –
Qui ne savent parler d'amour.

CYRANO

Tiens !… Il me semble
Que si l'on eût pris soin de me mieux modeler,
J'aurais été de ceux qui savent en parler.

CHRISTIAN

Oh ! pouvoir exprimer les choses avec grâce !

CYRANO

Être un joli petit mousquetaire qui passe !

1. **Las** : hélas.

CHRISTIAN

Roxane est précieuse et sûrement je vais
Désillusionner Roxane !

CYRANO, *regardant Christian.*

Si j'avais
Pour exprimer mon âme un pareil interprète !

CHRISTIAN, *avec désespoir.*

Il me faudrait de l'éloquence !

CYRANO, *brusquement.*

Je t'en prête !
Toi, du charme physique et vainqueur, prête-m'en :
Et faisons à nous deux un héros de roman !

CHRISTIAN

Quoi ?

CYRANO

Te sentirais-tu à répéter les choses
Que chaque jour je t'apprendrai ?...

CHRISTIAN

Tu me proposes ?...

CYRANO

Roxane n'aura pas de désillusions !
Dis, veux-tu qu'à nous deux nous la séduisions ?
Veux-tu sentir passer, de mon pourpoint de buffle
Dans ton pourpoint brodé, l'âme que je t'insuffle !...

CHRISTIAN

Mais, Cyrano !...

CYRANO

Christian, veux-tu ?

CHRISTIAN

Tu me fais peur !

CYRANO

Puisque tu crains, tout seul, de refroidir son cœur,
Veux-tu que nous fassions – et bientôt tu l'embrases ! –
Collaborer un peu tes lèvres et mes phrases ?...

CHRISTIAN

Tes yeux brillent !...

CYRANO

Veux-tu ?...

CHRISTIAN

Quoi ! cela te ferait
Tant de plaisir ?...

CYRANO, *avec enivrement.*

Cela...

Se reprenant, et en artiste.

Cela m'amuserait !
C'est une expérience à tenter un poète.
Veux-tu me compléter et que je te complète ?
Tu marcheras, j'irai dans l'ombre à ton côté :
Je serai ton esprit, tu seras ma beauté.

CHRISTIAN

Mais la lettre qu'il faut, au plus tôt, lui remettre !
Je ne pourrai jamais...

CYRANO, *sortant de son pourpoint la lettre qu'il a écrite.*

Tiens, la voilà, ta lettre !

CHRISTIAN

Comment ?

CYRANO

Hormis l'adresse, il n'y manque plus rien.

CHRISTIAN

Je...

CYRANO

Tu peux l'envoyer. Sois tranquille. Elle est bien.

CHRISTIAN

Vous aviez ?...

CYRANO

Nous avons toujours, nous, dans nos poches,
Des épîtres [1] à des Chloris [2]... de nos caboches [3],
Car nous sommes ceux-là qui pour amante n'ont
Que du rêve soufflé dans la bulle d'un nom [4] !...
Prends, et tu changeras en vérités ces feintes ;
Je lançais au hasard ces aveux et ces plaintes :
Tu verras se poser tous ces oiseaux errants.
Tu verras que je fus dans cette lettre – prends ! –
D'autant plus éloquent que j'étais moins sincère !
– Prends donc, et finissons !

CHRISTIAN

N'est-il pas nécessaire

1. **Épîtres :** lettres.

2. **Chloris :** nom d'une nymphe, souvent donné à la femme aimée.

3. **Caboches :** têtes (registre familier).

4. **Qui pour amante n'ont que du rêve soufflé dans la bulle d'un nom :** métaphore forgée à partir des souffleurs de verre : c'est le nom de la femme aimée qui est à l'origine de la création poétique.

De changer quelques mots ? Écrite en divaguant,
Ira-t-elle à Roxane ?

CYRANO

Elle ira comme un gant !

CHRISTIAN

Mais…

CYRANO

La crédulité de l'amour-propre est telle,
Que Roxane croira que c'est écrit pour elle !

CHRISTIAN

Ah ! mon ami !

Il se jette dans les bras de Cyrano. Ils restent embrassés[1].

Scène 11

CYRANO, CHRISTIAN, LES GASCONS,
LE MOUSQUETAIRE, LISE

UN CADET, *entr'ouvrant la porte.*

Plus rien… Un silence de mort…
Je n'ose regarder…

Il passe la tête.

Hein ?

TOUS LES CADETS, *entrant et voyant Cyrano et Christian qui s'embrassent.*

Ah !… Oh !…

1. Embrassés : dans les bras l'un de l'autre.

Un cadet

C'est trop fort !

Consternation.

Le mousquetaire, *goguenard*[1].

Ouais ?...

Carbon

Notre démon est doux comme un apôtre !
Quand sur une narine on le frappe, – il tend l'autre[2] ?

Le mousquetaire

On peut donc lui parler de son nez, maintenant ?...

Appelant Lise, d'un air triomphant.

– Eh ! Lise ! Tu vas voir !

Humant l'air avec affectation[3].

Oh !... Oh !... c'est surprenant !
Quelle odeur !...

Allant à Cyrano, dont il regarde le nez avec impertinence,

Mais monsieur doit l'avoir reniflée ?
Qu'est-ce que cela sent ici ?...

Cyrano, *le souffletant*[4].

La giroflée[5] !

Joie. Les cadets ont retrouvé Cyrano : ils font des culbutes[6].

Rideau

---

1. **Goguenard** : d'un air moqueur, narquois.

2. **Quand sur une narine on le frappe, il tend l'autre** : allusion à l'Évangile selon saint Mathieu (V, 39) : « [...] si quelqu'un te gifle sur la joue droite, tends-lui aussi l'autre ».

3. **Avec affectation** : de manière ostensible, dépourvue de naturel.

4. **Le souffletant** : lui donnant un soufflet, une gifle.

5. **Giroflée** : plante ornementale particulièrement odorante.

6. **Culbutes** : roulades.

Acte III

Le baiser de Roxane

Une petite place dans l'ancien Marais[1]*. Vieilles maisons. Perspectives de ruelles. À droite, la maison de Roxane et le mur de son jardin que débordent de larges feuillages. Au-dessus de la porte, fenêtre et balcon. Un bac devant le seuil.*

Du lierre grimpe au mur, du jasmin enguirlande le balcon, frissonne et retombe.

Par le banc et les pierres en saillie du mur, on peut facilement grimper au balcon.

En face, une ancienne maison de même style, brique et pierre, avec une porte d'entrée. Le heurtoir[2] *de cette porte est emmailloté de linge comme un pouce malade.*

Au lever du rideau, la duègne est assise sur le banc. La fenêtre est grande ouverte sur le balcon de Roxane.

Près de la duègne se tient debout Ragueneau, vêtu d'une sorte de livrée[3] *: il termine un récit, en s'essuyant les yeux.*

---

1. Marais : quartier parisien des IIIe et IVe arrondissements.

2. Heurtoir : marteau fixé sur les portes pour frapper à l'entrée des maisons.

3. Livrée : habit des domestiques.

Scène première

RAGUENEAU, LA DUÈGNE, *puis* ROXANE,
CYRANO ET DEUX PAGES.

RAGUENEAU

… Et puis, elle est partie avec un mousquetaire !
Seul, ruiné, je me pends. J'avais quitté la terre.
Monsieur de Bergerac entre, et, me dépendant,
Me vient à sa cousine offrir comme intendant.

LA DUÈGNE

Mais comment expliquer cette ruine où vous êtes ?

RAGUENEAU

Lise aimait les guerriers, et j'aimais les poètes !
Mars mangeait les gâteaux que laissait Apollon[1] :
– Alors, vous comprenez, cela ne fut pas long !

LA DUÈGNE, *se levant et appelant vers la fenêtre ouverte.*

Roxane, êtes-vous prête ?… On nous attend !

LA VOIX DE ROXANE, *par la fenêtre.*

Je passe
Une mante !

LA DUÈGNE, *à Ragueneau, lui montrant la porte d'en face.*

C'est là qu'on nous attend, en face.

1. Mars, Apollon : dans la mythologie, le premier est le dieu de la guerre, et le second est le protecteur des arts et des lettres.

Chez Clomire[1]. Elle tient bureau[2], dans son réduit.
On y lit un discours sur le Tendre[3], aujourd'hui.

RAGUENEAU

Sur le Tendre ?

LA DUÈGNE, *minaudant*[4].

Mais oui !...

Criant vers la fenêtre.

Roxane, il faut descendre,
Ou nous allons manquer le discours sur le Tendre !

LA VOIX DE ROXANE

Je viens !

On entend un bruit d'instruments à cordes qui se rapproche.

LA VOIX DE CYRANO, *chantant dans la coulisse.*

La ! la ! la ! la !

LA DUÈGNE, *surprise.*

On nous joue un morceau ?

CYRANO, *suivi de deux pages porteurs de théorbes*[5].

Je vous dis que la croche est triple, triple sot !

PREMIER PAGE, *ironique.*

Vous savez donc, Monsieur, si les croches[6] sont triples ?

---

1. Clomire : surnom précieux.

2. Tient bureau : reçoit.

3. Le Tendre : la « carte de Tendre » était très connue dans les milieux précieux. Il s'agit d'une représentation cartographique et symbolique des différentes étapes de la vie amoureuse.

4. Minaudant : en faisant des manières.

5. Théorbes : variété de luth.

6. Croche : note de musique.

CYRANO

Je suis musicien, comme tous les disciples
De Gassendi[1] !

LE PAGE, *jouant et chantant.*

La ! la !

CYRANO, *lui arrachant le théorbe et continuant la phrase musicale.*

Je peux continuer !
La ! la ! la ! la !

ROXANE, *paraissant sur le balcon.*

C'est vous ?

CYRANO, *chantant sur l'air qu'il continue.*

Moi qui viens saluer
Vos lys, et présenter mes respects à vos ro… ses !

ROXANE

Je descends !

Elle quitte le balcon.

LA DUÈGNE, *montrant les pages.*

Qu'est-ce donc que ces deux virtuoses[2] ?

CYRANO

C'est un pari que j'ai gagné sur d'Assoucy.
Nous discutions un point de grammaire. – Non ! – Si !
Quand soudain me montrant ces deux grands escogriffes[3]

---

1. Gassendi : philosophe matérialiste (1592-1655) que le véritable Cyrano fréquenta. Il s'occupait aussi de théorie de la musique.

2. Virtuose : personne douée.

3. Escogriffes : hommes grands et dégingandés.

Habiles à gratter les cordes de leurs griffes,
Et dont il fait toujours son escorte, il me dit :
« Je te parie un jour de musique ! » Il perdit.
Jusqu'à ce que Phœbus recommence son orbe[1],
J'ai donc sur mes talons ces joueurs de théorbe,
De tout ce que je fais, harmonieux témoins !...
Ce fut d'abord charmant, et ce l'est déjà moins.

Aux musiciens.

Hep !... Allez de ma part jouer une pavane[2]
À Montfleury !

Les pages remontent pour sortir. – À la duègne.

Je viens demander à Roxane
Ainsi que chaque soir...

Aux pages qui sortent.

Jouez longtemps, – et faux !

À la duègne.

... Si l'ami de son âme est toujours sans défauts ?

ROXANE, *sortant de la maison.*

Ah ! qu'il est beau, qu'il a d'esprit, et que je l'aime !

CYRANO, *souriant.*

Christian a tant d'esprit ?...

ROXANE

Mon cher, plus que vous-même !

CYRANO

J'y consens.

---

1. Orbe : globe d'un astre. L'ensemble du vers signifie « jusqu'à ce que le jour se lève de nouveau ».

2. Pavane : danse lente et grave, particulièrement à la mode aux XVIe et XVIIe siècles.

ROXANE

Il ne peut exister à mon goût
Plus fin diseur de ces jolis riens qui sont tout.
Parfois il est distrait, ses Muses[1] sont absentes ;
Puis, tout à coup, il dit des choses ravissantes !

CYRANO, *incrédule.*

Non ?

ROXANE

C'est trop fort ! Voilà comme les hommes sont :
Il n'aura pas d'esprit puisqu'il est beau garçon !

CYRANO

Il sait parler du cœur d'une façon experte ?

ROXANE

Mais il n'en parle pas, Monsieur, il en disserte !

CYRANO

Il écrit ?

ROXANE

Mieux encor ! Écoutez donc un peu :

Déclamant.

« Plus tu me prends de cœur, plus j'en ai !... »

Triomphante, à Cyrano.

Hé ! bien ?

CYRANO

Peuh !...

1. **Ses Muses** : son inspiration.

ROXANE

Et ceci : « Pour souffrir, puisqu'il m'en faut un autre,
Si vous gardez mon cœur, envoyez-moi le vôtre[1] ! »

CYRANO

Tantôt il en a trop et tantôt pas assez.
Qu'est-ce au juste qu'il veut, de cœur ?...

ROXANE, *frappant du pied.*

Vous m'agacez !
C'est la jalousie...

CYRANO, *tressaillant.*

Hein !

ROXANE

... d'auteur qui vous dévore !
– Et ceci, n'est-il pas du dernier tendre encore ?
« Croyez que devers[2] vous mon cœur ne fait qu'un cri,
Et que si les baisers s'envoyaient par écrit,
Madame, vous liriez ma lettre avec les lèvres !... »

CYRANO, *souriant malgré lui de satisfaction.*

Ha ! ha ! ces lignes-là sont... hé ! hé !

Se reprenant et avec dédain.

mais bien mièvres[3] !

ROXANE

Et ceci...

CYRANO, *ravi.*

Vous savez donc ses lettres par cœur ?

1. Si vous gardez mon cœur, envoyez-moi le vôtre : il s'agit d'une image fréquente dans la poésie amoureuse depuis Pétrarque (1304-1374).

2. Devers : devant.

3. Mièvres : d'une grâce fade et qui manque de naturel.

ROXANE

Toutes !

CYRANO, *frisant sa moustache.*

Il n'y a pas à dire : c'est flatteur.

ROXANE

C'est un maître !

CYRANO, *modeste.*

Oh !... un maître !...

ROXANE, *péremptoire*[1].

Un maître !

CYRANO, *saluant.*

Soit !... un maître !

LA DUÈGNE, *qui était remontée, redescendant vivement.*

Monsieur de Guiche !

À Cyrano, le poussant vers la maison.

Entrez !... car il vaut mieux, peut-être,
Qu'il ne vous trouve pas ici ; cela pourrait
Le mettre sur la piste...

ROXANE, *à Cyrano.*

Oui, de mon cher secret !
Il m'aime, il est puissant, il ne faut pas qu'il sache !
Il peut dans mes amours donner un coup de hache !

CYRANO, *entrant dans la maison.*

Bien ! bien ! bien !

De Guiche paraît.

1. **Péremptoire** : qui n'admet pas la contradiction.

Scène 2

ROXANE, DE GUICHE, LA DUÈGNE, *à l'écart.*

ROXANE, *à de Guiche, lui faisant une révérence.*

Je sortais.

DE GUICHE

Je viens prendre congé.

ROXANE

Vous partez ?

DE GUICHE

Pour la guerre.

ROXANE

Ah !

DE GUICHE

Ce soir même.

ROXANE

Ah !

DE GUICHE

J'ai

Des ordres. On assiège Arras [1].

ROXANE

Ah !… on assiège ?…

DE GUICHE

Oui… Mon départ a l'air de vous laisser de neige.

1. **Arras** : ville du nord de la France, assiégée au XVIIe siècle par les Espagnols. Le véritable Cyrano fut blessé à ce siège.

ROXANE, *poliment.*

Oh !...

DE GUICHE

Moi, je suis navré. Vous reverrai-je ?... Quand ?
– Vous savez que je suis nommé mestre[1] de camp ?

ROXANE, *indifférente.*

Bravo.

DE GUICHE

Du régiment des gardes.

ROXANE, *saisie.*

Ah ! des gardes ?

DE GUICHE

Où sert votre cousin, l'homme aux phrases vantardes.
Je saurai me venger de lui, là-bas.

ROXANE, *suffoquée.*

Comment !

Les gardes vont là-bas ?

DE GUICHE, *riant.*

Tiens ! c'est mon régiment !

ROXANE, *tombant assise sur le banc – à part.*

Christian !

DE GUICHE

Qu'avez-vous ?

---

1. Mestre : orthographe archaïque de « maître ».

ROXANE, *tout émue.*

Ce… départ… me désespère !
Quand on tient à quelqu'un, le savoir à la guerre !

DE GUICHE, *surpris et charmé.*

Pour la première fois me dire un mot si doux,
Le jour de mon départ !

ROXANE, *changeant de ton et s'éventant.*

Alors, – vous allez vous
Venger de mon cousin ?…

DE GUICHE, *souriant.*

On est pour lui ?

ROXANE

Non, – contre !

DE GUICHE

Vous le voyez ?

ROXANE

Très peu.

DE GUICHE

Partout on le rencontre
Avec un des cadets…

Il cherche le nom.

ce Neu… villen… viller…

ROXANE

Un grand ?

DE GUICHE

Blond.

ROXANE

Roux.

DE GUICHE

Beau !…

ROXANE

Peuh !

DE GUICHE

Mais bête.

ROXANE

Il en a l'air !

Changeant de ton.

Votre vengeance envers Cyrano, – c'est peut-être
De l'exposer au feu, qu'il adore ?… Elle est piètre[1] !
Je sais bien, moi, ce qui lui serait sanglant !

DE GUICHE

C'est ?…

ROXANE

Mais si le régiment, en partant, le laissait
Avec ses chers cadets, pendant toute la guerre,
À Paris, bras croisés !… C'est la seule manière,
Un homme comme lui, de le faire enrager :
Vous voulez le punir ? privez-le de danger.

DE GUICHE

Une femme ! une femme ! il n'y a qu'une femme
Pour inventer ce tour !

1. **Piètre** : médiocre, sans valeur.

ROXANE

Il se rongera l'âme,
Et ses amis les poings, de n'être pas au feu[1] :
Et vous serez vengé !

DE GUICHE, *se rapprochant.*

Vous m'aimez donc un peu !

Elle sourit.

Je veux voir dans ce fait d'épouser ma rancune
Une preuve d'amour, Roxane !…

ROXANE

C'en est une.

DE GUICHE, *montrant plusieurs plis cachetés*[2].

J'ai les ordres sur moi qui vont être transmis
À chaque compagnie, à l'instant même, hormis…

Il en détache un.

Celui-ci ! C'est celui des cadets.

Il le met dans sa poche.

Je le garde.

Riant.

Ah ! ah ! ah ! Cyrano !… Son humeur bataillarde !…
– Vous jouez donc des tours aux gens, vous ?…

ROXANE, *le regardant.*

Quelquefois.

DE GUICHE, *tout près d'elle.*

Vous m'affolez ! Ce soir – écoutez – oui, je dois
Être parti. Mais fuir quand je vous sens émue !…

1. **Au feu** : au front.

2. **Plis cachetés** : lettres scellées avec de la cire.

Écoutez. Il y a, près d'ici, dans la rue
D'Orléans, un couvent fondé par le syndic[1]
Des capucins[2], le Père Athanase[3]. Un laïc
N'y peut entrer. Mais les bons Pères, je m'en charge !…
Ils peuvent me cacher dans leur manche : elle est large.
– Ce sont les capucins qui servent Richelieu
Chez lui ; redoutant l'oncle, ils craignent le neveu. –
On me croira parti. Je viendrai sous le masque.
Laissez-moi retarder d'un jour, chère fantasque[4] !

ROXANE, *vivement.*

Mais si cela s'apprend, votre gloire…

DE GUICHE

Bah !

ROXANE

Mais
Le siège, Arras…

DE GUICHE

Tant pis ! Permettez !

ROXANE

Non !

DE GUICHE

Permets !

ROXANE, *tendrement.*

Je dois vous le défendre !

---

1. Syndic : personne choisie par une communauté pour en défendre les intérêts.
2. Capucins : ordre religieux.
3. Père Athanase : Athanase Kircher (1602-1680), célèbre savant jésuite.
4. Fantasque : soumise à des fantaisies bizarres.

DE GUICHE

Ah !

ROXANE

Partez !

À part.

Christian reste.

Haut.

Je vous veux héroïque – Antoine !

DE GUICHE

Mot céleste !

Vous aimez donc celui ?…

ROXANE

Pour lequel j'ai frémi.

DE GUICHE, *transporté de joie.*

Ah ! je pars !

Il lui baise la main.

Êtes-vous contente ?

ROXANE

Oui, mon ami !

Il sort.

LA DUÈGNE, *lui faisant dans le dos une révérence comique.*

Oui, mon ami !

ROXANE, *à la duègne.*

Taisons ce que je viens de faire :
Cyrano m'en voudrait de lui voler sa guerre !

Elle appelle vers la maison.

Cousin !

Scène 3

Roxane, la duègne, Cyrano

Roxane

Nous allons chez Clomire[1].

Elle désigne la porte d'en face.

Alcandre y doit

Parler, et Lysimon[2] !

La duègne, *mettant son petit doigt dans son oreille.*

Oui ! mais mon petit doigt

Dit qu'on va les manquer !

Cyrano, *à Roxane.*

Ne manquez pas ces singes.

Ils sont arrivés devant la porte de Clomire.

La duègne, *avec ravissement.*

Oh ! voyez ! le heurtoir est entouré de linges !...

Au heurtoir.

On vous a bâillonné pour que votre métal
Ne troublât pas les beaux discours, – petit brutal !

Elle le soulève avec des soins infinis et frappe doucement.

Roxane, *voyant qu'on ouvre.*

Entrons !...

Du seuil, à Cyrano.

Si Christian vient, comme je le présume,
Qu'il m'attende !

1. **Clomire** : surnom précieux.

2. **Alcandre, Lysimon** : surnoms précieux.

CYRANO, *vivement, comme elle va disparaître.*

Ah !…

Elle se retourne.

Sur quoi, selon votre coutume,
Comptez-vous aujourd'hui l'interroger ?

ROXANE

Sur…

CYRANO, *vivement.*

Sur ?

ROXANE

Mais vous serez muet, là-dessus ?

CYRANO

Comme un mur.

ROXANE

Sur rien !… Je vais lui dire : Allez ! Partez sans bride !
Improvisez. Parlez d'amour. Soyez splendide !

CYRANO, *souriant.*

Bon.

ROXANE

Chut !…

CYRANO

Chut !…

ROXANE

Pas un mot !…

Elle rentre et referme la porte.

CYRANO, *la saluant, la porte une fois fermée.*

En vous remerciant !

La porte se rouvre et Roxane passe la tête.

ROXANE

Il se préparerait !…

CYRANO

Diable, non !…

TOUS LES DEUX, *ensemble.*

Chut !…

La porte se ferme.

CYRANO, *appelant.*

Christian !

Scène 4

CYRANO, CHRISTIAN

CYRANO

Je sais tout ce qu'il faut. Prépare ta mémoire.
Voici l'occasion de se couvrir de gloire.
Ne perdons pas de temps. Ne prends pas l'air grognon.
Vite, rentrons chez toi, je vais t'apprendre…

CHRISTIAN

Non !

CYRANO

Hein ?

CHRISTIAN

Non ! J'attends Roxane ici.

CYRANO

De quel vertige
Es-tu frappé ? Viens vite apprendre…

CHRISTIAN

Non, te dis-je !
Je suis las d'emprunter mes lettres, mes discours,
Et de jouer ce rôle, et de trembler toujours !…
C'était bon au début ! Mais je sens qu'elle m'aime !
Merci. Je n'ai plus peur. Je vais parler moi-même.

CYRANO

Ouais !

CHRISTIAN

Et qui te dit que je ne saurai pas ?…
Je ne suis pas si bête à la fin ! Tu verras !
Mais, mon cher, tes leçons m'ont été profitables.
Je saurai parler seul ! Et, de par tous les diables,
Je saurai bien toujours la prendre dans mes bras !…

Apercevant Roxane, qui ressort de chez Clomire.

– C'est elle ! Cyrano, non, ne me quitte pas !

CYRANO, *le saluant.*

Parlez tout seul, Monsieur.

Il disparaît derrière le mur du jardin.

Scène 5

CHRISTIAN, ROXANE, *quelques précieux et précieuses,*
et LA DUÈGNE, *un instant.*

ROXANE, *sortant de la maison de Clomire avec une compagne*
qu'elle quitte : révérences et saluts.

Barthénoïde ! – Alcandre ! –
Grémione[1] !...

LA DUÈGNE, *désespérée.*

On a manqué le discours sur le Tendre !

Elle rentre chez Roxane.

ROXANE, *saluant encore.*

Urimédonte[2] !... Adieu !...

Tous saluent Roxane, se resaluent entre eux, se séparent
et s'éloignent par différentes rues. Roxane voit Christian.

C'est vous !...

Elle va à lui.

Le soir descend.
Attendez. Ils sont loin. L'air est doux. Nul passant.
Asseyons-nous. Parlez. J'écoute.

CHRISTIAN *s'assied près d'elle, sur le banc. Un silence.*

Je vous aime.

ROXANE, *fermant les yeux.*

Oui, parlez-moi d'amour.

CHRISTIAN

Je t'aime.

---

1. Barthénoïde, Alcandre, Grémione : surnoms précieux.

2. Urimédonte : surnom précieux.

ROXANE

C'est le thème.

Brodez, brodez[1].

CHRISTIAN

Je vous…

ROXANE

Brodez !

CHRISTIAN

Je t'aime tant.

ROXANE

Sans doute. Et puis ?

CHRISTIAN

Et puis… Je serais si content
Si vous m'aimiez ! – Dis-moi, Roxane, que tu m'aimes !

ROXANE, *avec une moue*[2].

Vous m'offrez du brouet[3] quand j'espérais des crèmes !
Dites un peu comment vous m'aimez ?…

CHRISTIAN

Mais… beaucoup.

ROXANE

Oh !… Délabyrinthez vos sentiments !

CHRISTIAN, *qui s'est rapproché et dévore des yeux la nuque blonde.*

Ton cou !

Je voudrais l'embrasser !…

1. Brodez : développez, amplifiez.
2. Moue : expression qui manifeste le désaccord.
3. Brouet : aliment peu consistant.

ROXANE

Christian !

CHRISTIAN

Je t'aime !

ROXANE, *voulant se lever.*

Encore !

CHRISTIAN, *vivement, la retenant.*

Non ! je ne t'aime pas !

ROXANE, *se rasseyant.*

C'est heureux !

CHRISTIAN

Je t'adore !

ROXANE, *se levant et s'éloignant.*

Oh !

CHRISTIAN

Oui… je deviens sot !

ROXANE, *sèchement.*

Et cela me déplaît !
Comme il me déplairait que vous devinssiez laid.

CHRISTIAN

Mais…

ROXANE

Allez rassembler votre éloquence[1] en fuite !

CHRISTIAN

Je…

1. Éloquence : capacité à bien s'exprimer.

ROXANE

Vous m'aimez, je sais. Adieu.

Elle va vers la maison.

CHRISTIAN

Pas tout de suite !

Je vous dirai…

ROXANE, *poussant la porte pour entrer.*

Que vous m'adorez… oui, je sais.

Non ! Non ! Allez-vous-en !

CHRISTIAN

Mais je…

Elle lui ferme la porte au nez.

CYRANO, *qui depuis un moment est rentré sans être vu.*

C'est un succès.

Scène 6

CHRISTIAN, CYRANO, LES PAGES, *un instant.*

CHRISTIAN

Au secours !

CYRANO

Non, monsieur.

CHRISTIAN

Je meurs si je ne rentre

En grâce, à l'instant même…

CYRANO

Et comment puis-je, diantre !
Vous faire à l'instant même, apprendre ?...

CHRISTIAN, *lui saisissant le bras.*

Oh ! là, tiens, vois !

La fenêtre du balcon s'est éclairée.

CYRANO, *ému.*

Sa fenêtre !

CHRISTIAN, *criant.*

Je vais mourir !

CYRANO

Baissez la voix !

CHRISTIAN, *tout bas.*

Mourir !...

CYRANO

La nuit est noire...

CHRISTIAN

Eh ! bien ?

CYRANO

C'est réparable !
Vous ne méritez pas... Mets-toi là, misérable !
Là, devant le balcon ! Je me mettrai dessous...
Et je te soufflerai tes mots.

CHRISTIAN

Mais...

CYRANO

Taisez-vous !

LES PAGES, *reparaissant au fond, à Cyrano.*

Hep !

CYRANO

Chut !...

Il leur fait signe de parler bas.

PREMIER PAGE, *à mi-voix.*

Nous venons de donner la sérénade [1]
À Montfleury !...

CYRANO, *bas, vite.*

Allez vous mettre en embuscade
L'un à ce coin de rue, et l'autre à celui-ci ;
Et si quelque passant gênant vient par ici,
Jouez un air !

DEUXIÈME PAGE

Quel air, monsieur le gassendiste [2] ?

CYRANO

Joyeux pour une femme, et pour un homme, triste !

Les pages disparaissent, un à chaque coin de rue. – À Christian.

Appelle-la !

CHRISTIAN

Roxane !

CYRANO, *ramassant des cailloux qu'il jette dans les vitres.*

Attends ! Quelques cailloux.

---

1. Sérénade : concert donné de nuit sous les fenêtres d'une personne pour l'honorer ou la séduire.

2. Gassendiste : adepte des théories de Gassendi (1592-1655), mathématicien, théologien, et astronome passionné de musique.

Scène 7

Roxane, Christian, Cyrano, *d'abord caché sous le balcon.*

Roxane, *entr'ouvrant sa fenêtre.*

Qui donc m'appelle ?

Christian

Moi.

Roxane

Qui, moi ?

Christian

Christian.

Roxane, *avec dédain.*

C'est vous ?

Christian

Je voudrais vous parler.

Cyrano, *sous le balcon, à Christian.*

Bien. Bien. Presque à voix basse.

Roxane

Non ! Vous parlez trop mal. Allez-vous-en !

Christian

De grâce !...

Roxane

Non ! Vous ne m'aimez plus !

Christian, *à qui Cyrano souffle ses mots.*

M'accuser, – justes dieux ! –

De n'aimer plus... quand... j'aime plus !

ROXANE, *qui allait refermer sa fenêtre, s'arrêtant.*

Tiens, mais c'est mieux !

CHRISTIAN, *même jeu.*

L'amour grandit bercé dans mon âme inquiète…
Que ce… cruel marmot[1] prit pour… barcelonnette[2] !

ROXANE, *s'avançant sur le balcon.*

C'est mieux ! – Mais puisqu'il est cruel, vous fûtes sot
De ne pas, cet amour, l'étouffer au berceau !

CHRISTIAN, *même jeu.*

Aussi l'ai-je tenté, mais… tentative nulle :
Ce… nouveau-né, Madame, est un petit… Hercule[3].

ROXANE

C'est mieux !

CHRISTIAN, *même jeu.*

De sorte qu'il… strangula[4] comme rien…
Les deux serpents… Orgueil et… Doute.

ROXANE, *s'accoudant au balcon.*

Ah ! c'est très bien.
– Mais pourquoi parlez-vous de façon peu hâtive ?
Auriez-vous donc la goutte à l'imaginative[5] ?

1. Marmot : petit garçon. Il s'agit ici de Cupidon, dieu de l'amour.

2. Barcelonnette : berceau suspendu sur deux pieds.

3. Hercule : dans la mythologie antique, Hercule symbolise la puissance surhumaine.

4. Strangula : étrangla.

5. La goutte à l'imaginative : la goutte est une maladie provoquée par une inflammation articulaire. Roxane demande ici à Christian s'il a des problèmes d'imagination.

CYRANO, *tirant Christian sous le balcon,*
et se glissant à sa place.

Chut ! Cela devient trop difficile !...

ROXANE

Aujourd'hui...
Vos mots sont hésitants. Pourquoi ?

CYRANO, *parlant à mi-voix, comme Christian.*

C'est qu'il fait nuit,
Dans cette ombre, à tâtons, ils cherchent votre oreille.

ROXANE

Les miens n'éprouvent pas difficulté pareille.

CYRANO

Ils trouvent tout de suite ? oh ! cela va de soi,
Puisque c'est dans mon cœur, eux, que je les reçoi ;
Or, moi, j'ai le cœur grand, vous, l'oreille petite.
D'ailleurs vos mots à vous descendent : ils vont vite.
Les miens montent, Madame : il leur faut plus de temps !

ROXANE

Mais ils montent bien mieux depuis quelques instants.

CYRANO

De cette gymnastique, ils ont pris l'habitude !

ROXANE

Je vous parle, en effet, d'une vraie altitude !

CYRANO

Certe, et vous me tueriez si de cette hauteur
Vous me laissiez tomber un mot dur sur le cœur !

ROXANE, *avec un mouvement.*

Je descends.

CYRANO, *vivement.*

Non !

ROXANE, *lui montrant le banc qui est sous le balcon.*

Grimpez sur le banc, alors, vite !

CYRANO, *reculant avec effroi dans la nuit.*

Non !

ROXANE

Comment… non ?

CYRANO, *que l'émotion gagne de plus en plus.*

Laissez un peu que l'on profite…
De cette occasion qui s'offre… de pouvoir
Se parler doucement sans se voir.

ROXANE

Sans se voir ?

CYRANO

Mais oui, c'est adorable. On se devine à peine.
Vous voyez la noirceur d'un long manteau qui traîne,
J'aperçois la blancheur d'une robe d'été :
Moi je ne suis qu'une ombre, et vous qu'une clarté !
Vous ignorez pour moi ce que sont ces minutes !
Si quelquefois je fus éloquent…

ROXANE

Vous le fûtes !

CYRANO

Mon langage jamais jusqu'ici n'est sorti
De mon vrai cœur…

ROXANE

Pourquoi ?

CYRANO

Parce que… jusqu'ici
Je parlais à travers…

ROXANE

Quoi ?

CYRANO

… le vertige où tremble
Quiconque est sous vos yeux !… Mais, ce soir, il me semble…
Que je vais vous parler pour la première fois !

ROXANE

C'est vrai que vous avez une tout autre voix.

CYRANO, *se rapprochant avec fièvre.*

Oui, tout autre, car dans la nuit qui me protège
J'ose être enfin moi-même, et j'ose…

Il s'arrête et avec égarement.

Où en étais-je ?
Je ne sais… tout ceci, – pardonnez mon émoi, –
C'est si délicieux… c'est si nouveau pour moi !

ROXANE

Si nouveau ?

CYRANO, *bouleversé, et essayant toujours de rattraper ses mots.*

Si nouveau… mais oui… d'être sincère :
La peur d'être raillé[1], toujours au cœur me serre…

ROXANE

Raillé de quoi ?

CYRANO

Mais de… d'un élan !… Oui, mon cœur,
Toujours, de mon esprit s'habille, par pudeur :
Je pars pour décrocher l'étoile, et je m'arrête
Par peur du ridicule, à cueillir la fleurette[2] !

ROXANE

La fleurette a du bon.

CYRANO

Ce soir, dédaignons-la !

ROXANE

Vous ne m'aviez jamais parlé comme cela !

CYRANO

Ah ! si loin des carquois[3], des torches et des flèches,
On se sauvait un peu vers des choses… plus fraîches !
Au lieu de boire goutte à goutte, en un mignon
Dé à coudre d'or fin, l'eau fade du Lignon[4],
Si l'on tentait de voir comment l'âme s'abreuve
En buvant largement à même le grand fleuve !

---

1. **Raillé** : moqué.

2. **Cueillir la fleurette** : tenir des propos galants, amoureux.

3. **Carquois** : étui servant à contenir les flèches, ici de l'Amour.

4. **Lignon** : rivière rendue célèbre par le célèbre roman pastoral d'Honoré d'Urfé, *L'Astrée*.

ROXANE

Mais l'esprit ?...

CYRANO

J'en ai fait pour vous faire rester
D'abord, mais maintenant ce serait insulter
Cette nuit, ces parfums, cette heure, la Nature,
Que de parler comme un billet doux [1] de Voiture [2] !
– Laissons, d'un seul regard de ses astres, le ciel
Nous désarmer de tout notre artificiel :
Je crains tant que parmi notre alchimie [3] exquise
Le vrai du sentiment ne se volatilise,
Que l'âme ne se vide à ces passe-temps vains,
Et que le fin du fin ne soit la fin des fins !

ROXANE

Mais l'esprit ?...

CYRANO

Je le hais dans l'amour ! C'est un crime
Lorsqu'on aime de trop prolonger cette escrime !
Le moment vient d'ailleurs inévitablement,
– Et je plains ceux pour qui ne vient pas ce moment ! –
Où nous sentons qu'en nous un amour noble existe
Que chaque joli mot que nous disons rend triste !

ROXANE

Eh bien ! si ce moment est venu pour nous deux,
Quels mots me direz-vous ?

---

1. Billet doux : lettre galante.

2. Voiture : Vincent Voiture (1597-1648) est un célèbre écrivain galant.

3. Parmi notre alchimie : au sein de notre entente.

CYRANO

Tous ceux, tous ceux, tous ceux
Qui me viendront, je vais vous les jeter, en touffe,
Sans les mettre en bouquets : je vous aime, j'étouffe,
Je t'aime, je suis fou, je n'en peux plus, c'est trop ;
Ton nom est dans mon cœur comme dans un grelot,
Et comme tout le temps, Roxane, je frissonne,
Tout le temps, le grelot s'agite, et le nom sonne !
De toi, je me souviens de tout, j'ai tout aimé :
Je sais que l'an dernier, un jour, le douze mai,
Pour sortir le matin tu changeas de coiffure !
J'ai tellement pris pour clarté ta chevelure
Que comme lorsqu'on a trop fixé le soleil,
On voit sur toute chose ensuite un rond vermeil,
Sur tout, quand j'ai quitté les feux dont tu m'inondes,
Mon regard ébloui pose des taches blondes !

ROXANE, *d'une voix troublée.*

Oui, c'est bien de l'amour...

CYRANO

Certes, ce sentiment
Qui m'envahit, terrible et jaloux, c'est vraiment
De l'amour, il en a toute la fureur[1] triste !
De l'amour, – et pourtant il n'est pas égoïste !
Ah ! que pour ton bonheur je donnerais le mien,
Quand même tu devrais n'en savoir jamais rien,
S'il se pouvait, parfois, que de loin, j'entendisse
Rire un peu le bonheur né de mon sacrifice !
– Chaque regard de toi suscite une vertu

1. **Fureur** : passion excessive.

Nouvelle, une vaillance[1] en moi ! Commences-tu
À comprendre, à présent ? voyons, te rends-tu compte ?
Sens-tu mon âme, un peu, dans cette ombre, qui monte ?...
Oh ! mais vraiment, ce soir, c'est trop beau, c'est trop doux !
Je vous dis tout cela, vous m'écoutez, moi, vous !
C'est trop ! Dans mon espoir même le moins modeste,
Je n'ai jamais espéré tant ! Il ne me reste
Qu'à mourir maintenant ! C'est à cause des mots
Que je dis qu'elle tremble entre les bleus rameaux[2] !
Car vous tremblez, comme une feuille entre les feuilles !
Car tu trembles ! car j'ai senti, que tu le veuilles
Ou non, le tremblement adoré de ta main
Descendre tout le long des branches du jasmin !

Il baise éperdument l'extrémité d'une branche pendante.

ROXANE

Oui, je tremble, et je pleure, et je t'aime, et suis tienne !
Et tu m'as enivrée !

CYRANO

Alors, que la mort vienne !
Cette ivresse, c'est moi, moi, qui l'ai su causer !
Je ne demande plus qu'une chose...

CHRISTIAN, *sous le balcon.*

Un baiser !

ROXANE, *se rejetant en arrière.*

Hein ?

1. Vaillance : force.

2. Rameaux : petites branches d'arbre.

CYRANO

Oh !

ROXANE

Vous demandez ?

CYRANO

Oui… je…

À Christian, bas.

Tu vas trop vite.

CHRISTIAN

Puisqu'elle est si troublée, il faut que j'en profite !

CYRANO, *à Roxane.*

Oui, je… j'ai demandé, c'est vrai… mais justes cieux !
Je comprends que je fus bien trop audacieux.

ROXANE, *un peu déçue.*

Vous n'insistez pas plus que cela ?

CYRANO

Si ! j'insiste…
Sans insister !… Oui, oui ! votre pudeur s'attriste !
Eh bien ! mais, ce baiser… ne me l'accordez pas !

CHRISTIAN, *à Cyrano, le tirant par son manteau.*

Pourquoi ?

CYRANO

Tais-toi, Christian !

ROXANE, *se penchant.*

Que dites-vous tout bas ?

Cyrano

Mais d'être allé trop loin, moi-même je me gronde ;
Je me disais : tais-toi, Christian !...

Les théorbes[1] *se mettent à jouer.*

Une seconde !...

On vient !

Roxane referme la fenêtre. Cyrano écoute les théorbes, dont l'un joue un air folâtre et l'autre un air lugubre.

Air triste ? Air gai ?... Quel est donc leur dessein ?
Est-ce un homme ? Une femme ? – Ah ! c'est un capucin[2] !

Entre un capucin qui va de maison en maison, une lanterne à la main, regardant les portes.

Scène 8

Cyrano, Christian, un capucin

Cyrano, *au capucin.*

Quel est ce jeu renouvelé de Diogène[3] ?

Le capucin

Je cherche la maison de madame...

Christian

Il nous gêne !

Le capucin

Magdeleine Robin...

---

1. **Théorbes** : variétés de luth.

2. **Capucin** : moine.

3. **Diogène** : philosophe cynique (vers 413-327 av. J.-C.). Il vivait dans un tonneau et se promenait en plein jour dans Athènes une lanterne à la main, en disant qu'il était à la recherche d'un être humain. Il était particulièrement méprisant à l'égard des hommes.

CHRISTIAN

Que veut-il ?

CYRANO, *lui montrant une rue montante.*

Par ici !

Tout droit, – toujours tout droit…

LE CAPUCIN

Je vais pour vous ! – merci :

Dire mon chapelet jusqu'au grain majuscule[1].

Il sort.

CYRANO

Bonne chance ! Mes vœux suivent votre cuculle[2] !

Il redescend vers Christian.

Scène 9

CYRANO, CHRISTIAN

CHRISTIAN

Obtiens-moi ce baiser !

CYRANO

Non !

CHRISTIAN

Tôt ou tard…

---

1. Grain majuscule : allusion au chapelet, composé de plusieurs ensembles de petits grains, séparés par de plus gros grains. À chacun d'entre eux on récite une prière.

2. Cuculle : capuche du moine.

CYRANO

C'est vrai
Il viendra, ce moment de vertige enivré
Où vos bouches iront l'une vers l'autre, à cause
De ta moustache blonde et de sa lèvre rose !

À lui-même.

J'aime mieux que ce soit à cause de…

Bruits des volets qui se rouvrent, Christian se cache sous le balcon.

Scène 10

CYRANO, CHRISTIAN, ROXANE

ROXANE, *s'avançant sur le balcon.*

C'est vous ?
Nous parlions de… de… d'un…

CYRANO

Baiser. Le mot est doux.
Je ne vois pas pourquoi votre lèvre ne l'ose ;
S'il la brûle déjà, que sera-ce la chose ?
Ne vous en faites pas un épouvantement[1] :
N'avez-vous pas tantôt, presque insensiblement,
Quitté le badinage[2] et glissé sans alarmes
Du sourire au soupir, et du soupir aux larmes !
Glissez encore un peu d'insensible façon :
Des larmes au baiser il n'y a qu'un frisson !

---

1. Ne vous en faites pas un épouvantement : ne vous effrayez pas.

2. Badinage : plaisanterie galante.

ROXANE

Taisez-vous !

CYRANO

Un baiser, mais à tout prendre, qu'est-ce ?
Un serment fait d'un peu plus près, une promesse
Plus précise, un aveu qui veut se confirmer,
Un point rose qu'on met sur l'i du verbe aimer ;
C'est un secret qui prend la bouche pour oreille,
Un instant d'infini qui fait un bruit d'abeille,
Une communion ayant un goût de fleur,
Une façon d'un peu se respirer le cœur,
Et d'un peu se goûter, au bord des lèvres, l'âme !

ROXANE

Taisez-vous !

CYRANO

Un baiser, c'est si noble, Madame,
Que la reine de France, au plus heureux des lords [1],
En a laissé prendre un, la reine même !

ROXANE

Alors !

CYRANO, *s'exaltant.*

J'eus comme Buckingham [2] des souffrances muettes,
J'adore comme lui la reine que vous êtes,
Comme lui je suis triste et fidèle...

1. Lord : noble britannique occupant de hautes fonctions.

2. Buckingham : allusion à la liaison adultère entre l'épouse de Louis XIII, Anne d'Autriche, et le duc de Buckingham.

ROXANE

Et tu es

Beau comme lui !

CYRANO, *à part, dégrisé*[1].

C'est vrai, je suis beau, j'oubliais !

ROXANE

Eh bien ! montez cueillir cette fleur sans pareille…

CYRANO, *poussant Christian vers le balcon.*

Monte !

ROXANE

Ce goût de cœur…

CYRANO

Monte !

ROXANE

Ce bruit d'abeille…

CYRANO

Monte !

CHRISTIAN, *hésitant.*

Mais il me semble, à présent, que c'est mal !

ROXANE

Cet instant d'infini !…

CYRANO, *le poussant.*

Monte donc, animal !

Christian s'élance, et par le banc, le feuillage, les piliers, atteint les balustres qu'il enjambe.

1. **Dégrisé** : dont l'ivresse est retombée.

CHRISTIAN

Ah! Roxane!…

Il l'enlace et se penche sur ses lèvres.

CYRANO

Aïe! au cœur, quel pincement bizarre!
– Baiser, festin d'amour dont je suis le Lazare[1]!
Il me vient de cette ombre une miette de toi, –
Mais oui, je sens un peu mon cœur qui te reçoit,
Puisque sur cette lèvre où Roxane se leurre[2]
Elle baise les mots que j'ai dits tout à l'heure!

On entend les théorbes.

Un air triste, un air gai: le capucin!

Il feint de courir comme s'il arrivait de loin, et d'une voix claire.

Holà!

ROXANE

Qu'est-ce?

CYRANO

Moi. Je passais… Christian est encor là?

CHRISTIAN, *très étonné.*

Tiens, Cyrano!

ROXANE

Bonjour, cousin!

CYRANO

Bonjour, cousine!

1. **Lazare**: personnage biblique (Évangile selon saint Jean), qui s'oppose, par son extrême pauvreté et son appétit de nourriture spirituelle, au mauvais riche.

2. **Se leurre**: se trompe.

ROXANE

Je descends !

Elle disparaît dans la maison. Au fond rentre le capucin.

CHRISTIAN, *l'apercevant.*

Oh ! encor !

Il suit Roxane.

Scène 11

CYRANO, CHRISTIAN, ROXANE,
LE CAPUCIN, RAGUENEAU

LE CAPUCIN

C'est ici, – je m'obstine –
Magdeleine Robin !

CYRANO

Vous aviez dit : Ro-*lin*.

LE CAPUCIN

Non : *bin*. B, i, n, *bin* !

ROXANE, *paraissant sur le seuil de la maison, suivie de Ragueneau qui porte une lanterne, et de Christian.*

Qu'est-ce ?

LE CAPUCIN

Une lettre.

CHRISTIAN

Hein ?

LE CAPUCIN, *à Roxane.*

Oh ! il ne peut s'agir que d'une sainte chose !
C'est un digne seigneur qui…

ROXANE, *à Christian.*

C'est de Guiche !

CHRISTIAN

Il ose ?…

ROXANE

Oh ! mais il ne va pas m'importuner toujours !

Décachetant la lettre.

Je t'aime, et si…

À la lueur de la lanterne de Ragueneau, elle lit, à l'écart, à voix basse.

« Mademoiselle,
Les tambours
Battent ; mon régiment boucle sa soubreveste[1] ;
Il part ; moi, l'on me croit déjà parti : je reste.
Je vous désobéis. Je suis dans ce couvent.
Je vais venir, et vous le mande[2] auparavant
Par un religieux simple comme une chèvre
Qui ne peut rien comprendre à ceci. Votre lèvre
M'a trop souri tantôt : j'ai voulu la revoir.
Éloignez un chacun[3], et daignez recevoir
L'audacieux déjà pardonné, je l'espère,
Qui signe votre très… et cætera… »

Au capucin.

1. **Soubreveste** : vêtement sans manches porté par-dessus les autres habits, notamment militaires.

2. **Le mande** : l'annonce.

3. **Un chacun** : tout le monde.

Mon père,
Voici ce que me dit cette lettre. Écoutez.

Tous se rapprochent, elle lit à haute voix.

« Mademoiselle,
Il faut souscrire[1] aux volontés
Du Cardinal, si dur que cela vous puisse être.
C'est la raison pourquoi j'ai fait choix, pour remettre
Ces lignes en vos mains charmantes, d'un très saint,
D'un très intelligent et discret capucin ;
Nous voulons qu'il vous donne, et dans votre demeure,
La bénédiction

Elle tourne la page.

nuptiale[2] sur l'heure[3].
Christian doit en secret devenir votre époux ;
Je vous l'envoie. Il vous déplaît. Résignez-vous.
Songez bien que le Ciel bénira votre zèle,
Et tenez pour tout assuré, mademoiselle,
Le respect de celui qui fut et qui sera
Toujours votre très humble et très… et cætera[4]. »

Le capucin, *rayonnant.*

Digne seigneur !… Je l'avais dit. J'étais sans crainte !
Il ne pouvait s'agir que d'une chose sainte !

Roxane, *bas à Christian.*

N'est-ce pas que je lis très bien les lettres ?

---

1. Souscrire : se soumettre.

2. Bénédiction nuptiale : bénédiction du mariage.

3. Sur l'heure : tout de suite.

4. Très humble et très… et cætera : signature consacrée au XVIIe siècle à la fin des lettres. Le mot non prononcé est « serviteur ». On trouve cette signature dans les lettres de Cyrano présentées en fin de volume.

CHRISTIAN

Hum !

ROXANE, *haut, avec désespoir.*

Ah !… c'est affreux !

LE CAPUCIN, *qui a dirigé sur Cyrano la clarté de sa lanterne.*

C'est vous ?

CHRISTIAN

C'est moi !

LE CAPUCIN, *tournant la lumière vers lui, et, comme si un doute lui venait, en voyant sa beauté.*

Mais…

ROXANE, *vivement.*

Post-scriptum :
« Donnez pour le couvent cent vingt pistoles[1]. »

LE CAPUCIN

Digne,
Digne seigneur !

À Roxane.

Résignez-vous !

ROXANE, *en martyre[2].*

Je me résigne !

Pendant que Ragueneau ouvre la porte au capucin que Christian invite à entrer, elle dit bas à Cyrano :

Vous, retenez ici de Guiche ! Il va venir !
Qu'il n'entre pas tant que…

1. Pistoles : ancienne monnaie.

2. Martyre : personnage qui accepte et met en scène sa souffrance au nom de la cause à laquelle il se dévoue.

Cyrano

Compris !

Au capucin.

Pour les bénir

Il vous faut ?…

Le capucin

Un quart d'heure.

Cyrano, *les poussant tous vers la maison.*

Allez ! moi, je demeure !

Roxane, *à Christian.*

Viens !…

Ils entrent.

Scène 12

Cyrano, *seul.*

Cyrano

Comment faire perdre à de Guiche un quart d'heure ?

Il se précipite sur le banc, grimpe au mur, vers le balcon.

Là !… Grimpons !… J'ai mon plan !…

Les théorbes se mettent à jouer une phrase lugubre.

Ho ! c'est un homme !

Le trémolo[1] *devient sinistre.*

Ho ! ho !

Cette fois, c'en est un !…

Il est sur le balcon, il rabaisse son feutre sur ses yeux, ôte son épée, se drape dans sa cape, puis se penche et regarde au dehors.

---

1. Trémolo : effet sonore produit par la rupture d'une note à coups d'archet brefs.

Non, ce n'est pas trop haut !...

Il enjambe les balustres et attirant à lui la longue branche d'un des arbres qui débordent le mur du jardin, il s'y accroche des deux mains, prêt à se laisser tomber.

Je vais légèrement troubler cette atmosphère !...

Scène 13

CYRANO, DE GUICHE

DE GUICHE, *qui entre, masqué, tâtonnant dans la nuit.*

Qu'est-ce que ce maudit capucin peut bien faire ?

CYRANO

Diable ! et ma voix ?... S'il la reconnaissait ?

Lâchant d'une main, il a l'air de tourner une invisible clef.

Cric ! crac !

Solennellement.

Cyrano, reprenez l'accent de Bergerac !

DE GUICHE, *regardant la maison.*

Oui, c'est là. J'y vois mal. Ce masque m'importune !

Il va pour entrer. Cyrano saute du balcon en se tenant à la branche, qui plie, et le dépose entre la porte et de Guiche ; il feint de tomber lourdement, comme si c'était de très haut, et s'aplatit par terre, où il reste immobile, comme étourdi. De Guiche fait un bond en arrière.

Hein ? Quoi ?

Quand il lève les yeux, la branche s'est redressée ; il ne voit que le ciel ; il ne comprend pas.

D'où tombe donc cet homme ?

CYRANO, *se mettant sur son séant*[1], *et avec l'accent de Gascogne.*

De la lune !

DE GUICHE

De la ?...

CYRANO, *d'une voix de rêve.*

Quelle heure est-il ?

DE GUICHE

N'a-t-il plus sa raison ?

CYRANO

Quelle heure ? Quel pays ? Quel jour ? Quelle saison ?

DE GUICHE

Mais...

CYRANO

Je suis étourdi !

DE GUICHE

Monsieur...

CYRANO

Comme une bombe

Je tombe de la lune !

DE GUICHE, *impatienté.*

Ah çà ! Monsieur !

CYRANO, *se relevant, d'une voix terrible.*

J'en tombe !

1. **Son séant :** son postérieur.

DE GUICHE, *reculant.*

Soit ! soit ! vous en tombez !… c'est peut-être un dément !

CYRANO, *marchant sur lui.*

Et je n'en tombe pas métaphoriquement[1] !…

DE GUICHE

Mais…

CYRANO

Il y a cent ans, ou bien une minute,
– J'ignore tout à fait ce que dura ma chute ! –
J'étais dans cette boule à couleur de safran[2] !

DE GUICHE, *haussant les épaules.*

Oui. Laissez-moi passer !

CYRANO, *s'interposant.*

Où suis-je ? Soyez franc !
Ne me déguisez rien ! En quel lieu, dans quel site,
Viens-je de choir[3], Monsieur, comme un aérolithe[4] ?

DE GUICHE

Morbleu !…

CYRANO

Tout en cheyant[5] je n'ai pu faire choix
De mon point d'arrivée, – et j'ignore où je chois !

---

1. Métaphoriquement : au sens figuré.

2. À couleur de safran : de la couleur du safran, dont la poudre est jaune. Au début du premier roman du vrai Cyrano *Les États et Empires de la Lune*, l'astre lunaire est désigné comme une « boule de safran ». Le passage qui suit est d'ailleurs très proche des péripéties du roman.

3. Choir : tomber.

4. Aérolithe : météorite pierreuse.

5. En cheyant : forme archaïque du gérondif de « choir » (« en tombant »).

Est-ce dans une lune ou bien dans une terre,
Que vient de m'entraîner le poids de mon postère[1] ?

DE GUICHE

Mais je vous dis, Monsieur…

CYRANO, *avec un cri de terreur qui fait reculer de Guiche.*

Ha ! grand Dieu !… je crois voir
Qu'on a dans ce pays le visage tout noir !…

DE GUICHE, *portant la main à son visage.*

Comment ?

CYRANO, *avec une peur emphatique*[2].

Suis-je en Alger ? Êtes-vous indigène[3] ?…

DE GUICHE, *qui a senti son masque.*

Ce masque !…

CYRANO, *feignant de se rassurer un peu.*

Je suis donc dans Venise, ou dans Gêne[4] ?

DE GUICHE, *voulant passer.*

Une dame m'attend !…

CYRANO, *complètement rassuré.*

Je suis donc à Paris.

DE GUICHE, *souriant malgré lui.*

Le drôle est assez drôle !

CYRANO

Ah ! vous riez ?

1. **Postère :** postérieur.
2. **Emphatique :** exagérée.
3. **Indigène :** originaire de cet endroit étranger.
4. **Gêne :** ville d'Italie connue pour son carnaval.

DE GUICHE

Je ris,
Mais veux passer !

CYRANO, *rayonnant.*

C'est à Paris que je retombe !

Tout à fait à son aise, riant, s'époussetant, saluant.

J'arrive – excusez-moi – par la dernière trombe[1].
Je suis un peu couvert d'éther[2]. J'ai voyagé !
J'ai les yeux tout remplis de poudre d'astres. J'ai
Aux éperons[3], encor, quelques poils de planète !

Cueillant quelque chose sur sa manche.

Tenez, sur mon pourpoint[4], un cheveu de comète[5] !...

Il souffle comme pour le faire envoler.

DE GUICHE, *hors de lui.*

Monsieur !...

CYRANO, *au moment où il va passer, tend sa jambe comme pour y montrer quelque chose et l'arrête.*

Dans mon mollet je rapporte une dent
De la Grande Ourse[6], – et comme, en frôlant le Trident[7],
Je voulais éviter une de ses trois lances,

---

1. Trombe : forme de cyclone.

2. Éther : fluide supposé occuper l'espace au-dessus de l'atmosphère.

3. Éperons : partie de l'étrier destinée à piquer le ventre du cheval.

4. Pourpoint : manteau d'homme descendant jusque sous la ceinture.

5. Cheveu de comète : jeu avec l'expression « comète chevelue », qui désigne en astronomie une comète dont le noyau, brillant, est entouré d'un halo lumineux plus diffus.

6. La Grande Ourse : constellation. Dans tout le passage qui suit, Cyrano joue avec les sens propre et figuré des noms des éléments du ciel.

7. Le Trident : constellation. Son nom désigne une fourche à trois dents.

Je suis allé tomber assis dans les Balances[1], –
Dont l'aiguille, à présent, là-haut, marque mon poids !

Empêchant vivement de Guiche de passer et le prenant à un bouton du pourpoint.

Si vous serriez mon nez, Monsieur, entre vos doigts,
Il jaillirait du lait !

De Guiche

Hein ? du lait ?...

Cyrano

De la Voie
Lactée[2] !...

De Guiche

Oh ! par l'enfer !

Cyrano

C'est le ciel qui m'envoie !

Se croisant les bras.

Non ! Croiriez-vous, je viens de le voir en tombant,
Que Sirius[3], la nuit, s'affuble d'un turban ?

Confidentiel.

L'autre Ourse[4] est trop petite encor pour qu'elle morde !

Riant.

J'ai traversé la Lyre[5] en cassant une corde !

Superbe.

---

1. Les Balances : constellation.
2. Voie Lactée : bande blanchâtre et floue, composée notamment d'étoiles, et qui fait le tour de la sphère céleste. *Lactée* est formé à partir de « lait ».
3. Sirius : système composé de l'étoile bleue et de la naine blanche. L'étoile bleue est la plus brillante du ciel.
4. L'autre Ourse : la petite Ourse, autre constellation.
5. La Lyre : petite constellation boréale.

Mais je compte en un livre écrire tout ceci,
Et les étoiles d'or qu'en mon manteau roussi
Je viens de rapporter à mes périls et risques,
Quand on l'imprimera, serviront d'astérisques[1] !

DE GUICHE

À la parfin[2], je veux…

CYRANO

Vous, je vous vois venir !

DE GUICHE

Monsieur !

CYRANO

Vous voudriez de ma bouche tenir
Comment la lune est faite, et si quelqu'un habite
Dans la rotondité de cette cucurbite[3] ?

DE GUICHE, *criant*.

Mais non ! Je veux…

CYRANO

Savoir comment j'y suis monté ?
Ce fut par un moyen que j'avais inventé.

DE GUICHE, *découragé*.

C'est un fou !

1. Astérisques : signe typographique en forme d'étoile : *.

2. À la parfin : à la fin.

3. La rotondité de cette cucurbite : la forme ronde de cette espèce de courge.

CYRANO, *dédaigneux.*

Je n'ai pas refait l'aigle stupide
De Regiomontanus[1], ni le pigeon timide
D'Archytas[2] !…

DE GUICHE

C'est un fou – mais c'est un fou savant.

CYRANO

Non, je n'imitai rien de ce qu'on fit avant !

De Guiche a réussi à passer et il marche vers la porte de Roxane. Cyrano le suit, prêt à l'empoigner.

J'inventai six moyens de violer l'azur vierge[3] !

DE GUICHE, *se retournant.*

Six ?

CYRANO, *avec volubilité*[4].

Je pouvais, mettant mon corps nu comme un cierge,
Le caparaçonner[5] de fioles de cristal
Toutes pleines des pleurs d'un ciel matutinal[6],
Et ma personne, alors, au soleil exposée,
L'astre l'aurait humée en humant la rosée[7] !

---

1. Regiomontanus : pseudonyme latin de Johannes Müller (1436-1476), astronome, mathématicien et astrologue allemand. Il aurait construit un aigle mécanique.

2. Archytas : Archytas de Tarente (vers 435-vers 347 av. J.-C.), philosophe, mathématicien et astronome grec. Il a en effet construit un pigeon volant mécanique en bois.

3. Violer l'azur vierge : voler dans un ciel encore non parcouru.

4. Avec volubilité : de manière abondante et rapide.

5. Caparaçonner : recouvrir entièrement pour protéger.

6. Matutinal : du matin. Les pleurs du ciel matutinal désignent métaphoriquement la rosée.

7. L'astre l'aurait humée en humant la rosée : ce premier moyen est celui choisi par le héros dans *Les États et Empires de la Lune.*

DE GUICHE, *surpris et faisant un pas vers Cyrano.*

Tiens ! Oui, cela fait un !

CYRANO, *reculant pour l'entraîner de l'autre côté.*

Et je pouvais encor
Faire engouffrer du vent, pour prendre mon essor,
En raréfiant l'air dans un coffre de cèdre
Par des miroirs ardents, mis en icosaèdre[1] !

DE GUICHE, *fait encore un pas.*

Deux !

CYRANO, *reculant toujours.*

Ou bien, machiniste autant qu'artificier[2],
Sur une sauterelle aux détentes d'acier,
Me faire, par des feux successifs de salpêtre[3],
Lancer dans les prés bleus où les astres vont paître[4] !

DE GUICHE, *le suivant, sans s'en douter, et comptant sur ses doigts.*

Trois !

CYRANO

Puisque la fumée a tendance à monter,
En souffler dans un globe assez pour m'emporter[5] !

1. **Icosaèdre** : machine à vingt faces et douze sommets. Dans le deuxième roman de Cyrano, *Les États et Empires du Soleil*, le héros en fabrique un pour s'élever vers l'astre solaire.

2. **Artificier** : personne qui confectionne les pièces d'artifice.

3. **Salpêtre** : nitrate de potassium utilisé pour la fabrication de poudre explosive.

4. **Les prés bleus où les astres vont paître** : métaphore désignant le ciel.

5. **Puisque la fumée a tendance à monter, en souffler dans un globe assez pour m'emporter** : dans le premier roman de Cyrano, c'est le moyen utilisé par le personnage d'Enoch pour s'élever jusqu'à la lune.

DE GUICHE, *même jeu, de plus en plus étonné.*

Quatre !

CYRANO

Puisque Phœbé, quand son arc est le moindre,
Aime sucer, ô bœufs, votre moelle… m'en oindre[1] !

DE GUICHE, *stupéfait.*

Cinq !

CYRANO, *qui en parlant l'a amené jusqu'à l'autre côté de la place, près d'un banc.*

Enfin, me plaçant sur un plateau de fer,
Prendre un morceau d'aimant et le lancer en l'air[2] !
Ça, c'est un bon moyen : le fer se précipite,
Aussitôt que l'aimant s'envole, à sa poursuite ;
On relance l'aimant bien vite, et cadédis[3] !
On peut monter ainsi indéfiniment.

DE GUICHE

Six !
– Mais voilà six moyens excellents !… Quel système
Choisîtes-vous des six, Monsieur ?

CYRANO

Un septième !

---

1. **Puisque Phœbé, quand son arc est le moindre, aime sucer, ô bœufs, votre moelle… m'en oindre** : autrement dit, « Puisque la Lune, lorsqu'elle est décroissante, aime aspirer la moelle de bœufs, j'ai pensé m'en recouvrir (pour que la Lune m'aspire) ».

2. **Prendre un morceau d'aimant et le lancer en l'air** : il s'agit encore de l'un des moyens utilisés pour l'ascension vers la lune dans le roman de Cyrano.

3. **Cadédis** : juron gascon.

DE GUICHE

Par exemple ! Et lequel ?

CYRANO

Je vous le donne en cent !...

DE GUICHE

C'est que ce mâtin[1]-là devient intéressant !

CYRANO, *faisant le bruit des vagues avec de grands gestes mystérieux.*

Houüh ! houüh !

DE GUICHE

Eh bien !

CYRANO

Vous devinez ?

DE GUICHE

Non !

CYRANO

La marée !...

À l'heure où l'onde par la lune est attirée,
Je me mis sur le sable – après un bain de mer –
Et la tête partant la première, mon cher,
– Car les cheveux, surtout, gardent l'eau dans leur frange ! –
Je m'enlevai dans l'air, droit, tout droit, comme un ange.
Je montais, je montais, doucement, sans efforts,
Quand je sentis un choc !... Alors...

1. Mâtin : personne grossière, désagréable.

De Guiche, *entraîné par la curiosité et s'asseyant sur le banc.*

Alors ?

Cyrano

Alors…

Reprenant sa voix naturelle.

Le quart d'heure est passé, Monsieur, je vous délivre :
Le mariage est fait.

De Guiche, *se relevant d'un bond.*

Çà, voyons, je suis ivre !…
Cette voix ?

La porte de la maison s'ouvre, des laquais[1] paraissent portant des candélabres[2] allumés. Lumière. Cyrano ôte son chapeau au bord abaissé.

Et ce nez !… Cyrano ?

Cyrano, *saluant.*

Cyrano.
– Ils viennent à l'instant d'échanger leur anneau.

De Guiche

Qui cela ?

Il se retourne. – Tableau. Derrière les laquais, Roxane et Christian se tiennent par la main. Le capucin les suit en souriant. Ragueneau élève aussi un flambeau. La duègne ferme la marche, ahurie, en petit saut de lit[3].

Ciel !

1. Laquais : valets.

2. Candélabres : grands chandeliers à plusieurs branches.

3. Saut de lit : peignoir destiné à être porté au lever.

Scène 14

LES MÊMES, ROXANE, CHRISTIAN, LE CAPUCIN,
RAGUENEAU, LAQUAIS, LA DUÈGNE

DE GUICHE, *à Roxane.*

Vous !

Reconnaissant Christian avec stupeur.

Lui ?

Saluant Roxane avec admiration.

Vous êtes des plus fines !

À Cyrano.

Mes compliments, Monsieur l'inventeur des machines :
Votre récit eût fait s'arrêter au portail
Du paradis un saint ! Notez-en le détail,
Car vraiment cela peut resservir dans un livre[1] !

CYRANO, *s'inclinant.*

Monsieur, c'est un conseil que je m'engage à suivre.

LE CAPUCIN, *montrant les amants à de Guiche et hochant avec satisfaction sa grande barbe blanche.*

Un beau couple, mon fils, réuni là par vous !

DE GUICHE, *le regardant d'un œil glacé.*

Oui.

À Roxane.

Veuillez dire adieu, Madame, à votre époux.

ROXANE

Comment ?

1. **Cela peut resservir dans un livre** : clin d'œil aux deux romans du véritable Cyrano.

De Guiche, *à Christian.*

Le régiment déjà se met en route.
Joignez-le[1] !

Roxane

Pour aller à la guerre ?

De Guiche

Sans doute !

Roxane

Mais, Monsieur, les cadets n'y vont pas !

De Guiche

Ils iront.

Tirant le papier qu'il avait mis dans sa poche.

Voici l'ordre.

À Christian.

Courez le porter, vous, baron.

Roxane, *se jetant dans les bras de Christian.*

Christian !

De Guiche, *ricanant, à Cyrano.*

La nuit de noce est encore lointaine !

Cyrano, *à part.*

Dire qu'il croit me faire énormément de peine !

Christian, *à Roxane.*

Oh ! tes lèvres encor !

Cyrano

Allons, voyons, assez !

1. **Joignez-le** : rejoignez-le.

CHRISTIAN, *continuant à embrasser Roxane.*

C'est dur de la quitter… Tu ne sais pas…

CYRANO, *cherchant à l'entraîner.*

Je sais.

On entend au loin des tambours qui battent une marche.

DE GUICHE, *qui est remonté au fond.*

Le régiment qui part !

ROXANE, *à Cyrano, en retenant Christian qu'il essaye toujours d'entraîner.*

Oh !… je vous le confie !

Promettez-moi que rien ne va mettre sa vie

En danger !

CYRANO

J'essaierai… mais ne peux cependant

Promettre…

ROXANE, *même jeu.*

Promettez qu'il sera très prudent !

CYRANO

Oui, je tâcherai, mais…

ROXANE, *même jeu.*

Qu'à ce siège terrible

Il n'aura jamais froid !

CYRANO

Je ferai mon possible.

Mais…

ROXANE, *même jeu.*

Qu'il sera fidèle !

Cyrano

Eh oui ! sans doute, mais…

Roxane, *même jeu.*

Qu'il m'écrira souvent !

Cyrano, *s'arrêtant.*

Ça, – je vous le promets !

Rideau

Acte IV

Les cadets de Gascogne

Le poste qu'occupe la compagnie de Carbon de Castel-Jaloux au siège d'Arras.

Au fond, talus traversant toute la scène. Au delà s'aperçoit un horizon de plaine : le pays couvert de travaux de siège[1]*. Les murs d'Arras et la silhouette de ses toits sur le ciel, très loin.*

Tentes ; armes éparses ; tambours, etc. – Le jour va se lever. Jaune Orient[2]*. – Sentinelles*[3] *espacées. Feux.*

Roulés dans leurs manteaux, les cadets de Gascogne dorment. Carbon de Castel-Jaloux et Le Bret veillent. Ils sont très pâles et très maigris[4]*. Christian dort, parmi les autres, dans sa cape, au premier plan, le visage éclairé par un feu. Silence.*

Scène première

CHRISTIAN, CARBON DE CASTEL-JALOUX, LE BRET, LES CADETS, *puis* CYRANO.

LE BRET

C'est affreux !

---

1. Travaux de siège : installations destinées à effectuer le siège d'une ville.

2. Jaune Orient : soleil levant à l'Est.

3. Sentinelles : soldats armés chargés de faire le guet.

4. Maigris : amaigris.

Carbon

Oui. Plus rien.

Le Bret

Mordious[1] !

Carbon, *lui faisant signe de parler plus bas.*

Jure en sourdine[2] !

Tu vas les réveiller.

Aux cadets.

Chut ! Dormez !

À Le Bret.

Qui dort dîne !

Le Bret

Quand on a l'insomnie on trouve que c'est peu !
Quelle famine !

On entend au loin quelques coups de feu.

Carbon

Ah ! maugrébis[3] des coups de feu !...
Ils vont me réveiller mes enfants[4] !

Aux cadets qui lèvent la tête.

Dormez !

On se recouche. Nouveaux coups de feu plus rapprochés.

Un cadet, *s'agitant.*

Diantre !

Encore ?

---

1. Mordious : juron gascon.

2. En sourdine : sans faire de bruit.

3. Maugrébis : juron gascon.

4. Mes enfants : mes soldats. Il était fréquent qu'un capitaine appelle ainsi les hommes de ses troupes.

CARBON

Ce n'est rien ! C'est Cyrano qui rentre !

Les têtes qui s'étaient relevées se recouchent.

UNE SENTINELLE, *au-dehors.*

Ventrebieu ! qui va là ?

LA VOIX DE CYRANO

Bergerac !

LA SENTINELLE, *qui est sur le talus.*

Ventrebieu[1] !

Qui va là ?

CYRANO, *paraissant sur la crête.*

Bergerac, imbécile !

Il descend. Le Bret va au-devant de lui, inquiet.

LE BRET

Ah ! grand Dieu !

CYRANO, *lui faisant signe de ne réveiller personne.*

Chut !

LE BRET

Blessé ?

CYRANO

Tu sais bien qu'ils ont pris l'habitude
De me manquer tous les matins !

LE BRET

C'est un peu rude,
Pour porter une lettre, à chaque jour levant[2],
De risquer !

1. Ventrebieu : juron, variante dialectale de « Ventrebleu ».
2. À chaque jour levant : tous les matins.

CYRANO, *s'arrêtant devant Christian.*

J'ai promis qu'il écrirait souvent !

Il le regarde.

Il dort. Il est pâli. Si la pauvre petite
Savait qu'il meurt de faim... Mais toujours beau !

LE BRET

Va vite
Dormir !

CYRANO

Ne grogne pas, Le Bret !... Sache ceci :
Pour traverser les rangs espagnols, j'ai choisi
Un endroit où je sais, chaque nuit, qu'ils sont ivres.

LE BRET

Tu devrais bien un jour nous rapporter des vivres.

CYRANO

Il faut être léger pour passer ! – Mais je sais
Qu'il y aura ce soir du nouveau. Les Français
Mangeront ou mourront, – si j'ai bien vu...

LE BRET

Raconte !

CYRANO

Non. Je ne suis pas sûr... vous verrez !...

CARBON

Quelle honte,
Lorsqu'on est assiégeant, d'être affamé !

LE BRET

Hélas !

Rien de plus compliqué que ce siège d'Arras :
Nous assiégeons Arras – nous-mêmes, pris au piège,
Le cardinal infant d'Espagne[1] nous assiège…

CYRANO

Quelqu'un devrait venir l'assiéger à son tour.

LE BRET

Je ne ris pas.

CYRANO

Oh ! oh !

LE BRET

Penser que chaque jour
Vous risquez une vie, ingrat, comme la vôtre,
Pour porter…

Le voyant qui se dirige vers une tente.

Où vas-tu ?

CYRANO

J'en vais écrire une autre.

Il soulève la toile et disparaît.

Scène 2

LES MÊMES, *moins* CYRANO.

Le jour s'est un peu levé. Lueurs roses. La ville d'Arras se dore à l'horizon. On entend un coup de canon immédiatement suivi d'une batterie de tambours, très au loin, vers la gauche. D'autres tambours

1. **Cardinal infant d'Espagne :** en Espagne, l'infant désigne le cadet des enfants du roi. Il s'agit en l'occurrence de Ferdinand d'Autriche (1609 ou 1610-1641).

battent plus près. Les batteries vont se répondant, et se rapprochant, éclatent presque en scène et s'éloignent vers la droite, parcourant le camp. Rumeurs de réveil. Voix lointaines d'officiers.

CARBON, *avec un soupir.*

La diane[1] !... Hélas !

Les cadets s'agitent dans leurs manteaux, s'étirent.

Sommeil succulent, tu prends fin !...

Je sais trop quel sera leur premier cri !

UN CADET, *se mettant sur son séant.*

J'ai faim !

UN AUTRE

Je meurs !

TOUS

Oh !

CARBON

Levez-vous !

TROISIÈME CADET

Plus un pas !

QUATRIÈME CADET

Plus un geste !

LE PREMIER, *se regardant dans un morceau de cuirasse[2].*

Ma langue est jaune : l'air du temps est indigeste !

UN AUTRE

Mon tortil[3] de baron pour un peu de Chester[4] !

1. **La diane** : batterie de tambour destinée à réveiller les soldats.
2. **Cuirasse** : partie de l'armure couvrant le tronc.
3. **Tortil** : couronne de baron.
4. **Chester** : fromage anglais.

UN AUTRE

Moi, si l'on ne veut pas fournir à mon gaster[1]
De quoi m'élaborer une pinte de chyle[2],
Je me retire sous ma tente, – comme Achille[3] !

UN AUTRE

Oui, du pain !

CARBON, *allant à la tente où est entré Cyrano, à mi-voix.*

Cyrano !

D'AUTRES

Nous mourons !

CARBON, *toujours à mi-voix, à la porte de la tente.*

Au secours !
Toi qui sais si gaiement leur répliquer toujours,
Viens les ragaillardir[4] !

DEUXIÈME CADET, *se précipitant vers le premier qui mâchonne quelque chose.*

Qu'est-ce que tu grignotes ?

LE PREMIER

De l'étoupe[5] à canon que dans les bourguignotes[6]
On fait frire en la graisse à graisser les moyeux[7].
Les environs d'Arras sont très peu giboyeux[8] !

---

1. **Gaster :** estomac.
2. **Une pinte de chyle :** une pinte contient 50 cl de liquide. La chyle désigne le contenu liquide de l'intestin, formé par les aliments digérés.
3. **Achille :** héros de l'*Iliade* d'Homère (VIIIe siècle av. J.-C.). Il s'était en effet retiré sous sa tente en jurant de ne pas retourner au combat.
4. **Ragaillardir :** redonner des forces.
5. **Étoupe :** morceau grossier de filasse de chanvre ou de lin.
6. **Bourguignotes :** casques de fer légers.
7. **Moyeux :** partie centrale d'une roue.
8. **Très peu giboyeux :** ne contenant presque pas de gibier.

Un autre, *entrant.*

Moi, je viens de chasser !

Un autre, *même jeu.*

J'ai pêché, dans la Scarpe[1] !

Tous, *debout, se ruant sur les deux nouveaux venus.*

Quoi ? – Que rapportez-vous ? – Un faisan ? – Une carpe ? –
Vite, vite, montrez !

Le pêcheur

Un goujon[2] !

Le chasseur

Un moineau !

Tous, *exaspérés.*

Assez ! – Révoltons-nous !

Carbon

Au secours, Cyrano !

Il fait maintenant tout à fait jour.

Scène 3

Les mêmes, Cyrano

Cyrano, *sortant de sa tente, tranquille, une plume à l'oreille, un livre à la main.*

Hein ?

Silence. Au premier cadet.

Pourquoi t'en vas-tu, toi, de ce pas qui traîne ?

1. **La Scarpe** : rivière française canalisée depuis Arras.
2. **Goujon** : petit poisson d'eau douce.

LE CADET

J'ai quelque chose, dans les talons, qui me gêne !...

CYRANO

Et quoi donc ?

LE CADET

L'estomac[1] !

CYRANO

Moi de même, pardi !

LE CADET

Cela doit te gêner ?

CYRANO

Non, cela me grandit.

DEUXIÈME CADET

J'ai les dents longues !

CYRANO

Tu n'en mordras que plus large.

UN TROISIÈME

Mon ventre sonne creux !

CYRANO

Nous y battrons la charge.

UN AUTRE

Dans les oreilles, moi, j'ai des bourdonnements.

1. **L'estomac** : jeu de mots avec l'expression « avoir l'estomac dans les talons », qui signifie « mourir de faim ».

Cyrano

Non, non ; ventre affamé, pas d'oreilles[1] : tu mens !

Un autre

Oh ! manger quelque chose, – à l'huile !

Cyrano, *le décoiffant et lui mettant son casque dans la main.*

Ta salade[2].

Un autre

Qu'est-ce qu'on pourrait bien dévorer ?

Cyrano, *lui jetant le livre qu'il tient à la main.*

L'*Iliade*[3].

Un autre

Le ministre, à Paris, fait ses quatre repas !

Cyrano

Il devrait t'envoyer du perdreau ?

Le même

Pourquoi pas ?

Et du vin !

Cyrano

Richelieu, du bourgogne, *if you please*[4] ?

---

1. Ventre affamé, pas d'oreilles : le cadet reprend ici l'expression figée « ventre affamé n'a point d'oreilles », qui signifie que l'on ne peut rien écouter dès lors que l'on a faim.

2. Salade : casque militaire très bombé et à visière courte.

3. L'*Iliade* : épopée d'Homère (VIIIe siècle av. J.-C.). Il s'agit encore d'un jeu de mots, l'expression « dévorer un livre » signifiant, au sens figuré, « lire d'une traite ».

4. *If you please* : s'il vous plaît, en anglais.

LE MÊME

Par quelque capucin[1] !

CYRANO

L'éminence[2] qui grise ?

UN AUTRE

J'ai des faims d'ogre !

CYRANO

Eh ! bien !… tu croques le marmot[3] !

LE PREMIER CADET, *haussant les épaules.*

Toujours le mot, la pointe[4] !

CYRANO

Oui, la pointe, le mot !
Et je voudrais mourir, un soir, sous un ciel rose,
En faisant un bon mot, pour une belle cause !
– Oh ! frappé par la seule arme noble qui soit,
Et par un ennemi qu'on sait digne de soi,
Sur un gazon de gloire et loin d'un lit de fièvres,
Tomber la pointe au cœur en même temps qu'aux lèvres !

CRIS DE TOUS

J'ai faim !

CYRANO, *se croisant les bras.*

Ah çà ! mais vous ne pensez qu'à manger ?…

---

1. Capucin : religieux.

2. L'Éminence : Cyrano défige ici la locution *Éminence grise*, surnom donné au conseiller de Richelieu.

3. Tu croques le marmot : expression populaire qui signifie « tu attends ». Elle est ici bienvenue car elle signifie littéralement « tu manges un enfant », ce qui est une réponse parfaite pour une faim d'ogre.

4. Pointe : mot d'esprit, bon mot.

– Approche, Bertrandou le fifre[1], ancien berger ;
Du double étui de cuir tire l'un de tes fifres,
Souffle, et joue à ce tas de goinfres et de piffres[2]
Ces vieux airs du pays, au doux rythme obsesseur[3],
Dont chaque note est comme une petite sœur,
Dans lesquels restent pris des sons de voix aimées,
Ces airs dont la lenteur est celle des fumées
Que le hameau natal exhale[4] de ses toits,
Ces airs dont la musique a l'air d'être en patois !...

Le vieux s'assied et prépare son fifre.

Que la flûte, aujourd'hui, guerrière qui s'afflige,
Se souvienne un moment, pendant que sur sa tige
Tes doigts semblent danser un menuet[5] d'oiseau,
Qu'avant d'être d'ébène[6], elle fut de roseau ;
Que sa chanson l'étonne, et qu'elle y reconnaisse
L'âme de sa rustique et paisible jeunesse !...

Le vieux commence à jouer des airs languedociens.

Écoutez, les Gascons... Ce n'est plus, sous ses doigts,
Le fifre aigu des camps, c'est la flûte des bois !
Ce n'est plus le sifflet du combat, sous ses lèvres,
C'est le lent galoubet[7] de nos meneurs de chèvres !...
Écoutez... c'est le val, la lande, la forêt,
Le petit pâtre[8] brun sous son rouge béret,

1. **Fifre** : joueur de fifre, petite flûte traversière en bois.
2. **Piffres** : personnes qui mangent goulûment.
3. **Obsesseur** : obsédant.
4. **Exhale** : répand au-dehors.
5. **Menuet** : ancienne danse de bal à trois temps.
6. **Ébène** : bois noir et très dur.
7. **Galoubet** : instrument à vent utilisé surtout dans le sud de la France.
8. **Pâtre** : berger.

C'est la verte douceur des soirs sur la Dordogne,
Écoutez, les Gascons : c'est toute la Gascogne !

Toutes les têtes se sont inclinées ; – tous les yeux rêvent ; – et des larmes sont furtivement essuyées, avec un revers de manche, un coin de manteau.

CARBON, *à Cyrano, bas.*

Mais tu les fais pleurer !

CYRANO

De nostalgie !… Un mal
Plus noble que la faim !… pas physique : moral !
J'aime que leur souffrance ait changé de viscère [1],
Et que ce soit leur cœur, maintenant, qui se serre !

CARBON

Tu vas les affaiblir en les attendrissant !

CYRANO, *qui a fait signe au tambour d'approcher.*

Laisse donc ! Les héros qu'ils portent dans leur sang
Sont vite réveillés ! Il suffit…

Il fait un geste. Le tambour roule.

TOUS, *se levant et se précipitant sur leurs armes.*

Hein ?… Quoi ?… Qu'est-ce ?

CYRANO, *souriant.*

Tu vois, il a suffi d'un roulement de caisse !
Adieu rêves, regrets, vieille province, amour…
Ce qui du fifre vient s'en va par le tambour !

UN CADET, *qui regarde au fond.*

Ah ! Ah ! Voici monsieur de Guiche !

1. **Viscère :** organe.

TOUS LES CADETS, *murmurant.*

Hou…

CYRANO, *souriant.*

Murmure

Flatteur !

UN CADET

Il nous ennuie !

UN AUTRE

Avec, sur son armure,

Son grand col de dentelle, il vient faire le fier !

UN AUTRE

Comme si l'on portait du linge sur du fer !

LE PREMIER

C'est bon lorsque à son cou l'on a quelque furoncle !

LE DEUXIÈME

Encore un courtisan !

UN AUTRE

Le neveu de son oncle !

CARBON

C'est un Gascon pourtant !

LE PREMIER

Un faux !… Méfiez-vous !

Parce que, les Gascons… ils doivent être fous :
Rien de plus dangereux qu'un Gascon raisonnable.

LE BRET

Il est pâle !

UN AUTRE

Il a faim… autant qu'un pauvre diable !
Mais comme sa cuirasse a des clous de vermeil[1],
Sa crampe d'estomac étincelle au soleil !

CYRANO, *vivement.*

N'ayons pas l'air non plus de souffrir ! Vous, vos cartes,
Vos pipes et vos dés…

Tous rapidement se mettent à jouer sur des tambours, sur des escabeaux et par terre, sur leurs manteaux, et ils allument de longues pipes de pétun[2].

Et moi, je lis Descartes[3].

Il se promène de long en large et lit dans un petit livre qu'il a tiré de sa poche. – Tableau. – De Guiche entre. Tout le monde a l'air absorbé et content. Il est très pâle. Il va vers Carbon.

Scène 4

LES MÊMES, DE GUICHE

DE GUICHE, *à Carbon.*

Ah ! – Bonjour !

Ils s'observent tous les deux. À part, avec satisfaction.

Il est vert.

CARBON, *de même.*

Il n'a plus que les yeux.

1. Vermeil : dorure appliquée sur de l'argent.

2. Pétun : tabac.

3. Descartes : René Descartes (1596-1650), philosophe français.

DE GUICHE, *regardant les cadets.*

Voici donc les mauvaises têtes ?… Oui, messieurs,
Il me revient de tous côtés qu'on me brocarde [1]
Chez vous, que les cadets, noblesse montagnarde,
Hobereaux [2] béarnais, barons périgourdins,
N'ont pour leur colonel pas assez de dédains,
M'appellent intrigant [3], courtisan, – qu'il les gêne
De voir sur ma cuirasse [4] un col au point de Gêne [5], –
Et qu'ils ne cessent pas de s'indigner entre eux
Qu'on puisse être Gascon et ne pas être gueux [6] !

Silence. On joue. On fume.

Vous ferai-je punir par votre capitaine ?
Non.

CARBON

D'ailleurs, je suis libre et n'inflige de peine…

DE GUICHE

Ah ?

CARBON

J'ai payé ma compagnie, elle est à moi.
Je n'obéis qu'aux ordres de guerre.

---

1. On me brocarde : on me raille.

2. Hobereaux : gentilshommes campagnards de la petite noblesse.

3. Intrigant : personne qui recourt à des combinaisons secrètes et compliquées pour parvenir à ses fins.

4. Cuirasse : partie de l'armure couvrant le tronc.

5. Au point de Gêne : variété de dentelle aux fuseaux, particulièrement adaptée aux armures.

6. Gueux : mendiant, miséreux.

DE GUICHE

Ah ?… Ma foi !
Cela suffit.

S'adressant aux cadets.

Je peux mépriser vos bravades[1].
On connaît ma façon d'aller aux mousquetades[2] ;
Hier, à Bapaume[3], on vit la furie avec quoi[4]
J'ai fait lâcher le pied au comte de Bucquoi[5] ;
Ramenant sur ses gens les miens en avalanche,
J'ai chargé par trois fois !

CYRANO, *sans lever le nez de son livre.*

Et votre écharpe blanche ?

DE GUICHE, *surpris et satisfait.*

Vous savez ce détail ?… En effet, il advint,
Durant que je faisais ma caracole[6] afin
De rassembler mes gens pour la troisième charge,
Qu'un remous de fuyards[7] m'entraîna sur la marge
Des ennemis ; j'étais en danger qu'on me prît
Et qu'on m'arquebusât[8], quand j'eus le bon esprit
De dénouer et de laisser couler à terre
L'écharpe qui disait mon grade militaire ;

1. **Bravades** : défis insolents.

2. **Mousquetades** : coups de mousquets.

3. **Bapaume** : ville du Pas-de-Calais, située près d'Arras.

4. **Avec quoi** : avec laquelle.

5. **Comte de Bucquoi** : Charles-Albert de Longueval, comte de Bucquoy (1607-1663), commandant militaire.

6. **Caracole** : demi-tour à cheval qu'un officier exécute avant d'ordonner le tir.

7. **Fuyards** : soldats qui fuient devant l'ennemi.

8. **Qu'on ne m'arquebusât** : qu'on ne me tirât dessus à l'arquebuse (ancienne arme à feu).

En sorte que je pus, sans attirer les yeux,
Quitter les Espagnols, et revenant sur eux,
Suivi de tous les miens réconfortés, les battre !
– Eh bien ! que dites-vous de ce trait[1] ?

Les cadets n'ont pas l'air d'écouter ; mais ici les cartes et les cornets à dés restent en l'air, la fumée des pipes demeure dans les joues : attente.

CYRANO

Qu'Henri quatre
N'eût jamais consenti, le nombre l'accablant,
À se diminuer de son panache blanc[2].

Joie silencieuse. Les cartes s'abattent. Les dés tombent. La fumée s'échappe.

DE GUICHE

L'adresse a réussi, cependant !

Même attente suspendant les jeux et les pipes.

CYRANO

C'est possible.
Mais on n'abdique pas[3] l'honneur d'être une cible.

Cartes, dés, fumées s'abattent, tombent, s'envolent avec une satisfaction croissante.

Si j'eusse été présent quand l'écharpe coula
– Nos courages, monsieur, diffèrent en cela –
Je l'aurais ramassée et me la serais mise.

DE GUICHE

Oui, vantardise, encor, de Gascon !

---

1. Ce trait : cette action rusée.

2. Henri quatre n'eût jamais consenti, le nombre l'accablant, à se diminuer de son panache blanc : le roi Henri IV (1533-1610), portait en effet un panache blanc, c'est-à-dire un bouquet de plumes banches qui ornait sa coiffure.

3. On n'abdique pas : on ne refuse pas.

CYRANO

Vantardise ?…

Prêtez-la-moi. Je m'offre à monter, dès ce soir,
À l'assaut, le premier, avec elle en sautoir[1].

DE GUICHE

Offre encor de Gascon ! Vous savez que l'écharpe
Resta chez l'ennemi, sur les bords de la Scarpe[2],
En un lieu que depuis la mitraille cribla, –
Où nul ne peut aller la chercher !

CYRANO, *tirant de sa poche l'écharpe blanche et la lui tendant.*

La voilà.

Silence. Les cadets étouffent leurs rires dans les cartes et dans les cornets à dés. De Guiche se retourne, les regarde ; immédiatement ils reprennent leur gravité, leurs jeux ; l'un d'eux sifflote avec indifférence l'air montagnard joué par le fifre.

DE GUICHE, *prenant l'écharpe.*

Merci. Je vais, avec ce bout d'étoffe claire,
Pouvoir faire un signal – que j'hésitais à faire.

Il va au talus, y grimpe, et agite plusieurs fois l'écharpe en l'air.

TOUS

Hein !

LA SENTINELLE, *en haut du talus.*

Cet homme, là-bas qui se sauve en courant !…

DE GUICHE, *redescendant.*

C'est un faux espion espagnol. Il nous rend
De grands services. Les renseignements qu'il porte

1. **En sautoir** : décoration portée en collier.

2. **Scarpe** : rivière française canalisée depuis Arras.

Aux ennemis sont ceux que je lui donne, en sorte
Que l'on peut influer sur leurs décisions.

Cyrano

C'est un gredin[1] !

De Guiche, *se nouant nonchalamment son écharpe.*

C'est très commode. Nous disions ?…
– Ah !… J'allais vous apprendre un fait. Cette nuit même,
Pour nous ravitailler tentant un coup suprême,
Le maréchal s'en fut vers Dourlens, sans tambours ;
Les vivandiers[2] du Roi sont là ; par les labours[3]
Il les joindra ; mais pour revenir sans encombre,
Il a pris avec lui des troupes en tel nombre
Que l'on aurait beau jeu, certes, en nous attaquant :
La moitié de l'armée est absente du camp !

Carbon

Oui, si les Espagnols savaient, ce serait grave.
Mais ils ne savent pas ce départ ?

De Guiche

Ils le savent.
Ils vont nous attaquer.

Carbon

Ah !

De Guiche

Mon faux espion

---

1. Gredin : personnage méprisable.

2. Vivandiers : personnes qui suivaient les troupes pour leur vendre vivres et boissons.

3. Labours : terres labourées.

M'est venu prévenir de leur agression.
Il ajouta : « J'en peux déterminer la place ;
Sur quel point voulez-vous que l'attaque se fasse ?
Je dirai que de tous c'est le moins défendu,
Et l'effort portera sur lui. » – J'ai répondu :
« C'est bon. Sortez du camp. Suivez des yeux la ligne :
Ce sera sur le point d'où je vous ferai signe. »

CARBON, *aux cadets.*

Messieurs, préparez-vous !

Tous se lèvent. Bruit d'épées et de ceinturons qu'on boucle.

DE GUICHE

C'est dans une heure.

PREMIER CADET

Ah !... bien !...

Ils se rasseyent tous. On reprend la partie interrompue.

DE GUICHE, *à Carbon.*

Il faut gagner du temps. Le maréchal revient.

CARBON

Et pour gagner du temps ?

DE GUICHE

Vous aurez l'obligeance
De vous faire tuer.

CYRANO

Ah ! voilà la vengeance ?

DE GUICHE

Je ne prétendrai pas que si je vous aimais
Je vous eusse choisis vous et les vôtres, mais,

Comme à votre bravoure on n'en compare aucune,
C'est mon Roi que je sers en servant ma rancune.

CYRANO, *saluant.*

Souffrez que je vous sois, monsieur, reconnaissant.

DE GUICHE, *saluant.*

Je sais que vous aimez vous battre un contre cent [1].
Vous ne vous plaindrez pas de manquer de besogne.

Il remonte, avec Carbon.

CYRANO, *aux cadets.*

Eh bien donc ! nous allons au blason [2] de Gascogne,
Qui porte six chevrons [3], messieurs, d'azur et d'or,
Joindre un chevron de sang qui lui manquait encor !

De Guiche cause bas avec Carbon de Castel-Jaloux, au fond. On donne des ordres. La résistance se prépare. Cyrano va vers Christian qui est resté immobile, les bras croisés.

CYRANO, *lui mettant la main sur l'épaule.*

Christian ?

CHRISTIAN, *secouant la tête.*

Roxane !

CYRANO

Hélas !

CHRISTIAN

Au moins, je voudrais mettre
Tout l'adieu de mon cœur dans une belle lettre !…

1. **Vous aimez vous battre un contre cent** : allusion à l'épisode de la porte de Nesle, où Cyrano se battit seul contre tous les hommes qui attendaient Lignière en embuscade.

2. **Blason** : emblème d'un groupe.

3. **Chevrons** : pièces d'honneur en forme de V retourné.

CYRANO

Je me doutais que ce serait pour aujourd'hui.

Il tire un billet de son pourpoint.

Et j'ai fait tes adieux.

CHRISTIAN

Montre !…

CYRANO

Tu veux ?…

CHRISTIAN, *lui prenant la lettre.*

Mais oui !

Il l'ouvre, lit et s'arrête.

Tiens !…

CYRANO

Quoi ?

CHRISTIAN

Ce petit rond ?…

CYRANO, *reprenant la lettre vivement, et regardant d'un air naïf.*

Un rond ?…

CHRISTIAN

C'est une larme !

CYRANO

Oui… Poète, on se prend à son jeu, c'est le charme !…
Tu comprends… ce billet, – c'était très émouvant :
Je me suis fait pleurer moi-même en l'écrivant.

CHRISTIAN

Pleurer ?…

CYRANO

Oui… parce que… mourir n'est pas terrible.
Mais… ne plus la revoir jamais… voilà l'horrible !
Car enfin je ne la…

Christian le regarde.

nous ne la…

Vivement.

tu ne la…

CHRISTIAN, *lui arrachant la lettre.*

Donne-moi ce billet !

On entend une rumeur, au loin, dans le camp.

LA VOIX D'UNE SENTINELLE [1]

Ventrebieu [2], qui va là ?

Coups de feu. Bruits de voix. Grelots.

CARBON

Qu'est-ce ?…

LA SENTINELLE, *qui est sur le talus.*

Un carrosse !

On se précipite pour voir.

CRIS

Quoi ? Dans le camp ? – Il y entre !
— Il a l'air de venir de chez l'ennemi ! – Diantre !
Tirez ! – Non ! le cocher a crié ! – Crié quoi ? –
Il a crié : Service du Roi !

Tout le monde est sur le talus et regarde au dehors.
Les grelots se rapprochent.

---

1. Sentinelle : soldat armé chargé de faire le guet.

2. Ventrebieu : juron, variante dialectale de « Ventrebleu ».

DE GUICHE

Hein ? Du Roi !...

On redescend, on s'aligne.

CARBON

Chapeau, bas, tous !

DE GUICHE, *à la cantonade.*

Du Roi ! – Rangez-vous, vile tourbe [1],
Pour qu'il puisse décrire avec pompe [2] sa courbe !

Le carrosse entre au grand trot. Il est couvert de boue et de poussière. Les rideaux sont tirés. Deux laquais derrière. Il s'arrête net.

CARBON, *criant.*

Battez aux champs !

Roulement de tambours. Tous les cadets se découvrent.

DE GUICHE

Baissez le marchepied [3] !

Deux hommes se précipitent. La portière s'ouvre.

ROXANE, *sautant du carrosse.*

Bonjour !

Le son d'une voix de femme relève d'un seul coup tout ce monde profondément incliné. – Stupeur.

1. **Tourbe** : mot péjoratif désignant la foule.

2. **Pompe** : faste, noblesse.

3. **Marchepied** : petites marches repliables facilitant l'accès au carrosse.

Scène 5

LES MÊMES, ROXANE

DE GUICHE

Service du Roi ! Vous ?

ROXANE

Mais du seul roi, l'Amour !

CYRANO

Ah ! grand Dieu !

CHRISTIAN, *s'élançant.*

Vous ! Pourquoi ?

ROXANE

C'était trop long, ce siège !

CHRISTIAN

Pourquoi ?...

ROXANE

Je te dirai !

CYRANO, *qui, au son de sa voix, est resté cloué immobile, sans oser tourner les yeux vers elle.*

Dieu ! La regarderai-je ?

DE GUICHE

Vous ne pouvez rester ici !

ROXANE, *gaiement.*

Mais si ! mais si !

Voulez-vous m'avancer un tambour ?...

Elle s'assied sur un tambour qu'on avance.

Là, merci !

Elle rit.

On a tiré sur mon carrosse !

Fièrement.

Une patrouille !
– Il a l'air d'être fait avec une citrouille,
N'est-ce pas ? comme dans le conte [1], et les laquais
Avec des rats.

Envoyant des lèvres un baiser à Christian.

Bonjour !

Les regardant tous.

Vous n'avez pas l'air gais !
– Savez-vous que c'est loin, Arras ?

Apercevant Cyrano.

Cousin, charmée !

CYRANO, *s'avançant.*

Ah çà ! comment ?…

ROXANE

Comment j'ai retrouvé l'armée ?
Oh ! mon Dieu, mon ami, mais c'est tout simple : j'ai
Marché tant que j'ai vu le pays ravagé.
Ah ! ces horreurs, il a fallu que je les visse
Pour y croire ! Messieurs, si c'est là le service
De votre Roi, le mien vaut mieux !

CYRANO

Voyons, c'est fou !
Par où diable avez-vous bien pu passer ?

ROXANE

Par où ?
Par chez les Espagnols.

---

1. **Dans le conte :** référence à *Cendrillon*.

PREMIER CADET

Ah ! Qu'elles sont malignes.

DE GUICHE

Comment avez-vous fait pour traverser leurs lignes ?

LE BRET

Cela dut être très difficile !...

ROXANE

Pas trop.
J'ai simplement passé dans mon carrosse, au trot.
Si quelque hidalgo[1] montrait sa mine altière[2],
Je mettais mon plus beau sourire à la portière,
Et ces messieurs étant, n'en déplaise aux Français,
Les plus galantes gens du monde, – je passais !

CARBON

Oui, c'est un passeport[3], certes, que ce sourire !
Mais on a fréquemment dû vous sommer[4] de dire
Où vous alliez ainsi, madame ?

ROXANE

Fréquemment.
Alors je répondais : « Je vais voir mon amant. »
– Aussitôt l'Espagnol à l'air le plus féroce
Refermait gravement la porte du carrosse,
D'un geste de la main à faire envie au Roi
Relevait les mousquets[5] déjà braqués sur moi,

1. **Hidalgo** : mot espagnol désignant un noble.
2. **Altière** : hautaine, orgueilleuse.
3. **Passeport** : au sens métaphorique, un atout qui facilite l'accès.
4. **Sommer** : imposer.
5. **Mousquet** : ancienne arme à feu posée au sol.

Et superbe de grâce, à la fois, et de morgue[1],
L'ergot[2] tendu sous la dentelle en tuyau d'orgue[3],
Le feutre au vent pour que la plume palpitât,
S'inclinait en disant : « Passez, señorita[4] ! »

CHRISTIAN

Mais, Roxane…

ROXANE

J'ai dit : mon amant, oui… pardonne !
Tu comprends, si j'avais dit : mon mari, personne
Ne m'eût laissé passer !

CHRISTIAN

Mais…

ROXANE

Qu'avez-vous ?

DE GUICHE

Il faut
Vous en aller d'ici !

ROXANE

Moi ?

CYRANO

Bien vite !

LE BRET

Au plus tôt !

---

1. Morgue : attitude hautaine.

2. L'ergot : l'épée.

3. En tuyau d'orgue : en cylindre.

4. Señorita : mademoiselle, en espagnol.

Christian

Oui !

Roxane

Mais comment ?

Christian, *embarrassé.*

C'est que…

Cyrano, *de même.*

Dans trois quarts d'heure…

De Guiche, *de même.*

… ou quatre.

Carbon, *de même.*

Il vaut mieux…

Le Bret, *de même.*

Vous pourriez…

Roxane

Je reste. On va se battre.

Tous

Oh ! non !

Roxane

C'est mon mari !

Elle se jette dans les bras de Christian.

Qu'on me tue avec toi !

Christian

Mais quels yeux vous avez !

Roxane

Je te dirai pourquoi !

DE GUICHE, *désespéré.*

C'est un poste terrible !

ROXANE, *se retournant.*

Hein ! terrible ?

CYRANO

Et la preuve

C'est qu'il nous l'a donné !

ROXANE, *à de Guiche.*

Ah ! vous me vouliez veuve ?

DE GUICHE

Oh ! je vous jure !...

ROXANE

Non ! je suis folle à présent !

Et je ne m'en vais plus !... D'ailleurs, c'est amusant.

CYRANO

Eh quoi ! la précieuse était une héroïne ?

ROXANE

Monsieur de Bergerac, je suis votre cousine.

UN CADET

Nous vous défendrons bien !

ROXANE, *enfiévrée de plus en plus.*

Je le crois, mes amis !

UN AUTRE, *avec enivrement.*

Tout le camp sent l'iris !

Roxane

Et j'ai justement mis
Un chapeau qui fera très bien dans la bataille !…

Regardant de Guiche.

Mais peut-être est-il temps que le comte s'en aille :
On pourrait commencer.

De Guiche

Ah ! c'en est trop ! Je vais
Inspecter mes canons, et reviens… Vous avez
Le temps encor : changez d'avis !

Roxane

Jamais !

De Guiche sort.

Scène 6

Les mêmes, *moins* de Guiche.

Christian, *suppliant.*

Roxane !…

Roxane

Non !

Premier cadet, *aux autres.*

Elle reste !

Tous, *se précipitant, se bousculant, s'astiquant.*

Un peigne ! – Un savon ! – Ma basane[1]

---

1. Basane : habit en peau de mouton.

Est trouée : une aiguille ! – Un ruban ! – Ton miroir ! –
Mes manchettes[1] ! – Ton fer à moustache ! – Un rasoir !

ROXANE, *à Cyrano qui la supplie encore.*

Non ! rien ne me fera bouger de cette place !

CARBON, *après s'être, comme les autres, sanglé[2], épousseté, avoir brossé son chapeau, redressé sa plume et tiré ses manchettes, s'avance vers Roxane, et cérémonieusement.*

Peut-être siérait-il[3] que je vous présentasse,
Puisqu'il en est ainsi, quelques de ces messieurs
Qui vont avoir l'honneur de mourir sous vos yeux.

Roxane s'incline et elle attend, debout au bras de Christian. Carbon présente.

Baron de Peyrescous de Colignac[4] !

LE CADET, *saluant.*

Madame…

CARBON, *continuant.*

Baron de Casterac de Cahuzac. – Vidame[5]
De Malgouvre Estressac Lésbas d'Escarabiot. –
Chevalier d'Antignac-Juzet. – Baron Hillot
De Blagnac-Saléchan de Castel-Crabioules…

ROXANE

Mais combien avez-vous de noms, chacun ?

LE BARON HILLOT

Des foules !

1. Manchettes : bandeau cousu aux extrémités des manches de chemise.
2. Sanglé : la ceinture attachée.
3. Siérait-il : conviendrait-il.
4. Colignac : il existe un M. de Colignac dans le deuxième roman de Cyrano, *Les États et Empires du Soleil*.
5. Vidame : titre de noblesse héréditaire.

CARBON, *à Roxane.*

Ouvrez la main qui tient votre mouchoir.

ROXANE, *ouvre la main et le mouchoir tombe.*

Pourquoi ?

Toute la compagnie fait le mouvement de s'élancer pour le ramasser.

CARBON, *le ramassant, vivement.*

Ma compagnie étant sans drapeau ! Mais ma foi,
C'est le plus beau du camp qui flottera sur elle !

ROXANE, *souriant.*

Il est un peu petit.

CARBON, *attachant le mouchoir à la hampe*[1] *de sa lance de capitaine.*

Mais il est en dentelle !

UN CADET, *aux autres.*

Je mourrais sans regret ayant vu ce minois[2],
Si j'avais seulement dans le ventre une noix !...

CARBON, *qui l'a entendu, indigné.*

Fi ! parler de manger lorsqu'une exquise femme !...

ROXANE

Mais l'air du camp est vif et, moi-même, m'affame :
Pâtés, chauds-froids[3], vins fins : – mon menu, le voilà !
– Voulez-vous m'apporter tout cela !

Consternation.

1. Hampe : manche de bois auquel est fixée l'arme.

2. Minois : visage agréable.

3. Chauds-froids : volaille ou gibier cuisiné à chaud et que l'on mange froid, en gelée.

UN CADET

Tout cela !

UN AUTRE

Où le prendrions-nous, grand Dieu ?

ROXANE, *tranquillement.*

Dans mon carrosse.

TOUS

Hein ?…

ROXANE

Mais il faut qu'on serve et découpe, et désosse !
Regardez mon cocher d'un peu plus près, messieurs.
Et vous reconnaîtrez un homme précieux :
Chaque sauce sera, si l'on veut, réchauffée !

LES CADETS, *se ruant vers le carrosse.*

C'est Ragueneau !

Acclamations.

Oh ! Oh !

ROXANE, *les suivant des yeux.*

Pauvres gens !

CYRANO, *lui baisant la main.*

Bonne fée !

RAGUENEAU, *debout sur le siège comme un charlatan* [1] *en place publique.*

Messieurs !…

Enthousiasme.

1. **Charlatan** : vendeur ambulant qui démarche dans les foires et sur les places.

Les cadets

Bravo ! Bravo !

Ragueneau

Les Espagnols n'ont pas,
Quand passaient tant d'appas, vu passer le repas !

Applaudissements.

Cyrano, *bas à Christian.*

Hum ! hum ! Christian !

Ragueneau

Distraits par la galanterie
Ils n'ont pas vu…

Il tire de son siège un plat qu'il élève.

la galantine[1] !…

Applaudissements. La galantine passe de mains en mains.

Cyrano, *bas à Christian.*

Je t'en prie,
Un seul mot !…

Ragueneau

Et Vénus[2] sut occuper leur œil
Pour que Diane[3] en secret, pût passer…

Il brandit un gigot.

son chevreuil !

Enthousiasme. Le gigot est saisi par vingt mains tendues.

Cyrano, *bas à Christian.*

Je voudrais te parler !

---

1. Galantine : charcuterie à base de viande blanche et de farce, servie en gelée.

2. Vénus : déesse de la beauté dans la mythologie romaine.

3. Diane : déesse de la chasse.

ROXANE, *aux cadets qui redescendent, les bras chargés de victuailles*[1].

Posez cela par terre !

Elle met le couvert sur l'herbe, aidée des deux laquais imperturbables qui étaient derrière le carrosse.

ROXANE, *à Christian, au moment où Cyrano allait l'entraîner à part.*

Vous, rendez-vous utile !

Christian vient l'aider. Mouvement d'inquiétude de Christian.

RAGUENEAU

Un paon truffé !

PREMIER CADET, *épanoui, qui descend en coupant une large tranche de jambon.*

Tonnerre !

Nous n'aurons pas couru notre dernier hasard
Sans faire un gueuleton[2]...

Se reprenant vivement en voyant Roxane.

pardon ! un balthazar[3] !

RAGUENEAU, *lançant les coussins du carrosse.*

Les coussins sont remplis d'ortolans[4] !

Tumulte. On éventre les coussins. Rire. joie.

TROISIÈME CADET

Ah ! Viédaze[5] !

1. Victuailles : provisions.

2. Gueuleton : festin.

3. Balthazar : festin (langage soutenu). Ce mot est emprunté à celui du dernier roi de Babylone qui offrit un somptueux festin à mille grands du royaume la nuit où il fut assassiné.

4. Ortolans : petits oiseaux à la chair particulièrement délicate.

5. Viédaze : juron provençal synonyme de « diantre ».

RAGUENEAU, *lançant des flacons de vin rouge.*

Des flacons de rubis !...

De vin blanc.

Des flacons de topaze[1] !

ROXANE, *jetant une nappe pliée à la figure de Cyrano.*

Défaites cette nappe !... Eh ! hop ! Soyez léger !

RAGUENEAU, *brandissant une lanterne arrachée.*

Chaque lanterne est un petit garde-manger !

CYRANO, *bas à Christian, pendant qu'ils arrangent la nappe ensemble.*

Il faut que je te parle avant que tu lui parles !

RAGUENEAU, *de plus en plus lyrique.*

Le manche de mon fouet est un saucisson d'Arles !

ROXANE, *versant du vin, servant.*

Puisqu'on nous fait tuer, morbleu ! nous nous moquons
Du reste de l'armée ! – Oui ! tout pour les Gascons ! –
Et si de Guiche vient, personne ne l'invite !

Allant de l'un à l'autre.

Là, vous avez le temps. – Ne mangez pas si vite ! –
Buvez un peu. – Pourquoi pleurez- vous ?

PREMIER CADET

C'est trop bon !

ROXANE

Chut ! – Rouge ou blanc ? – Du pain pour monsieur de Carbon !
– Un couteau ! – Votre assiette ! – Un peu de croûte ? – Encore ?
– Je vous sers ! – Du bourgogne ? – Une aile ?

1. **Topaze** : pierre précieuse jaune qui rappelle la couleur du vin blanc.

CYRANO, *qui la suit, les bras chargés de plats, l'aidant à servir.*

Je l'adore !

ROXANE, *allant à Christian.*

Vous ?

CHRISTIAN

Rien.

ROXANE

Si ! ce biscuit, dans du muscat[1]… deux doigts !

CHRISTIAN, *essayant de la retenir.*

Oh ! dites-moi pourquoi vous vîntes ?

ROXANE

Je me dois
À ces malheureux… Chut ! Tout à l'heure !…

LE BRET, *qui était remonté au fond, pour passer, au bout d'une lance, un pain à la sentinelle[2] du talus.*

De Guiche !

CYRANO

Vite, cachez flacon, plat, terrine, bourriche[3] !
Hop ! – N'ayons l'air de rien !…

À Ragueneau.

Toi, remonte d'un bond
Sur ton siège ! – Tout est caché ?…

En un clin d'œil tout a été repoussé dans les tentes, ou caché sous les vêtements, sous les manteaux, dans les feutres[4]. – De Guiche entre vivement, – et s'arrête, tout d'un coup, reniflant. – Silence.

1. **Muscat** : vin blanc sucré.
2. **Sentinelle** : soldat armé chargé de faire le guet.
3. **Bourriche** : petit panier.
4. **Feutres** : chapeaux.

Scène 7

Les mêmes, de Guiche

De Guiche

Cela sent bon.

Un cadet, *chantonnant, d'un air détaché.*

To lo lo!…

De Guiche, *s'arrêtant et le regardant.*

Qu'avez-vous, vous?… Vous êtes tout rouge!

Le cadet

Moi?… Mais rien. C'est le sang. On va se battre: il bouge!

Un autre

Poum… poum… poum…

De Guiche, *se retournant.*

Qu'est cela?

Le cadet, *légèrement gris*[1].

Rien! C'est une chanson!

Une petite…

De Guiche

Vous êtes gai, mon garçon!

Le cadet

L'approche du danger!

De Guiche, *appelant Carbon de Castel-Jaloux, pour donner un ordre.*

Capitaine! je…

Il s'arrête en le voyant.

1. **Gris**: plus ou moins enivré.

Peste !
Vous avez bonne mine aussi !

CARBON, *cramoisi*[1], *et cachant une bouteille derrière son dos, avec un geste évasif.*

Oh !...

DE GUICHE

Il me reste
Un canon que j'ai fait porter...

Il montre un endroit dans la coulisse.

là, dans ce coin,
Et vos hommes pourront s'en servir au besoin.

UN CADET, *se dandinant.*

Charmante attention !

UN AUTRE, *lui souriant gracieusement.*

Douce sollicitude[2] !

DE GUICHE

Ah çà ! mais ils sont fous ! –

Sèchement.

N'ayant pas l'habitude
Du canon, prenez garde au recul.

LE PREMIER CADET

Ah ! pfftt !

DE GUICHE, *allant à lui, furieux.*

Mais !...

1. **Cramoisi** : rouge foncé.

2. **Sollicitude** : attention soucieuse et affectueuse.

Le cadet

Le canon des Gascons ne recule jamais !

De Guiche, *le prenant par le bras et le secouant.*

Vous êtes gris !… De quoi ?

Le cadet, *superbe*[1].

De l'odeur de la poudre !

De Guiche, *haussant les épaules, le repousse et va vivement à Roxane.*

Vite, à quoi daignez-vous, madame, vous résoudre ?

Roxane

Je reste !

De Guiche

Fuyez !

Roxane

Non !

De Guiche

Puisqu'il en est ainsi,

Qu'on me donne un mousquet !

Carbon

Comment ?

De Guiche

Je reste aussi.

Cyrano

Enfin, Monsieur ! voilà de la bravoure pure !

---

1. Superbe : orgueilleux.

PREMIER CADET

Seriez-vous un Gascon malgré votre guipure[1] ?

ROXANE

Quoi !...

DE GUICHE

Je ne quitte pas une femme en danger.

DEUXIÈME CADET, *au premier.*

Dis donc ! Je crois qu'on peut lui donner à manger !

Toutes les victuailles reparaissent comme par enchantement.

DE GUICHE, *dont les yeux s'allument.*

Des vivres !

UN TROISIÈME CADET

Il en sort de sous toutes les vestes !

DE GUICHE, *se maîtrisant, avec hauteur.*

Est-ce que vous croyez que je mange vos restes ?

CYRANO, *saluant.*

Vous faites des progrès !

DE GUICHE, *fièrement, et à qui échappe sur le dernier mot une légère pointe d'accent.*

Je vais me battre à jeun[2] !

PREMIER CADET, *exultant de joie.*

À *jeung* ! Il vient d'avoir l'accent[3] !

DE GUICHE, *riant.*

Moi !

1. Guipure : dentelle fine et ajourée.

2. À jeun : sans avoir mangé.

3. L'accent : l'accent gascon.

LE CADET

C'en est un !

Ils se mettent tous à danser.

CARBON DE CASTEL-JALOUX, *qui a disparu depuis un moment derrière le talus, reparaissant sur la crête.*

J'ai rangé mes piquiers[1], leur troupe est résolue.

Il montre une ligne de piques qui dépasse la crête.

DE GUICHE, *à Roxane, en s'inclinant.*

Acceptez-vous ma main pour passer leur revue[2] ?...

Elle la prend, ils remontent vers le talus. Tout le monde se découvre et les suit.

CHRISTIAN, *allant à Cyrano, vivement.*

Parle vite !

Au moment où Roxane paraît sur la crête, les lances disparaissent, abaissées pour le salut, un cri s'élève : elle s'incline.

LES PIQUIERS, *au dehors.*

Vivat !

CHRISTIAN

Quel était ce secret ?...

CYRANO

Dans le cas où Roxane...

CHRISTIAN

Eh bien ?

CYRANO

Te parlerait

Des lettres ?...

---

1. Piquiers : soldats armés d'une pique.

2. Passer leur revue : inspecter l'ensemble des troupes.

CHRISTIAN

Oui, je sais !...

CYRANO

Ne fais pas la sottise
De t'étonner...

CHRISTIAN

De quoi ?

CYRANO

Il faut que je te dise !...
Oh ! mon Dieu, c'est tout simple, et j'y pense aujourd'hui
En la voyant. Tu lui...

CHRISTIAN

Parle vite !

CYRANO

Tu lui...
As écrit plus souvent que tu ne crois.

CHRISTIAN

Hein ?

CYRANO

Dame !
Je m'en étais chargé : j'interprétais ta flamme[1] !
J'écrivais quelquefois sans te dire : j'écris !

CHRISTIAN

Ah !

1. **Ta flamme** : ton amour.

CYRANO

C'est tout simple !

CHRISTIAN

Mais comment t'y es-tu pris,
Depuis qu'on est bloqué pour ?…

CYRANO

Oh !… avant l'aurore
Je pouvais traverser…

CHRISTIAN, *se croisant les bras.*

Ah ! c'est tout simple encore ?
Et qu'ai-je écrit de fois par semaine ? Deux ? – Trois ? –
Quatre ? –

CYRANO

Plus.

CHRISTIAN

Tous les jours ?

CYRANO

Oui, tous les jours. Deux fois.

CHRISTIAN, *violemment.*

Et cela t'enivrait, et l'ivresse était telle
Que tu bravais la mort…

CYRANO, *voyant Roxane qui revient.*

Tais-toi ! Pas devant elle !

Il rentre vivement dans sa tente.

Scène 8

ROXANE, CHRISTIAN *; au fond, allées et venues de cadets.*
CARBON *et* DE GUICHE *donnent des ordres.*

ROXANE, *courant à Christian.*

Et maintenant, Christian !...

CHRISTIAN, *lui prenant les mains.*

Et maintenant, dis-moi
Pourquoi, par ces chemins effroyables, pourquoi
À travers tous ces rangs de soudards et de reîtres [1],
Tu m'as rejoint ici ?

ROXANE

C'est à cause des lettres !

CHRISTIAN

Tu dis ?

ROXANE

Tant pis pour vous si je cours ces dangers !
Ce sont vos lettres qui m'ont grisée ! Ah ! songez
Combien depuis un mois vous m'en avez écrites,
Et plus belles toujours !

CHRISTIAN

Quoi ! pour quelques petites
Lettres d'amour...

ROXANE

Tais-toi ! Tu ne peux pas savoir !
Mon Dieu, je t'adorais, c'est vrai, depuis qu'un soir,

---

1. **De soudards et de reîtres :** guerriers grossiers et brutaux.

D'une voix que je t'ignorais, sous ma fenêtre,
Ton âme commença de se faire connaître…
Eh bien ! tes lettres, c'est, vois-tu, depuis un mois,
Comme si tout le temps je l'entendais, ta voix
De ce soir-là, si tendre, et qui vous enveloppe !
Tant pis pour toi, j'accours. La sage Pénélope
Ne fût pas demeurée à broder sous son toit,
Si le Seigneur Ulysse [1] eût écrit comme toi ;
Mais pour le joindre, elle eût, aussi folle qu'Hélène [2],
Envoyé promener ses pelotons de laine !…

CHRISTIAN

Mais…

ROXANE

Je lisais, je relisais, je défaillais,
J'étais à toi. Chacun de ces petits feuillets
Était comme un pétale envolé de ton âme.
On sent à chaque mot de ces lettres de flamme,
L'amour puissant, sincère…

CHRISTIAN

Ah ! sincère et puissant ?
Cela se sent, Roxane ?…

ROXANE

Oh ! si cela se sent !

1. Pénélope, Ulysse : célèbre couple de *L'Odyssée* d'Homère (VIIIe siècle av. J.-C.). Pendant les vingt ans où elle attendit le retour d'Ulysse, parti à la guerre de Troie, Pénélope tissa un linceul, qu'elle défaisait la nuit. Elle disait à ses très nombreux prétendants qu'elle épouserait l'un d'entre eux lorsque ce linceul serait achevé.

2. Hélène : Hélène de Sparte, mariée au roi Ménélas, puis enlevée par Pâris. Ce dernier événement est à l'origine de la guerre de Troie.

CHRISTIAN

Et vous venez ?...

ROXANE

Je viens (ô mon Christian, mon maître !
Vous me relèveriez si je voulais me mettre
À vos genoux, c'est donc mon âme que j'y mets,
Et vous ne pourrez plus la relever jamais !)
Je viens te demander pardon (et c'est bien l'heure
De demander pardon, puisqu'il se peut qu'on meure !)
De t'avoir fait d'abord, dans ma frivolité[1],
L'insulte de t'aimer pour ta seule beauté !

CHRISTIAN, *avec épouvante.*

Ah ! Roxane !

ROXANE

Et plus tard, mon ami, moins frivole,
– Oiseau qui saute avant tout à fait qu'il s'envole, –
Ta beauté m'arrêtant, ton âme m'entraînant,
Je t'aimais pour les deux ensemble !...

CHRISTIAN

Et maintenant ?

ROXANE

Eh bien ! toi-même enfin l'emporte sur toi-même
Et ce n'est plus que pour ton âme que je t'aime.

CHRISTIAN, *reculant.*

Ah ! Roxane !

1. **Frivolité** : ce qui manque de sérieux, d'importance.

Roxane

Sois donc heureux. Car n'être aimé
Que pour ce dont on est un instant costumé[1],
Doit mettre un cœur avide[2] et noble à la torture ;
Mais ta chère pensée efface ta figure,
Et la beauté par quoi tout d'abord tu me plus,
Maintenant j'y vois mieux… et je ne la vois plus !

Christian

Oh !…

Roxane

Tu doutes encor d'une telle victoire ?…

Christian, *douloureusement.*

Roxane !

Roxane

Je comprends, tu ne peux pas y croire,
À cet amour ?…

Christian

Je ne veux pas de cet amour !
Moi, je veux être aimé plus simplement pour…

Roxane

Pour
Ce qu'en vous elles ont aimé jusqu'à cette heure ?
Laissez-vous donc aimer d'une façon meilleure !

Christian

Non ! c'était mieux avant !

1. Ce dont on est un instant costumé : périphrase désignant la beauté.

2. Avide : plein d'un désir ardent.

ROXANE

Ah ! tu n'y entends rien !
C'est maintenant que j'aime mieux, que j'aime bien !
C'est ce qui te fait toi, tu m'entends, que j'adore,
Et moins brillant...

CHRISTIAN

Tais-toi !

ROXANE

Je t'aimerais encore !
Si toute ta beauté tout d'un coup s'envolait...

CHRISTIAN

Oh ! ne dis pas cela !

ROXANE

Si ! je le dis !

CHRISTIAN

Quoi ? laid ?

ROXANE

Laid ! je le jure !

CHRISTIAN

Dieu !

ROXANE

Et ta joie est profonde ?

CHRISTIAN, *d'une voix étouffée.*

Oui...

ROXANE

Qu'as-tu ?...

CHRISTIAN, *la repoussant doucement.*

Rien. Deux mots à dire : une seconde…

ROXANE

Mais ?…

CHRISTIAN, *lui montrant un groupe de cadets, au fond.*

À ces pauvres gens mon amour t'enleva :
Va leur sourire un peu puisqu'ils vont mourir… va !

ROXANE, *attendrie.*

Cher Christian !…

Elle remonte vers les Gascons qui s'empressent respectueusement autour d'elle.

Scène 9

CHRISTIAN, CYRANO ; *au fond* ROXANE *causant avec* CARBON *et quelques* CADETS.

CHRISTIAN, *appelant vers la tente de Cyrano.*

Cyrano ?

CYRANO, *reparaissant, armé pour la bataille.*

Qu'est-ce ? Te voilà blême !

CHRISTIAN

Elle ne m'aime plus !

CYRANO

Comment ?

CHRISTIAN

C'est toi qu'elle aime !

CYRANO

Non !

CHRISTIAN

Elle n'aime plus que mon âme !

CYRANO

Non !

CHRISTIAN

Si !

C'est donc bien toi qu'elle aime, – et tu l'aimes aussi !

CYRANO

Moi ?

CHRISTIAN

Je le sais.

CYRANO

C'est vrai.

CHRISTIAN

Comme un fou.

CYRANO

Davantage.

CHRISTIAN

Dis-le-lui !

CYRANO

Non !

CHRISTIAN

Pourquoi ?

Cyrano

Regarde mon visage !

Christian

Elle m'aimerait laid !

Cyrano

Elle te l'a dit ?

Christian

Là !

Cyrano

Ah ! je suis bien content qu'elle t'ait dit cela !
Mais va, va, ne crois pas cette chose insensée !
– Mon Dieu, je suis content qu'elle ait eu la pensée
De la dire, – mais va, ne la prends pas au mot,
Va, ne deviens pas laid : elle m'en voudrait trop !

Christian

C'est ce que je veux voir !

Cyrano

Non, non !

Christian

Qu'elle choisisse !

Tu vas lui dire tout !

Cyrano

Non, non ! Pas ce supplice.

Christian

Je tuerais ton bonheur parce que je suis beau ?
C'est trop injuste !

CYRANO

Et moi, je mettrais au tombeau
Le tien parce que, grâce au hasard qui fait naître,
J'ai le don d'exprimer… ce que tu sens peut-être ?

CHRISTIAN

Dis-lui tout !

CYRANO

Il s'obstine à me tenter, c'est mal !

CHRISTIAN

Je suis las de porter en moi-même un rival !

CYRANO

Christian !

CHRISTIAN

Notre union – sans témoins – clandestine,
– Peut se rompre, – si nous survivons !

CYRANO

Il s'obstine !…

CHRISTIAN

Oui, je veux être aimé moi-même, ou pas du tout !
Je vais voir ce qu'on fait, tiens ! je vais jusqu'au bout
Du poste ; je reviens : parle, et qu'elle préfère
L'un de nous deux !

CYRANO

Ce sera toi !

CHRISTIAN

Mais… je l'espère !

Il appelle.

Roxane !

Cyrano

Non ! Non !

Roxane, *courant.*

Quoi ?

Christian

Cyrano vous dira

Une chose importante…

Elle va vivement à Cyrano. Christian sort.

Scène 10

Roxane, Cyrano, *puis* Le Bret,
Carbon de Castel-Jaloux, les cadets,
Ragueneau, de Guiche, *etc.*

Roxane

Importante ?

Cyrano, *éperdu.*

Il s'en va !…

À Roxane.

Rien !… Il attache, – oh ! Dieu ! vous devez le connaître ! –
De l'importance à rien !

Roxane, *vivement.*

Il a douté peut-être

De ce que j'ai dit là ?… J'ai vu qu'il a douté !…

Cyrano, *lui prenant la main.*

Mais avez-vous bien dit, d'ailleurs, la vérité ?

ROXANE

Oui, oui, je l'aimerais même…

Elle hésite une seconde.

CYRANO, *souriant tristement.*

Le mot vous gêne

Devant moi ?

ROXANE

Mais…

CYRANO

Il ne me fera pas de peine !

– Même laid ?

ROXANE

Même laid !

Mousqueterie[1] *au dehors.*

Ah ! tiens, on a tiré.

CYRANO, *ardemment.*

Affreux ?

ROXANE

Affreux !

CYRANO

Défiguré ?

ROXANE

Défiguré !

CYRANO

Grotesque ?

---

1. Mousqueterie : décharge de mousquets, c'est-à-dire d'armes à feu.

ROXANE

Rien ne peut me le rendre grotesque !

CYRANO

Vous l'aimeriez encore ?

ROXANE

Et davantage presque !

CYRANO, *perdant la tête, à part.*

Mon Dieu, c'est vrai, peut-être, et le bonheur est là.

À Roxane.

Je… Roxane… écoutez !…

LE BRET, *entrant rapidement appelle à mi-voix.*

Cyrano !

CYRANO, *se retournant.*

Hein ?

LE BRET

Chut !

Il lui dit un mot tout bas.

CYRANO, *laissant échapper la main de Roxane, avec un cri.*

Ah !…

ROXANE

Qu'avez-vous ?

CYRANO, *à lui-même, avec stupeur.*

C'est fini.

Détonations nouvelles.

ROXANE

Quoi ? Qu'est-ce encore ? On tire ?

Elle remonte pour regarder au dehors.

CYRANO

C'est fini, jamais plus je ne pourrai le dire !

ROXANE, *voulant s'élancer.*

Que se passe-t-il ?

CYRANO, *vivement, l'arrêtant.*

Rien !

Des cadets sont entrés, cachant quelque chose qu'ils portent, et ils forment un groupe empêchant Roxane d'approcher.

ROXANE

Ces hommes ?

CYRANO, *l'éloignant.*

Laissez-les !...

ROXANE

Mais qu'alliez-vous me dire avant ?...

CYRANO

Ce que j'allais
Vous dire ?... rien, oh ! rien, je le jure, madame !

Solennellement.

Je jure que l'esprit de Christian, que son âme
Étaient...

Se reprenant avec terreur.

sont les plus grands...

ROXANE

Étaient ?

Avec un grand cri.

Ah !...

Elle se précipite et écarte tout le monde.

CYRANO

C'est fini !

ROXANE, *voyant Christian couché dans son manteau.*

Christian !

LE BRET, *à Cyrano.*

Le premier coup de feu de l'ennemi !

Roxane se jette sur le corps de Christian. Nouveaux coups de feu. Cliquetis[1]*. Rumeurs. Tambours.*

CARBON DE CASTEL-JALOUX, *l'épée au poing.*

C'est l'attaque ! Aux mousquets !

Suivi des cadets, il passe de l'autre côté du talus.

ROXANE

Christian !

LA VOIX DE CARBON, *derrière le talus.*

Qu'on se dépêche !

ROXANE

Christian !

CARBON

Alignez-vous !

ROXANE

Christian !

CARBON

Mesurez... mèche[2] !

Ragueneau est accouru, apportant de l'eau dans un casque.

1. **Cliquetis** : bruits produits par les armes qui s'entrechoquent.
2. **Mèche** : cordon permettant à certaines armes de faire feu.

CHRISTIAN, *d'une voix mourante.*

Roxane!…

CYRANO, *vite et bas à l'oreille de Christian, pendant que Roxane affolée trempe dans l'eau, pour le panser*[1], *un morceau de linge arraché à sa poitrine.*

J'ai tout dit. C'est toi qu'elle aime encor!

Christian ferme les yeux.

ROXANE

Quoi, mon amour?

CARBON

Baguette[2] haute!

ROXANE, *à Cyrano.*

Il n'est pas mort?…

CARBON

Ouvrez la charge avec les dents[3]!

ROXANE

Je sens sa joue
Devenir froide, là, contre la mienne!

CARBON

En joue!

ROXANE

Une lettre sur lui!

Elle l'ouvre.

Pour moi!

---

1. Panser: soigner.

2. Baguette: celle qui sert à presser la charge d'un canon.

3. Ouvrez la charge avec les dents: défaites l'emballage avec les dents.

CYRANO, *à part.*

Ma lettre !

CARBON

Feu !

Mousquetaire. Cris. Bruit de bataille.

CYRANO, *voulant dégager sa main que tient Roxane agenouillée.*

Mais, Roxane, on se bat !

ROXANE, *le retenant.*

Restez encore un peu.
Il est mort. Vous étiez le seul à le connaître.

Elle pleure doucement.

– N'est-ce pas que c'était un être exquis, un être
Merveilleux ?

CYRANO, *debout, tête nue.*

Oui, Roxane.

ROXANE

Un poète inouï,
Adorable ?

CYRANO

Oui, Roxane.

ROXANE

Un esprit sublime ?

CYRANO

Oui,
Roxane !

ROXANE

Un cœur profond, inconnu du profane[1],
Une âme magnifique et charmante ?

CYRANO, *fermement.*

Oui, Roxane !

ROXANE, *se jetant sur le corps de Christian.*

Il est mort !

CYRANO, *à part, tirant l'épée.*

Et je n'ai qu'à mourir aujourd'hui,
Puisque, sans le savoir, elle me pleure en lui !

Trompettes au loin.

DE GUICHE, *qui reparaît sur le talus, décoiffé, blessé au front, d'une voix tonnante.*

C'est le signal promis ! Des fanfares de cuivres[2] !
Les Français vont rentrer au camp avec des vivres !
Tenez encore un peu !

ROXANE

Sur sa lettre, du sang,
Des pleurs !

UNE VOIX, *au-dehors, criant.*

Rendez-vous !

VOIX DES CADETS

Non !

1. **Profane** : non-initié.
2. **Cuivres** : instruments de cuivre.

Ragueneau, *qui, grimpé, sur son carrosse, regarde la bataille par-dessus le talus.*

Le péril va croissant !

Cyrano, *à de Guiche lui montrant Roxane.*

Emportez-la ! Je vais charger !

Roxane, *baisant la lettre d'une voix mourante.*

Son sang ! ses larmes !...

Ragueneau, *sautant à bas du carrosse, pour courir vers elle.*

Elle s'évanouit !

De Guiche, *sur le talus, aux cadets, avec rage.*

Tenez bon !

Une voix, *au-dehors.*

Bas les armes !

Voix des cadets

Non !

Cyrano, *à de Guiche.*

Vous avez prouvé, Monsieur, votre valeur :

Lui montrant Roxane.

Fuyez en la sauvant !

De Guiche, *qui court à Roxane et l'enlève dans ses bras.*

Soit ! Mais on est vainqueur
Si vous gagnez du temps !

Cyrano

C'est bon !

Criant vers Roxane que de Guiche, aidé de Ragueneau, emporte évanouie.

Adieu, Roxane !

Tumulte[1]*. Cris. Des cadets reparaissent blessés et viennent tomber en scène. Cyrano se précipitant au combat est arrêté sur la crête par Carbon de Castel-Jaloux, couvert de sang.*

CARBON

Nous plions ! J'ai reçu deux coups de pertuisane[2] !

CYRANO, *criant aux Gascons.*

Hardi ! *Reculés pas, drollos*[3] *!*

À Carbon, qu'il soutient.

N'ayez pas peur !
J'ai deux morts à venger : Christian et mon bonheur !

Ils redescendent. Cyrano brandit la lance où est attaché le mouchoir de Roxane.

Flotte, petit drapeau de dentelle à son chiffre[4] !

Il la plante en terre ; il crie aux cadets.

Toumbé dèssus ! Escrasas lous[5] *!*

Au fifre.

Un air de fifre !

Le fifre joue. Des blessés se relèvent. Des cadets dégringolant le talus, viennent se grouper autour de Cyrano et du petit drapeau. Le carrosse se couvre et se remplit d'hommes, se hérisse d'arquebuses[6]*, se transforme en redoute*[7]*.*

---

1. Tumulte : bruit.

2. Pertuisane : arme ancienne.

3. Hardi ! *Reculès pas, drollos* : « Allez ! ne reculez pas, les gars ! », en gascon.

4. Chiffre : entrelacement des initiales d'un nom.

5. *Toumbè dèssus ! Escrasas lous !* : « Tombez-leur dessus ! Écrasez-les ! », en gascon.

6. Arquebuses : anciennes armes à feu.

7. Redoute : fortification isolée.

Un cadet, *paraissant, à reculons, sur la crête, se battant toujours, crie :*

Ils montent le talus !

et tombe mort.

Cyrano

On va les saluer !

Le talus se couronne en un instant d'une rangée terrible d'ennemis. Les grands étendards des Impériaux[1] *se lèvent.*

Cyrano

Feu !

Décharge générale.

Cri, *dans les rangs ennemis.*

Feu !

Riposte meurtrière. Les cadets tombent de tous côtés.

Un officier espagnol, *se découvrant.*

Quels sont ces gens qui se font tous tuer ?

Cyrano, *récitant debout au milieu des balles.*

Ce sont les cadets de Gascogne
De Carbon de Castel-Jaloux ;
Bretteurs[2] et menteurs sans vergogne…

Il s'élance, suivi de quelques survivants.

Ce sont les cadets…

Le reste se perd dans la bataille.

RIDEAU

1. Impériaux : troupes de l'empereur d'Allemagne. Cette dernière était l'alliée de l'Espagne pendant la guerre de Trente Ans, et donc au moment du siège d'Arras.

2. Bretteurs : qui aiment se battre à l'épée.

Acte V

La gazette de Cyrano

Quinze ans après, en 1655. Le parc du couvent que les Dames de la Croix[1] *occupaient à Paris.*

Superbes ombrages. À gauche, la maison ; vaste perron sur lequel ouvrent plusieurs portes. Un arbre énorme au milieu de la scène, isolé au milieu d'une petite place ovale. À droite, premier plan, parmi de grands buis, un banc de pierre demi-circulaire.

Tout le fond du théâtre est traversé par une allée de marronniers qui aboutit à droite, quatrième plan, à la porte d'une chapelle entrevue parmi les branches. À travers le double rideau d'arbres de cette allée, on aperçoit des fuites de pelouses, d'autres allées, des bosquets, les profondeurs du parc, le ciel.

La chapelle ouvre une porte latérale sur une colonnade[2] *enguirlandée de vigne rougie, qui vient se perdre à droite, au premier plan, derrière les buis.*

C'est l'automne. Toute la frondaison[3] *est rousse au-dessus des pelouses fraîches. Taches sombres des buis et des ifs*[4] *restés verts. Une plaque de feuilles jaunes sous chaque arbre. Les feuilles jonchent toute la scène, craquent sous les pas dans les allées, couvrent à demi le perron et les bancs.*

---

1. **Les Dames de la Croix :** ordre religieux.
2. **Colonnade :** ensemble de colonnes.
3. **Frondaison :** apparition des feuilles sur les arbres.
4. **Ifs :** arbres à fruits rouges.

Entre le banc de droite et l'arbre, un grand métier à broder[1] *devant lequel une petite chaise a été apportée. Paniers pleins d'écheveaux*[2] *et de pelotons*[3]*. Tapisserie commencée.*

Au lever du rideau, des sœurs vont et viennent dans le parc ; quelques-unes sont assises sur le banc autour d'une religieuse plus âgée. Des feuilles tombent.

Scène première

MÈRE MARGUERITE, SŒUR MARTHE,
SŒUR CLAIRE, LES SŒURS

SŒUR MARTHE, *à Mère Marguerite.*

Sœur Claire a regardé deux fois comment allait
Sa cornette[4], devant la glace.

MÈRE MARGUERITE, *à sœur Claire.*

C'est très laid.

SŒUR CLAIRE

Mais sœur Marthe a repris un pruneau de la tarte,
Ce matin : je l'ai vu.

MÈRE MARGUERITE, *à sœur Marthe.*

C'est très vilain, sœur Marthe.

SŒUR CLAIRE

Un tout petit regard !

---

1. **Métier à broder :** machine servant à broder.
2. **Écheveaux :** ensemble de fils réunis par un autre.
3. **Pelotons :** petites pelotes de fils roulés.
4. **Cornette :** coiffure de religieuse.

SŒUR MARTHE

Un tout petit pruneau !

MÈRE MARGUERITE, *sévèrement.*

Je le dirai, ce soir, à monsieur Cyrano.

SŒUR CLAIRE, *épouvantée.*

Non ! il va se moquer !

SŒUR MARTHE

Il dira que les nonnes
Sont très coquettes !

SŒUR CLAIRE

Très gourmandes !

MÈRE MARGUERITE, *souriant.*

Et très bonnes.

SŒUR CLAIRE

N'est-ce pas, Mère Marguerite de Jésus,
Qu'il vient, le samedi, depuis dix ans !

MÈRE MARGUERITE

Et plus !
Depuis que sa cousine à nos béguins de toile[1]
Mêla le deuil mondain de sa coiffe de voile,
Qui chez nous vint s'abattre, il y a quatorze ans,
Comme un grand oiseau noir parmi les oiseaux blancs !

SŒUR MARTHE

Lui seul, depuis qu'elle a pris chambre dans ce cloître[2],
Sait distraire un chagrin qui ne veut pas décroître.

1. Béguins de toile : coiffes portées par des religieuses qui n'ont pas prononcé leurs vœux.

2. Cloître : couvent.

TOUTES LES SŒURS

Il est si drôle ! – C'est amusant quand il vient !
– Il nous taquine ! – Il est gentil ! – Nous l'aimons bien !
– Nous fabriquons pour lui des pâtes d'angélique[1] !

SŒUR MARTHE

Mais enfin, ce n'est pas un très bon catholique !

SŒUR CLAIRE

Nous le convertirons.

LES SŒURS

Oui ! Oui !

MÈRE MARGUERITE

Je vous défends
De l'entreprendre encor sur ce point, mes enfants.
Ne le tourmentez pas : il viendrait moins peut-être !

SŒUR MARTHE

Mais… Dieu !…

MÈRE MARGUERITE

Rassurez-vous : Dieu doit bien le connaître.

SŒUR MARTHE

Mais chaque samedi, quand il vient d'un air fier,
Il me dit en entrant : « Ma sœur, j'ai fait gras[2], hier ! »

MÈRE MARGUERITE

Ah ! il vous dit cela ?… Eh bien ! la fois dernière
Il n'avait pas mangé depuis deux jours.

---

1. **Pâtes d'angélique :** confiseries.

2. **J'ai fait gras :** « j'ai mangé de la viande », alors que la religion catholique impose de jeûner le vendredi.

SŒUR MARTHE

Ma mère !

MÈRE MARGUERITE

Il est pauvre.

SŒUR MARTHE

Qui vous l'a dit ?

MÈRE MARGUERITE

Monsieur Le Bret.

SŒUR MARTHE

On ne le secourt pas ?

MÈRE MARGUERITE

Non, il se fâcherait.

Dans une allée du fond, on voit apparaître Roxane, vêtue de noir, avec la coiffe des veuves et de longs voiles ; de Guiche, magnifique et vieillissant, marche auprès d'elle. Ils vont à pas lents. Mère Marguerite se lève.

– Allons, il faut rentrer… Madame Madeleine[1],
Avec un visiteur, dans le parc se promène.

SŒUR MARTHE, *bas à sœur Claire.*

C'est le duc-maréchal de Gramont[2] ?

SŒUR CLAIRE, *regardant.*

Oui, je crois.

SŒUR MARTHE

Il n'était plus venu la voir depuis des mois !

1. Madeleine : il s'agit du prénom de la cousine du véritable Cyrano, Madeleine Robineau.

2. Duc-maréchal de Gramont : Antoine III de Gramont (1604-1678). Il s'agit du comte de Guiche.

LES SŒURS

Il est très pris ! – La cour ! – Les camps !

SŒUR CLAIRE

Les soins du monde[1] !

Elles sortent. De Guiche et Roxane descendent en silence et s'arrêtent près du métier. Un temps.

Scène 2

ROXANE, LE DUC DE GRAMONT *ancien comte de Guiche, puis* LE BRET *et* RAGUENEAU.

LE DUC

Et vous demeurez ici, vainement blonde,
Toujours en deuil ?

ROXANE

Toujours.

LE DUC

Aussi fidèle ?

ROXANE

Aussi.

LE DUC, *après un temps.*

Vous m'avez pardonné ?

ROXANE, *simplement, regardant la croix du couvent.*

Puisque je suis ici.

Nouveau silence.

1. **Les soins du monde** : les activités mondaines.

LE DUC

Vraiment c'était un être ?...

ROXANE

Il fallait le connaître !

LE DUC

Ah ! Il fallait ?... Je l'ai trop peu connu, peut-être !
Et son dernier billet, sur votre cœur, toujours ?

ROXANE

Comme un doux scapulaire[1], il pend à ce velours.

LE DUC

Même mort, vous l'aimez ?

ROXANE

Quelquefois il me semble
Qu'il n'est mort qu'à demi, que nos cœurs sont ensemble,
Et que son amour flotte, autour de moi, vivant !

LE DUC, *après un silence encore.*

Est-ce que Cyrano vient vous voir ?

ROXANE

Oui, souvent.
– Ce vieil ami, pour moi, remplace les gazettes[2].
Il vient ; c'est régulier ; sous cet arbre où vous êtes
On place son fauteuil, s'il fait beau ; je l'attends
En brodant ; l'heure sonne ; au dernier coup, j'entends
– Car je ne tourne plus même le front ! – sa canne

1. Scapulaire : large bande de toile placée sur les épaules pour retenir un bandage.

2. Gazettes : publications le plus souvent hebdomadaires qui relatent les nouvelles de la vie politique, littéraire, artistique, notamment.

Descendre le perron ; il s'assied ; il ricane
De ma tapisserie éternelle ; il me fait
La chronique de la semaine, et…

Le Bret paraît sur le perron.

Tiens, Le Bret !

Le Bret descend.

Comment va notre ami ?

Le Bret

Mal.

Le duc

Oh !

Roxane, *au duc.*

Il exagère.

Le Bret

Tout ce que j'ai prédit : l'abandon, la misère !…
Ses épîtres [1] lui font des ennemis nouveaux !
Il attaque les faux nobles, les faux dévots [2],
Les faux braves, les plagiaires [3], – tout le monde !

Roxane

Mais son épée inspire une terreur profonde.
On ne viendra jamais à bout de lui.

Le duc, *hochant la tête.*

Qui sait ?

1. Épîtres : lettres.

2. Faux dévots : personnes qui feignent d'être croyantes et pratiquantes ; c'est le cas notamment du Tartuffe de Molière.

3. Plagiaire : auteur qui se contente de reproduire ce que d'autres ont écrit avant lui, sans le signaler. L'ensemble des cibles présentées ici (faux nobles, faux dévots, faux braves, plagiaires) sont bien attaquées dans les lettres du vrai Cyrano.

LE BRET

Ce que je crains, ce n'est pas les attaques, c'est
La solitude, la famine, c'est Décembre
Entrant à pas de loup dans son obscure chambre :
Voilà les spadassins [1] qui plutôt le tueront !
– Il serre chaque jour, d'un cran, son ceinturon.
Son pauvre nez a pris des tons de vieil ivoire.
Il n'a plus qu'un petit habit de serge [2] noire.

LE DUC

Ah ! celui-là n'est pas parvenu ! – C'est égal,
Ne le plaignez pas trop.

LE BRET, *avec un sourire amer.*

Monsieur le maréchal !…

LE DUC

Ne le plaignez pas trop : il a vécu sans pactes,
Libre dans sa pensée autant que dans ses actes.

LE BRET, *de même.*

Monsieur le duc !…

LE DUC, *hautainement.*

Je sais, oui : j'ai tout ; il n'a rien…
Mais je lui serrerais volontiers la main.

Saluant Roxane.

Adieu.

ROXANE

Je vous conduis.

Le duc salue Le Bret et se dirige avec Roxane vers le perron.

---

1. Spadassins : tueurs à gages.

2. Serge : tissu d'armure en laine, sec et serré.

LE DUC, *s'arrêtant, tandis qu'elle monte.*

Oui, parfois, je l'envie.
– Voyez-vous, lorsqu'on a trop réussi sa vie,
On sent, – n'ayant rien fait, mon Dieu, de vraiment mal ! –
Mille petits dégoûts de soi, dont le total
Ne fait pas un remords, mais une gêne obscure ;
Et les manteaux de duc traînent dans leur fourrure,
Pendant que des grandeurs on monte les degrés[1],
Un bruit d'illusions sèches et de regrets,
Comme, quand vous montez lentement vers ces portes,
Votre robe de deuil traîne des feuilles mortes.

ROXANE, *ironique.*

Vous voilà bien rêveur ?...

LE DUC

Eh ! oui !

Au moment de sortir, brusquement.

Monsieur Le Bret !

À Roxane.

Vous permettez ? Un mot.

Il va à Le Bret, et à mi-voix.

C'est vrai : nul n'oserait
Attaquer votre ami ; mais beaucoup l'ont en haine ;
Et quelqu'un me disait, hier, au jeu, chez la Reine :
« Ce Cyrano pourrait mourir d'un accident[2]. »

LE BRET

Ah ?

1. Les degrés : les marches.

2. Mourir d'un accident : les circonstances de la mort du véritable Cyrano sont encore mystérieuses. L'hypothèse de l'accident fait partie des possibilités envisagées.

LE DUC

Oui. Qu'il sorte peu. Qu'il soit prudent.

LE BRET, *levant les bras au ciel.*

Prudent !

Il va venir. Je vais l'avertir. Oui, mais !…

ROXANE, *qui est restée sur le perron, à une sœur qui s'avance vers elle.*

Qu'est-ce ?

LA SŒUR

Ragueneau veut vous voir, Madame.

ROXANE

Qu'on le laisse

Entrer.

Au duc et à Le Bret.

Il vient crier misère. Étant un jour
Parti pour être auteur, il devint tour à tour
Chantre[1]…

LE BRET

Étuviste[2]…

ROXANE

Acteur…

LE BRET

Bedeau[3]…

ROXANE

Perruquier…

1. Chantre : chanteur.

2. Étuviste : personne qui tient un établissement de bains.

3. Bedeau : personne laïque chargée du service matériel dans une église.

LE BRET

Maître
Du théorbe[1]…

ROXANE

Aujourd'hui que pourrait-il bien être ?

RAGUENEAU, *entrant précipitamment.*

Ah ! Madame !

Il aperçoit Le Bret.

Monsieur !

ROXANE, *souriant.*

Racontez vos malheurs
À Le Bret. Je reviens.

RAGUENEAU

Mais, Madame…

Roxane sort sans l'écouter, avec le duc. Il redescend vers Le Bret.

Scène 3

LE BRET, RAGUENEAU

RAGUENEAU

D'ailleurs,
Puisque vous êtes là, j'aime mieux qu'elle ignore !
– J'allais voir votre ami tantôt[2]. J'étais encore
À vingt pas de chez lui… quand je le vois de loin,
Qui sort. Je veux le joindre. Il va tourner le coin

1. Théorbe : variété de luth.

2. Tantôt : tout à l'heure.

De la rue… et je cours… lorsque d'une fenêtre
Sous laquelle il passait – est-ce un hasard ?… peut-être ! –
Un laquais laisse choir[1] une pièce de bois.

LE BRET

Les lâches !… Cyrano !

RAGUENEAU

J'arrive et je le vois…

LE BRET

C'est affreux !

RAGUENEAU

Notre ami, Monsieur, notre poète,
Je le vois, là, par terre, un grand trou dans la tête !

LE BRET

Il est mort ?

RAGUENEAU

Non ! mais… Dieu ! je l'ai porté chez lui.
Dans sa chambre… Ah ! sa chambre ! il faut voir ce réduit[2] !

LE BRET

Il souffre ?

RAGUENEAU

Non, Monsieur, il est sans connaissance.

LE BRET

Un médecin ?

1. **Choir** : tomber.

2. **Réduit** : local exigu, souvent sombre et rudimentaire.

RAGUENEAU

Il en vint un par complaisance[1].

LE BRET

Mon pauvre Cyrano ! – Ne disons pas cela
Tout d'un coup à Roxane ! – Et ce docteur ?

RAGUENEAU

Il a
Parlé, – je ne sais plus, – de fièvre, de méninges[2] !...
Ah ! si vous le voyiez – la tête dans des linges !...
Courons vite ! – Il n'y a personne à son chevet ! –
C'est qu'il pourrait mourir, Monsieur, s'il se levait !

LE BRET, *l'entraînant vers la droite.*

Passons par là ! Viens, c'est plus court ! Par la chapelle !

ROXANE, *paraissant sur le perron et voyant Le Bret s'éloigner par la colonnade[3] qui mène à la petite porte de la chapelle.*

Monsieur Le Bret !

Le Bret et Ragueneau se sauvent sans répondre.

Le Bret s'en va quand on l'appelle ?
C'est quelque histoire encor de ce bon Ragueneau !

Elle descend le perron.

1. **Par complaisance** : par amitié, bienveillance.
2. **Méninges** : membranes qui entourent le cerveau et la moelle épinière.
3. **Colonnade** : ensemble de colonnes.

Scène 4

ROXANE *seule, puis* DEUX SŒURS, *un instant.*

ROXANE

Ah ! que ce dernier jour de septembre est donc beau !
Ma tristesse sourit. Elle qu'Avril offusque,
Se laisse décider par l'automne, moins brusque.

Elle s'assied à son métier. Deux sœurs sortent de la maison et apportent un grand fauteuil sous l'arbre.

Ah ! voici le fauteuil classique où vient s'asseoir
Mon vieil ami !

SŒUR MARTHE

Mais c'est le meilleur du parloir[1] !

ROXANE

Merci, ma sœur.

Les sœurs s'éloignent.

Il va venir.

Elle s'installe. On entend sonner l'heure.

Là… l'heure sonne.
– Mes écheveaux[2] ! – L'heure a sonné ? Ceci m'étonne !
Serait-il en retard pour la première fois ?
La sœur tourière[3] doit – mon dé[4] ?… là, je le vois ! –
L'exhorter à la pénitence.

Un temps.

1. Parloir : local de réception des visiteurs dans un couvent.

2. Écheveau : voir note 2 p. 274.

3. Sœur tourière : religieuse non cloîtrée qui s'occupe des relations du couvent avec l'extérieur.

4. Dé : dé à coudre.

Elle l'exhorte !
– Il ne peut plus tarder. – Tiens ! une feuille morte ! –
Elle repousse du doigt la feuille tombée sur son métier[1].
D'ailleurs, rien ne pourrait. – Mes ciseaux ?... dans mon sac ! –
L'empêcher de venir !

UNE SŒUR, *paraissant sur le perron.*
Monsieur de Bergerac.

Scène 5

ROXANE, CYRANO, *et, un moment,* SŒUR MARTHE.

ROXANE, *sans se retourner.*
Qu'est-ce que je disais ?...
Et elle brode. Cyrano, très pâle, le feutre enfoncé sur les yeux, paraît. La sœur qui l'a introduit rentre. Il se met à descendre le perron lentement, avec un effort visible pour se tenir debout, et en s'appuyant sur sa canne. Roxane travaille à sa tapisserie.
Ah ! ces teintes fanées...
Comment les rassortir ?
À Cyrano, sur un ton d'amicale gronderie.
Depuis quatorze années,
Pour la première fois, en retard !

CYRANO, *qui est parvenu au fauteuil et s'est assis, d'une voix gaie contrastant avec son visage.*
Oui, c'est fou !
J'enrage. Je fus mis en retard, vertuchou[2] !...

1. Métier : machine servant à travailler les textiles.

2. Vertuchou : juron gascon.

ROXANE

Par ?

CYRANO

Par une visite assez inopportune.

ROXANE, *distraite, travaillant.*

Ah ! oui ! quelque fâcheux[1] ?

CYRANO

Cousine, c'était une
Fâcheuse[2].

ROXANE

Vous l'avez renvoyée ?

CYRANO

Oui, j'ai dit :
Excusez-moi, mais c'est aujourd'hui samedi,
Jour où je dois me rendre en certaine demeure ;
Rien ne m'y fait manquer : repassez dans une heure !

ROXANE, *légèrement.*

Eh bien ! cette personne attendra pour vous voir :
Je ne vous laisse pas partir avant ce soir.

CYRANO, *avec douceur.*

Peut-être un peu plus tôt faudra-t-il que je parte.

Il ferme les yeux et se tait un instant. Sœur Marthe traverse le parc de la chapelle au perron. Roxane l'aperçoit, lui fait un petit signe de tête.

1. **Fâcheux** : personne gênante.

2. **Fâcheuse** : il s'agit de la mort, comme l'indique le jeu de mot avec « faucheuse », métaphore fréquente renvoyant à la mort.

ROXANE, *à Cyrano.*

Vous ne taquinez pas sœur Marthe ?

CYRANO, *vivement, ouvrant les yeux.*

Si !

Avec une grosse voix comique.

Sœur Marthe !

Approchez !

La sœur glisse vers lui.

Ha ! ha ! ha ! Beaux yeux toujours baissés !

SŒUR MARTHE, *levant les yeux en souriant.*

Mais…

Elle voit sa figure et fait un geste d'étonnement.

Oh !

CYRANO, *bas, lui montrant Roxane.*

Chut ! Ce n'est rien ! –

D'une voix fanfaronne[1]*. Haut.*

Hier, j'ai fait gras.

SŒUR MARTHE

Je sais.

À part.

C'est pour cela qu'il est si pâle !

Vite et bas.

Au réfectoire

Vous viendrez tout à l'heure, et je vous ferai boire

Un grand bol de bouillon… Vous viendrez ?

CYRANO

Oui, oui, oui.

1. Fanfaronne : vantarde.

SŒUR MARTHE

Ah ! vous êtes un peu raisonnable, aujourd'hui !

ROXANE, *qui les entend chuchoter.*

Elle essaye de vous convertir ?

SŒUR MARTHE

Je m'en garde !

CYRANO

Tiens, c'est vrai ! Vous toujours si saintement bavarde,
Vous ne me prêchez pas ? C'est étonnant, ceci !...

Avec une fureur bouffonne.

Sabre de bois ! Je veux vous étonner aussi !
Tenez, je vous permets...

Il a l'air de chercher une bonne taquinerie, et de la trouver.

Ah ! la chose est nouvelle ?...
De... de prier pour moi, ce soir, à la chapelle.

ROXANE

Oh ! oh !

CYRANO, *riant.*

Sœur Marthe est dans la stupéfaction !

SŒUR MARTHE, *doucement.*

Je n'ai pas attendu votre permission.

Elle rentre.

CYRANO, *revenant à Roxane, penchée sur son métier.*

Du diable si je peux jamais, tapisserie,
Voir ta fin !

ROXANE

J'attendais cette plaisanterie.

À ce moment un peu de brise fait tomber les feuilles.

CYRANO

Les feuilles !

ROXANE, *levant la tête, et regardant au loin, dans les allées.*

Elles sont d'un blond vénitien[1].
Regardez-les tomber.

CYRANO

Comme elles tombent bien !
Dans ce trajet si court de la branche à la terre,
Comme elles savent mettre une beauté dernière,
Et, malgré leur terreur de pourrir sur le sol,
Veulent que cette chute ait la grâce d'un vol !

ROXANE

Mélancolique, vous !

CYRANO, *se reprenant.*

Mais pas du tout, Roxane !

ROXANE

Allons, laissez tomber les feuilles de platane…
Et racontez un peu ce qu'il y a de neuf.
Ma gazette[2] ?

CYRANO

Voici !

ROXANE

Ah !

1. **Blond vénitien :** blondeur tirant sur le roux.

2. **Gazette :** publication le plus souvent hebdomadaire qui relate les nouvelles de la vie politique, littéraire et artistique, notamment.

CYRANO, *de plus en plus pâle, et luttant contre la douleur.*

Samedi, dix-neuf :
Ayant mangé huit fois du raisiné de Cette[1],
Le Roi fut pris de fièvre ; à deux coups de lancette[2]
Son mal fut condamné pour lèse-majesté[3],
Et cet auguste pouls n'a plus fébricité[4] !
Au grand bal, chez la Reine, on a brûlé, dimanche,
Sept cent soixante-trois flambeaux de cire blanche ;
Nos troupes ont battu, dit-on, Jean l'Autrichien[5] ;
On a pendu quatre sorciers ; le petit chien
De madame d'Athis a dû prendre un clystère[6]...

ROXANE

Monsieur de Bergerac, voulez-vous bien vous taire !

CYRANO

Lundi... rien. Lygdamire a changé d'amant.

ROXANE

Oh !

CYRANO, *dont le visage s'altère[7] de plus en plus.*

Mardi, toute la cour est à Fontainebleau.

---

1. Raisiné de Cette : confiture à base de jus de raisin pris en gelée.

2. Lancette : instrument en forme de petite lance utilisé pour effectuer les saignées.

3. Lèse-majesté : crime contre la personne du roi.

4. Fébricité : état fiévreux.

5. Jean l'Autrichien : Juan José d'Autriche (1629-1679), homme politique et général espagnol.

6. Clystère : lavement administré avec une seringue.

7. S'altère : s'abîme.

Mercredi, la Montglat[1] dit au comte de Fiesque[2] :
Non ! Jeudi : Mancini[3], reine de France, – ou presque !
Le vingt-cinq, la Montglat à de Fiesque dit : Oui ;
Et samedi, vingt-six…

Il ferme les yeux. Sa tête tombe. Silence.

Roxane, *surprise de ne plus rien entendre, se retourne, le regarde, et se levant effrayée.*

Il est évanoui ?

Elle court vers lui en criant.

Cyrano !

Cyrano, *rouvrant les yeux, d'une voix vague.*

Qu'est-ce ?… Quoi ?…

Il voit Roxane penchée sur lui et, vivement, assurant son chapeau sur sa tête et reculant avec effroi dans son fauteuil.

Non non ! je vous assure.
Ce n'est rien. Laissez-moi !

Roxane

Pourtant…

Cyrano

C'est ma blessure
D'Arras[4]… qui… quelquefois… vous savez…

Roxane

Pauvre ami !

1. **Montglat** : Cécile-Elisabeth Hurault de Cheverny, épouse du marquis de Montglat, fut la maîtresse du célèbre écrivain Bussy-Rabutin.

2. **Comte de Fiesque** : Charles Léon, comte de Fiesque (mort en 1658), avait subi en 1647 quelques jours d'exil pour sa participation active à la Fronde.

3. **Mancini** : Marie Mancini (1639-1715) était l'une des nièces de Mazarin ; elle est connue pour avoir été le premier amour de Louis XIV, alors très jeune.

4. **Blessure d'Arras** : le vrai Cyrano fut en effet blessé lors du siège d'Arras.

CYRANO

Mais ce n'est rien. Cela va finir.

Il sourit avec effort.

C'est fini.

ROXANE, *debout près de lui.*

Chacun de nous a sa blessure : j'ai la mienne.
Toujours vive, elle est là, cette blessure ancienne,

Elle met la main sur sa poitrine.

Elle est là, sous la lettre au papier jaunissant
Où l'on peut voir encor des larmes et du sang !

Le crépuscule commence à venir.

CYRANO

Sa lettre !... N'aviez-vous pas dit qu'un jour, peut-être,
Vous me la feriez lire ?

ROXANE

Ah ! vous voulez ?... Sa lettre ?

CYRANO

Oui... Je veux... Aujourd'hui...

ROXANE, *lui donnant le sachet pendu à son cou.*

Tenez !

CYRANO, *le prenant.*

Je peux ouvrir ?

ROXANE

Ouvrez... lisez !...

Elle revient à son métier, le replie, range ses laines.

CYRANO, *lisant.*

« Roxane, adieu, je vais mourir !... »

ROXANE, *s'arrêtant, étonnée.*

Tout haut ?

CYRANO, *lisant.*

« C'est pour ce soir, je crois, ma bien-aimée !
J'ai l'âme lourde encor d'amour inexprimée,
Et je meurs ! jamais plus, jamais mes yeux grisés[1],
Mes regards dont c'était... »

ROXANE

Comme vous la lisez,
Sa lettre !

CYRANO, *continuant.*

«... dont c'était les frémissantes fêtes,
Ne baiseront au vol les gestes que vous faites ;
J'en revois un petit qui vous est familier
Pour toucher votre front, et je voudrais crier... »

ROXANE, *troublée.*

Comme vous la lisez, – cette lettre !

La nuit vient insensiblement.

CYRANO

« Et je crie :
Adieu !... »

ROXANE

Vous la lisez...

CYRANO

« Ma chère, ma chérie,
Mon trésor... »

1. **Grisés** : à la teinte grise.

ROXANE, *rêveuse.*

D'une voix…

CYRANO

« Mon amour !… »

ROXANE

D'une voix…

Elle tressaille.

Mais… que je n'entends pas pour la première fois !

Elle s'approche tout doucement, sans qu'il s'en aperçoive, passe derrière le fauteuil, se penche sans bruit, regarde la lettre. – L'ombre augmente.

CYRANO

« Mon cœur ne vous quitta jamais une seconde,
Et je suis et serai jusque dans l'autre monde
Celui qui vous aima sans mesure, celui… »

ROXANE, *lui posant la main sur l'épaule.*

Comment pouvez-vous lire à présent ? Il fait nuit.

Il tressaille, se retourne, la voit là tout près, fait un geste d'effroi, baisse la tête. Un long silence. Puis, dans l'ombre complètement venue, elle dit avec lenteur, joignant les mains :

Et pendant quatorze ans, il a joué ce rôle
D'être le vieil ami qui vient pour être drôle !

CYRANO

Roxane !

ROXANE

C'était vous.

CYRANO

Non, non, Roxane, non !

Roxane

J'aurais dû deviner quand il disait mon nom !

Cyrano

Non ! ce n'était pas moi !

Roxane

C'était vous !

Cyrano

Je vous jure…

Roxane

J'aperçois toute la généreuse[1] imposture :
Les lettres, c'était vous…

Cyrano

Non !

Roxane

Les mots chers et fous,
C'était vous…

Cyrano

Non !

Roxane

La voix dans la nuit, c'était vous.

Cyrano

Je vous jure que non !

Roxane

L'âme, c'était la vôtre !

1. Généreuse : noble, magnanime.

CYRANO

Je ne vous aimais pas.

ROXANE

Vous m'aimiez !

CYRANO, *se débattant.*

C'était l'autre !

ROXANE

Vous m'aimiez !

CYRANO, *d'une voix qui faiblit.*

Non !

ROXANE

Déjà vous le dites plus bas !

CYRANO

Non, non, mon cher amour, je ne vous aimais pas !

ROXANE

Ah ! que de choses qui sont mortes… qui sont nées !
– Pourquoi vous être tu pendant quatorze années,
Puisque sur cette lettre où, lui, n'était pour rien,
Ces pleurs étaient de vous ?

CYRANO, *lui tendant la lettre.*

Ce sang était le sien.

ROXANE

Alors, pourquoi laisser ce sublime silence
Se briser aujourd'hui ?

CYRANO

Pourquoi ?

Le Bret et Ragueneau entrent en courant.

Scène 6

LES MÊMES, LE BRET *et* RAGUENEAU.

LE BRET

Quelle imprudence !
Ah ! j'en étais bien sûr ! il est là !

CYRANO, *souriant et se redressant.*

Tiens, parbleu !

LE BRET

Il s'est tué, Madame, en se levant !

ROXANE

Grand Dieu !
Mais tout à l'heure alors… cette faiblesse ?… cette ?…

CYRANO

C'est vrai ! je n'avais pas terminé ma gazette :
… Et samedi, vingt-six, une heure avant dîné,
Monsieur de Bergerac est mort assassiné.

Il se découvre ; on voit sa tête entourée de linges.

ROXANE

Que dit-il ? – Cyrano – Sa tête enveloppée !…
Ah ! que vous a-t-on fait ? Pourquoi ?

CYRANO

« D'un coup d'épée,
Frappé par un héros, tomber la pointe au cœur ! »…
– Oui, je disais cela !… Le destin est railleur[1] !…
Et voilà que je suis tué dans une embûche[2],

1. **Railleur** : moqueur.
2. **Embûche** : embuscade.

Par-derrière, par un laquais, d'un coup de bûche[1] !
C'est très bien. J'aurai tout manqué, même ma mort.

RAGUENEAU

Ah ! Monsieur !…

CYRANO

Ragueneau, ne pleure pas si fort !…

Il lui tend la main.

Qu'est-ce que tu deviens, maintenant, mon confrère ?

RAGUENEAU, *à travers ses larmes.*

Je suis moucheur de… de… chandelles[2], chez Molière.

CYRANO

Molière !

RAGUENEAU

Mais je veux le quitter, dès demain ;
Oui, je suis indigné !… Hier, on jouait *Scapin*[3],
Et j'ai vu qu'il vous a pris une scène !

LE BRET

Entière !

RAGUENEAU

Oui, Monsieur, le fameux : « Que diable allait-il faire[4] ?… »

---

1. **Par derrière, par un laquais, d'un coup de bûche :** il s'agit en effet de l'une des hypothèses avancées pour la mort du véritable Cyrano.

2. **Moucheur de chandelles :** personne préposée à l'extinction des luminaires avant les représentations.

3. **Scapin :** *Les Fourberies de Scapin*, comédie de Molière qui n'a en réalité été créée qu'en 1671, soit seize ans après la mort de Cyrano.

4. **Que diable allait-il faire ?… :** la réplique « Que diable allait-il faire dans cette galère ? » est devenue célèbre parce qu'elle apparaît en 1654 dans *Le Pédant joué* de Cyrano de Bergerac (II, 4), et qu'on la retrouve dans une scène quasiment identique des *Fourberies de Scapin* en 1671 (II, 7).

LE BRET, *furieux.*

Molière te l'a pris !

CYRANO

Chut ! chut ! Il a bien fait !...

À Ragueneau.

La scène, n'est-ce pas, produit beaucoup d'effet ?

RAGUENEAU, *sanglotant.*

Ah ! Monsieur, on riait ! on riait !

CYRANO

Oui, ma vie
Ce fut d'être celui qui souffle, – et qu'on oublie !

À Roxane.

Vous souvient-il du soir où Christian vous parla
Sous le balcon ? Eh bien ! toute ma vie est là :
Pendant que je restais en bas, dans l'ombre noire,
D'autres montaient cueillir le baiser de la gloire !
C'est justice, et j'approuve au seuil de mon tombeau :
Molière a du génie et Christian était beau !

À ce moment, la cloche de la chapelle ayant tinté, on voit tout au fond, dans l'allée, les religieuses se rendant à l'office.

Qu'elles aillent prier puisque leur cloche sonne !

ROXANE, *se relevant pour appeler.*

Ma sœur ! ma sœur !

CYRANO, *la retenant.*

Non ! non ! n'allez chercher personne :
Quand vous reviendriez, je ne serais plus là.

Les religieuses sont entrées dans la chapelle, on entend l'orgue.

Il me manquait un peu d'harmonie... en voilà.

ROXANE

Je vous aime, vivez !

CYRANO

Non ! car c'est dans le conte
Que lorsqu'on dit : Je t'aime ! au prince plein de honte,
Il sent sa laideur fondre à ces mots de soleil…
Mais tu t'apercevrais que je reste pareil.

ROXANE

J'ai fait votre malheur ! moi ! moi

CYRANO

Vous ?… au contraire !
J'ignorais la douceur féminine. Ma mère
Ne m'a pas trouvé beau. Je n'ai pas eu de sœur.
Plus tard, j'ai redouté l'amante à l'œil moqueur.
Je vous dois d'avoir eu, tout au moins, une amie.
Grâce à vous une robe a passé dans ma vie.

LE BRET, *lui montrant le clair de lune qui descend à travers les branches.*

Ton autre amie est là, qui vient te voir !

CYRANO, *souriant à la lune.*

Je vois.

ROXANE

Je n'aimais qu'un seul être et je le perds deux fois !

CYRANO

Le Bret, je vais monter dans la lune opaline[1],

1. Opaline : à la couleur laiteuse et irisée.

Sans qu'il faille inventer, aujourd'hui, de machine[1].

ROXANE

Que dites-vous ?

CYRANO

Mais oui, c'est là, je vous le dis,
Que l'on va m'envoyer faire mon paradis.
Plus d'une âme que j'aime y doit être exilée,
Et je retrouverai Socrate[2] et Galilée[3] !

LE BRET, *se révoltant.*

Non ! non ! C'est trop stupide à la fin, et c'est trop
Injuste ! Un tel poète ! Un cœur si grand, si haut !
Mourir ainsi !... Mourir !...

CYRANO

Voilà Le Bret qui grogne !

LE BRET, *fondant en larmes.*

Mon cher ami...

CYRANO, *se soulevant, l'œil égaré.*

Ce sont les cadets de Gascogne...
– La masse élémentaire[4]... Eh oui !... voilà le *hic*...

---

1. **Sans qu'il faille inventer, aujourd'hui, de machine :** nouvelle allusion aux moyens de locomotion inventés par le héros du roman de Cyrano pour monter vers la Lune.

2. **Socrate :** philosophe grec (470-399 av. J.-C.) considéré comme l'un des fondateurs de la philosophie occidentale.

3. **Galilée :** physicien et astronome italien (1564-1642), dont Cyrano connaissait bien les travaux.

4. **La masse élémentaire :** état de la matière à l'origine.

LE BRET

Sa science… dans son délire !

CYRANO

Copernic[1]

A dit…

ROXANE

Oh !

CYRANO

Mais aussi que diable allait-il faire,
Mais que diable allait-il faire en cette galère[2] ?…
Philosophe, physicien,
Rimeur, bretteur[3], musicien,
Et voyageur aérien,
Grand riposteur[4] du tac au tac,
Amant[5] aussi – pas pour son bien ! –
Ci-gît Hercule-Savinien
De Cyrano de Bergerac
Qui fut tout, et qui ne fut rien.
… Mais je m'en vais, pardon, je ne peux faire attendre :
Vous voyez, le rayon de lune vient me prendre !

Il est retombé assis, les pleurs de Roxane le rappellent à la réalité, il la regarde, et caressant ses voiles :

---

1. **Copernic :** astronome (1472-1543) qui défendit entre autres la conception héliocentrique du monde. Il prouva ainsi, contre Aristote notamment, que c'était la Terre qui tournait autour du Soleil, et non le Soleil autour de la Terre.

2. **Que diable allait-il faire en cette galère :** voir note 4 p. 301.

3. **Bretteur :** qui aime se battre à l'épée.

4. **Risposteur :** qui rétorque.

5. **Amant :** amoureux

Je ne veux pas que vous pleuriez moins ce charmant,
Ce bon, ce beau Christian, mais je veux seulement
Que lorsque le grand froid aura pris mes vertèbres,
Vous donniez un sens double à ces voiles funèbres,
Et que son deuil sur vous devienne un peu mon deuil.

ROXANE

Je vous jure !...

CYRANO, *est secoué d'un grand frisson et se lève brusquement.*

Pas là ! non ! pas dans ce fauteuil !

On veut s'élancer vers lui.

– Ne me soutenez pas ! – Personne !

Il va s'adosser à l'arbre.

Rien que l'arbre !

Silence.

Elle vient. Je me sens déjà botté de marbre,
– Ganté de plomb !

Il se raidit.

Oh ! mais !... puisqu'elle est en chemin,
Je l'attendrai debout,

Il tire l'épée.

et l'épée à la main !

LE BRET

Cyrano !

ROXANE, *défaillante.*

Cyrano !

Tous reculent épouvantés.

CYRANO

Je crois qu'elle regarde…
Qu'elle ose regarder mon nez, cette Camarde[1] !

Il lève son épée.

Que dites-vous ?… C'est inutile ?… Je le sais !
Mais on ne se bat pas dans l'espoir du succès !
Non ! non, c'est bien plus beau lorsque c'est inutile !
– Qu'est-ce que c'est que tous ceux-là ! – Vous êtes mille ?
Ah ! je vous reconnais, tous mes vieux ennemis !
Le Mensonge ?

Il frappe de son épée le vide.

Tiens, tiens ! – Ha ! ha ! les Compromis,
Les Préjugés, les Lâchetés !…

Il frappe.

Que je pactise[2] ?
Jamais, jamais ! – Ah ! te voilà, toi, la Sottise !
– Je sais bien qu'à la fin vous me mettrez à bas ;
N'importe : je me bats ! je me bats ! je me bats !

Il fait des moulinets immenses et s'arrête haletant.

Oui, vous m'arrachez tout, le laurier et la rose[3] !
Arrachez ! Il y a malgré vous quelque chose
Que j'emporte, et ce soir, quand j'entrerai chez Dieu,
Mon salut balaiera largement le seuil bleu[4],
Quelque chose que sans un pli, sans une tache,
J'emporte malgré vous,

Il s'élance l'épée haute.

1. **Camarde** : périphrase désignant la mort. Par ailleurs, l'adjectif « camard » désigne quelqu'un qui a le nez plat et écrasé.

2. **Pactiser** : faire un pacte, une alliance. Ce verbe s'emploie surtout dans l'expression « pactiser avec le diable ».

3. **Le laurier et la rose** : métaphores désignant la gloire et l'amour.

4. **Le seuil bleu** : le ciel.

et c'est…

L'épée s'échappe de ses mains, il chancelle, tombe dans les bras de Le Bret et de Ragueneau.

ROXANE, *se penchant sur lui et lui baisant le front.*

C'est ?…

CYRANO *rouvre les yeux, la reconnaît et dit en souriant.*

Mon panache [1].

RIDEAU

1. **Panache** : brio, virtuosité verbale.

Choix de lettres de Cyrano de Bergerac

Présentation

La plupart des *Lettres* de Cyrano de Bergerac ont été publiées en recueil, en 1654 et en 1662, et quelques autres sont longtemps restées manuscrites. L'auteur a pu retoucher ses textes pour la première partie, mais c'est son éditeur qui s'est occupé de la seconde, posthume. Les lettres sont divisées en trois thématiques, choisies par Cyrano lui-même : diverses, satiriques et amoureuses. Les deux derniers types de lettres ont largement inspiré le personnage construit par Rostand. Dans la scène 2 de l'acte V, Le Bret dit d'ailleurs au sujet de Cyrano: « Ses épîtres[1] lui font des ennemis nouveaux !/Il attaque les faux nobles, les faux dévots,/Les faux braves, les plagiaires, – tout le monde ! » (p. 280, v. 2295-2297). L'écrivain bretteur est en effet l'auteur de plusieurs lettres qui s'attaquent aux cibles mentionnées par Le Bret. Quant aux lettres d'amour, elles nourrissent considérablement les discours que Cyrano adresse à Roxane.

L'ensemble de ces lettres est vraiment singulier: en effet, aucune d'entre elle n'a jamais été envoyée à un quelconque destinataire ; elles apparaissent davantage comme des exercices de style littéraires. On y retrouve toute la verve satirique de Cyrano de Bergerac, qui a souvent dû retoucher ses textes pour que la censure n'en empêche pas la publication. Dans les lettres d'amour, bien moins problématiques de ce point de vue, l'auteur affiche une parfaite maîtrise des codes du discours amoureux, hérités notamment de la poésie de Pétrarque (1304-1374).

1. **Épîtres** : lettres.

Les lettres présentées ici permettent de mieux comprendre à la fois les relations entre Cyrano et Roxane, et l'obsession du personnage pour la virtuosité verbale, surtout lorsqu'elle est polémique. Pour Cyrano, il est capital de susciter l'admiration en multipliant les bons mots.

L'ensemble de la pièce montre bien que Rostand a eu un accès direct aux textes originaux. Par ailleurs, le personnage qu'il a créé est, comme son modèle, un fervent épistolier.

LETTRE 1

Contre un gros homme

Dans la version manuscrite, cette lettre était explicitement adressée à Montfleury et s'intitulait : « Contre le gras Montfleury, mauvais auteur et comédien » ; Cyrano s'est autocensuré pour la publication. L'épisode du début de la pièce de Rostand (acte I, scène 3), dans lequel Cyrano s'attaque à l'acteur en lui rappelant qu'il lui avait interdit de monter sur scène pendant un mois, a véritablement eu lieu.

Montfleury était en effet énorme, et l'on raconte qu'avant de jouer il devait contenir son ventre avec une ceinture de fer. Dans la lettre comme dans la pièce de Rostand, Cyrano multiplie les insultes et les comparaisons humiliantes.

Enfin, gros homme, je vous ai vu, mes prunelles ont achevé sur vous de grands voyages ; et le jour que vous éboulâtes [1] corporellement jusqu'à moi, j'eus le temps de parcourir votre hémisphère [2], ou pour parler plus véritablement, d'en découvrir quelques cantons. Mais comme je ne suis pas tout seul les yeux de tout le monde, permettez que je donne votre portrait à la postérité, qui un jour sera bien aise de savoir comment vous étiez fait. On saura donc en premier lieu, que la Nature qui vous ficha [3] une tête sur la poitrine, ne voulut pas expressément y mettre de col [4], afin de le dérober aux malignités de votre horoscope [5] ; que votre âme est si grosse, qu'elle servirait bien de corps à une personne un peu déliée [6] ; que vous avez ce qu'aux hommes on appelle la face si fort au-dessous des épaules,

1. Éboulâtes : tombâtes.

2. Hémisphère : moitié du globe terrestre.

3. Ficha : fixa.

4. Col : cou.

5. La Nature […] ne voulut pas expressément y mettre de col, afin de le dérober aux malignités de votre horoscope : Cyrano signifie ici que, parce qu'il n'a pas de cou, Montfleury ne pourra pas être pendu.

6. Déliée : mince.

et ce qu'on appelle les épaules si fort au-dessus de la face, que vous semblez un saint Denis portant son chef entre ses mains. Encore je ne dis que la moitié de ce que je vois, car si je descends mes regards jusqu'à votre bedaine[1], je m'imagine voir aux limbes[2] tous les fidèles dans le sein d'Abraham, sainte Ursule, qui porte les onze mille vierges enveloppées dans son manteau, ou le cheval de Troie farci de quarante mille hommes. Mais je me trompe, vous êtes quelque chose de plus gros, ma raison trouve bien plus d'apparence, à croire que vous êtes une loupe aux entrailles de la Nature, qui rend la terre jumelle[3] : hé ! quoi, vous n'ouvrez jamais la bouche qu'on[4] ne se souvienne de la fable de Phaéton, où le globe de la Terre parle ; oui, le globe de la Terre ; et si la Terre est un animal, vous voyant aussi rond et aussi large qu'elle, je soutiens que vous êtes son mâle, et qu'elle a depuis peu accouché de l'Amérique, dont vous l'aviez engrossée[5]. Hé bien ! qu'en dites-vous, le portrait est-il ressemblant, pour n'y avoir donné qu'une touche ? Par la description de votre sphère de chair, dont tous les membres sont si ronds que chacun fait un cercle, et par l'arrondissement universel de votre épaisse masse, n'ai-je pas appris à nos neveux que vous n'étiez point fourbe, puisque vous marchez rondement[6] ? Pouvais-je mieux convaincre de mensonge ceux qui vous menacent de pauvreté, qu'en leur faisant voir à l'œil que vous roulerez toujours ? Et enfin, était-il possible d'enseigner plus intelligiblement que vous êtes un miracle, puisque votre gras embonpoint[7] vous fait prendre par

1. **Bedaine** : ventre (familier).

2. **Limbes** : lieu où séjournent les innocents.

3. **Vous êtes une loupe aux entrailles de la Nature, qui rend la terre jumelle** : Cyrano signifie ici que Montfleury est aussi gros que la Terre.

4. **Qu'on** : sans qu'on.

5. **Engrosser** : mettre enceinte.

6. **Rondement** : il y a ici un jeu de mots, l'adverbe signifiant à la fois « de manière ronde » et « avec franchise ».

7. **Embonpoint** : état d'une personne un peu grosse.

vos spectateurs pour une longe[1] de veau qui se promène sur ses lardons ? Je me doute bien que vous m'objecterez qu'une boule, qu'un globe, ni qu'un morceau de chair ne font pas des ouvrages, et que la belle Didon vous a fait triompher sur les théâtres de Venise. Mais entre vous et moi, vous en connaissez l'enclouure[2] ; il n'y a personne en Italie, qui ne sache que cette tragédie est la corneille d'Ésope[3] ; que vous l'avez sue par cœur auparavant que de l'avoir inventée, étant tirée de l'*Aminte*, du *Pastor fido* de Guarini, du Cavalier Marin, et de cent autres ; on la peut appeler la pièce des pièces ; et que vous seriez non seulement un globe, une boule et un morceau de chair, mais encore un miroir qui prend tout ce qu'on lui montre, n'était[4] que vous représentez trop mal la dette. Sus[5] donc, confessez, je n'en parlerai point ; au contraire, pour vous excuser, je dirai à tout le monde que votre *Reine de Carthage* doit être un corps composé de toutes les natures, parce qu'étant d'Afrique, c'est de là que viennent les monstres ; et j'ajouterai même, que cette pièce parut si belle aux nobles de cette République, qu'à l'exemple des acteurs qui la jouaient, tout le monde la jouait. Quelques ignorants peut-être concluront, à cause de la stérilité de pensées qu'on y trouve, que vous ne pensiez à rien quand vous la fîtes ; mais tous les habiles savent qu'afin d'éviter l'obscurité, vous y avez mis les bonnes choses fort claires ; et quand même ils auraient prouvé que depuis l'ortie jusqu'au sapin[6], c'est-à-dire depuis Le Tasse jusqu'à Corneille, tous les poètes ont accouché de votre enfant, ils ne pourraient rien inférer[7], sinon qu'une âme ordinaire, n'étant pas assez grande pour

1. Longe : morceau de viande situé près de la colonne vertébrale.

2. Enclouure : difficulté.

3. Corneille d'Ésope : ouvrage composé à partir de plusieurs extraits empruntés à d'autres.

4. N'était : si ce n'était.

5. Sus : formule destinée à encourager.

6. Depuis l'ortie jusqu'au sapin : autrement dit, depuis le plus petit auteur jusqu'au plus grand.

7. Inférer : déduire.

vivifier votre masse de bout en bout, vous fûtes animé de celle du monde, et qu'aujourd'hui c'est ce qui est cause que vous imaginez par le cerveau de tous les hommes. Mais encore ils sont bien éloignés d'avouer que vous imaginez ; il soutiennent même qu'il n'est pas possible que vous puissiez parler, ou que si vous parlez, c'est comme jadis l'antre de la Sibylle [1], qui parlait sans le savoir : mais encore que les fumées qui sortent de votre bouche, je voulais dire de votre bondon [2], soient aussi capables d'enivrer que celles qui s'exhalaient de cette grotte, je n'y vois rien d'aussi prophétique ; c'est pourquoi j'estime que vous n'êtes au plus que la caverne des Sept Dormants [3], qui ronflent par votre bouche. Mais bons Dieux ! qu'est-ce que je vois ? Vous me semblez encore plus enflé qu'à l'ordinaire. Est-ce donc le courroux [4] qui vous sert de seringue ? Déjà vos jambes et votre tête se sont tellement unies par leur extension à la circonférence [5] de votre globe, que vous n'êtes plus qu'un ballon. Vous vous figurez peut-être que je me moque ? Par ma foi, vous avez deviné, et le miracle n'est pas grand qu'une boule ait frappé au but ; je vous puis même assurer, que si les coups de bâton s'envoyaient par écrit, vous liriez ma lettre des épaules : et ne vous étonnez pas de mon procédé, car la vaste étendue de votre rondeur me fait croire si fermement que vous êtes une terre, que de bon cœur je planterais du bois sur vous pour voir comme il s'y porterait ! Pensez-vous donc, à cause qu'un homme ne vous saurait battre tout entier en vingt-quatre heures, et qu'il ne saurait en un jour

1. Antre de la Sibylle : la Sibylle était une prophétesse qui prédisait l'avenir dans une caverne.

2. Bondon : morceau de bois qui sert à boucher les tonneaux.

3. Sept Dormants : allusion à l'épisode des sept dormants d'Éphèse, qui s'endormirent pendant de longues années dans une caverne. Cet épisode est commun aux religions chrétienne et musulmane.

4. Courroux : colère.

5. À la circonférence : autour.

échiner[1] qu'une de vos omoplates, que je me veuille reposer de votre mort sur le bourreau ? Non, non, je serai moi-même votre Parque[2] ; et ce serait déjà fait de vous, si j'étais bien délivré d'un mal de rate[3], pour la guérison duquel les médecins m'ont ordonné encore quatre ou cinq prises de vos impertinences[4] ; mais sitôt que j'aurai fait banqueroute aux divertissements[5], et que je serai las de rire, tenez partout assuré que je vous enverrai défendre de vous compter entre les choses qui vivent. Adieu, c'est fait. J'eusse bien fini ma lettre à l'ordinaire, mais vous n'eussiez pas cru pour cela que je fusse votre très humble, très obéissant, et très affectionné : c'est pourquoi, gros crevé,

Serviteur à la paillasse

LETTRE 2

Contre un pilleur de pensées

Cette lettre s'adresse aux plagiaires, c'est-à-dire aux auteurs qui se contentent, dans leurs œuvres, de recopier ce que d'autres ont écrit avant eux. L'ensemble de la pièce de Rostand – et plus particulièrement la tirade du nez – montre bien que ***l'imagination*** *est une valeur fondamentale pour Cyrano, qui reproche précisément à ses adversaires de ne pas savoir créer : qu'on pense au vicomte de Valvert, ou encore à Montfleury. Le panache de Cyrano est évidemment opposé au manque de créativité des autres personnages.*

1. **Échiner :** frapper jusqu'à ce que mort s'ensuive.
2. **Parque :** divinité maîtresse de la destinée humaine.
3. **Rate :** nom d'un organe du corps humain, dont la fonction est d'épurer le sang. Le « mal de rate » désigne ici la mélancolie car, dans l'ancienne médecine, cet organe était supposé sécréter la « bile noire », substance à l'origine d'un état mélancolique.
4. **Impertinences :** sottises.
5. **J'aurai fait banqueroute aux divertissements :** j'aurai cessé de me divertir.

Monsieur,

Puisque notre ami butine nos pensées, c'est une marque qu'il nous estime : il ne les prendrait pas s'il ne les croyait bonnes ; et nous avons grand tort de nous estomaquer de ce que n'ayant point d'enfants, il adopte les nôtres. Pour moi, ce qui m'offense en mon particulier[1] (car vous savez que j'ai un esprit vengeur de torts, et fort enclin à la justice distributive[2]), c'est de voir qu'il attribue à son ingrate imagination les bons services que lui rend sa mémoire, et qu'il se dise le père de mille hautes conceptions, dont il n'a été au plus que la sage-femme[3]. Allons, Monsieur, après cela nous vanter d'écrire mieux que lui, lorsqu'il écrit tout comme nous, et tournons en ridicule, qu'à son âge il ait encore un écrivain chez lui, puisqu'il ne nous fait point en cela d'autre mal que de rendre nos œuvres plus lisibles ; nous devrions au contraire recevoir avec respect tant de sages avertissements moraux, dont il tâche de réprimer les emportements de notre jeunesse ; oui, certes, nous devrions y ajouter plus de foi, et n'en douter non plus que de l'Évangile ; car tout le monde sait que ce ne sont pas des choses qu'il ait inventées. À la vérité, d'avoir un ami de la sorte, c'est entretenir une imprimerie à bon marché ; pour moi je m'imagine, en dépit de tous ses grands manuscrits, que si quelque jours après sa mort, on inventorie le cabinet de ses livres, c'est-à-dire de ceux qui sont sortis de son génie, tous ces ouvrages ensemble, ôtant ce qui n'est pas de lui, composeront une bibliothèque de papier blanc. Il ne laisse[4] pas de vouloir s'attribuer les dépouilles des morts, et de croire inventer

---

1. En mon particulier : en mon for intérieur.

2. Justice distributive : justice qui distribue les biens en fonction de la valeur de chacun.

3. Qu'il se dise le père de mille hautes conceptions, dont il n'a été au plus que la sage-femme : qu'il prétende être l'inventeur de choses qu'il a tout au plus aidé à créer.

4. Laisse : cesse.

ce dont il se souvient ; mais de cette façon, il prouve mal la noble extraction de ses pensées, de n'en tirer l'antiquité que d'un homme qui vit encore [1]. Mais il veut par là conclure à la métempsychose [2], et montrer que quand il se servirait des imaginations de Socrate, il ne les volerait point, ayant été jadis ce même Socrate, qui les imagina ; et puis n'a-t-il pas assez de mémoire pour être riche de ce bien-là seul ? Comment ! il l'a si grande, qu'il se souvient de ce qu'on a dit trente siècles auparavant qu'il fut au monde. Quant à moi qui suis un peu moins souffrant que les morts, obtenez de lui qu'il me permette de dater mes pensées, afin que ma postérité ne soit point douteuse : il y eut jadis une déesse Écho, celui-ci sans doute doit être le dieu ; car de même [qu']elle, il ne dit jamais que ce que les autres ont dit, et le répète si mot à mot, que transcrivant l'autre jour une de mes lettres (il appelait cela composer), il eut toutes les peines du monde à s'empêcher de mettre : votre serviteur Beaulieu, parce qu'il y vit au bas,

Votre serviteur,
De Bergerac

LETTRE 3

Lettre d'amour

Cyrano de Bergerac est aussi l'auteur de nombreuses lettres d'amour, qu'il n'a pas envoyées mais qu'il écrivait comme autant d'exercices de style. Depuis les XVe et XVIe siècles, le discours amoureux est presque devenu une pratique d'écriture en soi, avec ses clichés (l'échange des cœurs, par exemple) et ses marques propres. Ainsi, on retrouve dans les déclarations d'amour à Roxane, comme dans la lettre suivante, des paradoxes conçus

1. **Il prouve mal la noble extraction de ses pensées, de n'en tirer l'antiquité que d'un homme qui vit encore** : il s'y prend mal pour montrer l'origine antique de ces pensées, lui qui ne les tient que de ses contemporains.

2. **Métempsychose** : ce mot désigne le phénomène qui consiste, pour une âme, à passer dans un autre corps une fois que celui qui l'abritait n'est plus en vie.

comme manière d'exprimer l'intensité de la passion. Le style de Cyrano dans les lettres amoureuses est très clairement reconnaissable dans la scène de déclaration (III, 7).

Madame,

Le souvenir que j'ai de vous, au lieu de vous réjouir, devrait vous faire pitié. Imaginez-vous un feu composé de glace embrasée [1] qui brûle à force de trembler, que la douleur fait tressaillir de joie, et qui craint autant que la mort la guérison de ses blessures : voilà ce que je suis lorsque je parle à vous. Je m'enquête aux [2] plus habiles de ma connaissance d'où vient cette maladie ; ils disent que c'est Amour : mais je ne le puis croire, à cause que ceux de mon âge ne sont guère travaillés de cette infirmité. Ils répondent que l'amour est un enfant, et qu'il s'arrête à ses pareils ; qu'il est malaisé à des enfants de se jouer longtemps avec du feu sans se brûler, et que leur poitrine est plus tendre que celle des hommes. Ô Dieux ! s'il est vrai, que deviendrai-je ? Je n'ai point d'expérience, je hais les remèdes, j'aime la main qui me frappe, et enfin je suis attaqué d'un mal où je ne puis appeler le médecin, qu'on [3] ne se moque de moi. Encore si vous n'aviez mon cœur, j'aurais le cœur [4] de me défendre ; mais j'ai fait par ce présent que je n'oserais pas même me fier à vous, à cause que vous avez le cœur double. Songez donc à me donner le vôtre ; car je suis d'une profession à être montré au doigt, si l'on vient à savoir que je n'ai point de cœur ; et puis voudriez-vous avouer une personne sans cœur pour votre serviteur ?

---

1. Embrasée : en feu.

2. Je m'enquête aux : je me renseigne auprès de.

3. Qu'on : sans qu'on.

4. Cœur : courage.

322 REPÈRES CLÉS
328 FICHES DE LECTURE
337 THÈMES ET DOCUMENTS
349 OBJECTIF BAC

Le contexte historique et littéraire

L'EUROPE ET LA FRANCE AU TOURNANT DE DEUX SIÈCLES

1 • L'expansion des territoires

• Le XIXe siècle marque l'extension de la colonisation européenne et les conflits de pouvoir entre les nations. Ces rivalités sont peu perceptibles dans *Cyrano de Bergerac*, écrit en 1897, mais dont l'action se situe au XVIIe siècle. Les conflits présents dans la pièce (la Fronde ou encore la guerre de Trente Ans) appartiennent donc au passé.

• En 1884-1885 a lieu la Conférence de Berlin : bien qu'elle régule la colonisation, elle ne parvient toutefois pas à endiguer les incessantes querelles de territoires, qui constituent les prémisses de la Première Guerre mondiale ; cette dernière a d'ailleurs profondément marqué Rostand, qui s'est beaucoup investi dans la cause des soldats innocents tués au conflit.

2 • Les consciences nationales et l'affaire Dreyfus

• C'est au XIXe siècle que s'affirme pleinement, à l'échelle européenne, l'exaltation du sentiment national sur les plans politique, culturel et religieux. En France, l'affaire Dreyfus (1894-1906) cristallise les tensions : le capitaine Dreyfus, juif d'origine alsacienne, est accusé à tort d'espionnage, dans un contexte d'antisémitisme ambiant et de conflit avec l'Allemagne – datant de l'annexion de l'Alsace-Lorraine en 1871. Rostand s'impose comme l'un des plus fervents défenseurs du capitaine, aux côtés de Zola, auteur du célèbre « J'accuse ».

3 • La troisième République

• En 1870, après la défaite de Napoléon III à Sedan, la France proclame l'institution de la IIIe République, qui durera jusqu'en 1940. Depuis la Révolution, ce régime est le premier à s'imposer dans la durée : en moins d'un siècle, sept régimes politiques venaient de se succéder. La France entre alors dans une période de stabilité, héritée des troubles révolutionnaires. Ce nouveau contexte a insufflé à Rostand l'esprit de son œuvre, qui met en scène des valeurs chères au public de l'époque.

UNE PIÈCE À CONTRE-COURANT

Toutefois, la pièce peine à trouver sa place dans les courants littéraires de son époque, très marqués par des pratiques d'écriture codifiées.

1 • Le réalisme et le naturalisme

• Le réalisme, sensible à partir des années 1850, valorise les techniques de la description. Il apparaît surtout dans le roman, chez des auteurs majeurs tels que Maupassant ou Zola. Tous deux souscriront, à partir de 1880, aux pratiques du naturalisme qui vise à appliquer au roman les méthodes des sciences naturelles, et notamment la description fondée sur une observation de terrain. En choisissant d'écrire une pièce dramatique et historique, Rostand se place en marge des ces deux courants majeurs.

2 • Symbolisme et décadentisme

• Le symbolisme et le décadentisme sont marqués par la contestation : le premier s'oppose au réalisme et le second aux codes du roman, notamment naturaliste. Alors que le décadentisme désacralise l'importance du personnage héroïque, Rostand le remet à l'honneur à travers Cyrano, héros éponyme. La place consacrée à la célébration de valeurs traditionnelles, comme l'amour et l'héroïsme, accentue l'originalité de sa pièce.

3 • Le théâtre

• La fin du XIXe siècle consacre la farce et le vaudeville (Jarry, Feydeau) et de nouvelles formes expérimentales (Théâtre Libre et Théâtre de l'Œuvre). Le dénouement dramatique de *Cyrano de Bergerac* ainsi que la revendication d'un genre déjà passé de mode, la comédie héroïque, rendent aussi cette pièce inclassable. Malgré les craintes de Rostand, elle a toutefois reçu un succès immédiat.

Edmond Rostand : l'homme d'une œuvre

LES ANNÉES DE FORMATION

• Edmond Rostand naît à Marseille en 1868, dans la rue qui a depuis pris son nom. Son père lui transmet très tôt son goût pour la littérature. Au collège, Rostand découvre Cyrano, qu'il immortalisera dans sa célèbre pièce, dont le succès perdure encore aujourd'hui. Il restera pour tous « l'auteur de *Cyrano* », ses autres pièces demeurant des « demi-succès ». Sa carrière littéraire s'est très rapidement substituée à celle d'avocat, à laquelle il se destinait initialement.

LA NAISSANCE D'UN CHEF D'ŒUVRE

• Pendant toute sa vie, Rostand est partagé entre son admiration pour la virtuosité de parole et d'écriture, et une inquiétude permanente quant au succès de ses œuvres. Sa pièce *Les Deux Pierrot* est refusée par la Comédie-Française en 1891, mais il y représente en 1894 sa comédie *Les Romanesques*.

• Après une nouvelle période de troubles personnels et professionnels, l'année 1897 consacre la renommée de Rostand, en même temps qu'elle l'associe définitivement à Cyrano : si *La Samaritaine* est bien accueillie pour son audace à rebours du naturalisme, *Cyrano de Bergerac* déchaîne véritablement les foules. La pièce rencontre un incroyable succès : on raconte qu'il y eut une quarantaine de rappels. Elle est jouée à guichet fermé pendant plus d'un an et exportée dans de nombreux pays : « Ce fut la journée de théâtre la plus éclatante depuis *Hernani* et ce fut *Hernani* sans bataille. Il y eut unanimité de Paris, des Provinces, de l'Europe entière. On se sentait en face d'un chef d'œuvre… » (Émile Faguet, *Vie et œuvre d'Edmond Rostand*, 1910). Rostand entre alors dans le Panthéon littéraire : « Un grand poète héroï-comique a pris sa place dans la littérature dramatique contemporaine – et cette place, c'est la première », déclare dès 1897 le journaliste Henri Bauër (*L'Écho de Paris*). Il faut dire que la pièce est particulièrement adaptée à cette période d'explosion de l'identité nationale.

• Cette renommée n'empêche pas Rostand de répondre généreusement à toutes les commandes qu'on lui fait, du poème au discours de circonstance, en passant par la préface. Il délaisse donc quelques temps ses propres créations, avant de renouer avec le théâtre historique dans *L'Aiglon* (1900). Ses dernières pièces, notamment *Chantecler* (1910), sont récusées par un public désillusionné : « ce serait forcer les choses que de dire qu'il y eut une déception, mais il y eut certainement un malaise » (Léon Blum, *Comoedia*, 1910). *Cyrano de Bergerac* reste indétrônable.

L'ENGAGEMENT ET LA GLOIRE

- Rostand lutte aussi contre ses angoisses personnelles en s'engageant, aux côtés de nombreux intellectuels (Gide, Proust, Zola), en faveur du capitaine Dreyfus, condamné à tort pour espionnage.
- À partir de 1914, il soutient les soldats des tranchées ; lui-même, volontaire, avait été réformé pour des raisons de santé. Alors que les premiers monuments aux morts font leur apparition, Rostand se bat par écrit pour la mémoire des soldats disparus. Cet engagement s'accompagne d'un couronnement littéraire : l'auteur est élu à l'Académie française en 1901. Cette consécration est aussi celle de *Cyrano* à qui il rend hommage dans son « Discours de réception », expliquant qu'il a voulu « exalter avec du lyrisme, moraliser avec de la beauté, consoler avec de la grâce, bref donner une leçon d'âme ».
- Il meurt de la grippe espagnole en 1918, après s'être battu, comme Cyrano avant lui, pour le courage, les causes justes et la virtuosité littéraire. Marié à deux reprises, il laisse derrière lui deux fils, dont Jean, le célèbre biologiste.

Présences de l'Antiquité dans *Cyrano de Bergerac*

La pièce de Rostand se situe au carrefour des époques : écrite au XIX*e siècle, elle retrace une intrigue du* XVII*e et met en scène des personnages marqués par la culture antique. Alors qu'il va mourir, Cyrano se réjouit car il va retrouver « Socrate et Galilée », c'est-à-dire à la fois le philosophe grec antique et le savant qui révolutionna la perception de l'univers héritée de l'Antiquité.*

DES RÉFÉRENCES MYTHOLOGIQUES

• Les discours des personnages sont ponctués de références mythologiques antiques, connues des gens lettrés du XVIIe siècle. Ainsi, lorsque Ragueneau évoque les « ciseaux de la Parque » (I, 2, v. 121), il mentionne explicitement l'une des trois divinités du Destin (*Atropos* chez les Grecs, *Morta* chez les Romains), chargée de couper le fil indiquant la durée de vie de chaque homme. La mention de « Thalie », muse de la comédie, et de Samson, héros biblique symbolisant la force (I, 4), sont des clins d'œil culturels que s'adressent les personnages entre eux. L'échange suivant (I, 5, p. 70) en est la preuve :

CYRANO
« Et tu ne saurais pas, Vénus, monter en conque,
Ni toi, Diane, marcher dans les grands bois fleuris,
Comme elle monte en chaise et marche dans Paris !

LE BRET
Sapristi ! je comprends. C'est clair ! »

• Pour exprimer le caractère exceptionnel de Roxane, Cyrano la compare aux déesses romaines de la beauté et de la chasse, ce qui, loin d'obscurcir le discours, permet au contraire à Le Bret de mieux comprendre la singularité de cette femme.

HOMÈRE ET L'ÉPOPÉE DANS L'ACTE IV

• Le quatrième acte de la pièce a lieu exclusivement en contexte de guerre, pendant le siège d'Arras. Les références antiques sont alors extraites de *L'Iliade* d'Homère. Cette épopée retrace l'histoire de la guerre de Troie et est considérée comme l'œuvre fondatrice du genre. C'est d'ailleurs le livre que Cyrano tend au cadet lorsqu'il cherche quelque chose à « dévorer » (IV, 2). Pour les cadets de Gascogne, se souvenir des grands héros de l'Antiquité est un moyen de se donner du courage : « Je me retire sous ma tente, – comme Achille » (IV, 2, v. 1748).

• Lorsque Roxane rejoint les soldats, le discours amoureux infiltre celui sur la guerre – *L'Iliade* cède alors la place à *L'Odyssée*, dans laquelle Pénélope, symbole de la fidélité, attend patiemment le retour de son époux Ulysse. C'est à ces héros que Roxane fait référence (IV, 8, p. 254) : « La sage Pénélope / Ne fût pas demeurée à broder sous son toit, / Si le Seigneur Ulysse eût écrit comme toi ». De telles références donnent aux personnages une dimension héroïque et rappellent l'héritage littéraire du récit de guerre.

LES PRÉCIEUSES ET L'ANTIQUITÉ

• Les Précieuses, qui fréquentaient les salons littéraires au XVIIe siècle, se caractérisent par leur usage pédant du savoir : ce sont elles qui ont inspiré la comédie de Molière *Les Précieuses ridicules*. Pour ces femmes, les allusions à l'Antiquité sont censées être une preuve de savoir et de culture, qu'elles pervertissent dans un discours prétentieux, souvent peu compréhensible. Elles se choisissent toujours des pseudonymes dont la sonorité est censée évoquer l'Antiquité grecque ; c'est le cas, notamment, de Barthénoïde, Alcandre et Grémione (III, 5). Dans la pièce de Rostand, les Précieuses représentent le public littéraire de l'Hôtel de Bourgogne. Roxane leur ressemble lorsque, confrontée à la sincérité nue d'une déclaration d'amour (III, 7), elle ne cesse de répéter « Mais l'esprit ? », montrant ainsi qu'elle attend de Christian un discours plus imagé et plus complexe, et donc, à ses yeux, plus fin.

Une comédie héroïque ?

Alors qu'elle relève incontestablement du genre dramatique, la pièce de Rostand est curieusement présentée par l'auteur lui-même, dans sa dédicace à l'acteur qui incarnait Cyrano : « C'est à l'âme de Cyrano que je voulais dédier ce ***poème****. Mais puisqu'elle a passé en vous, Coquelin, c'est à vous que je le dédie ».*

Quelques pages plus loin, Rostand rattache son texte au genre de la « ***comédie héroïque*** *» : il s'agit alors pour le lecteur de trouver dans le texte les marques de ce genre mineur, complexe, et très peu théorisé.*

À l'époque où Rostand écrit, la comédie héroïque n'est plus en vogue, et ce depuis le XVIIe siècle. Mais, en cette fin de XIXe siècle, la France traverse une crise historique, marquée par la défaite de Sedan et l'affaire Dreyfus. Le public abattu est donc friand de ***grandes fresques de cape et d'épée*** *portées par des* ***héros romantiques****, et c'est une attente que vient parfaitement combler la comédie héroïque.*

LES INGRÉDIENTS DU GENRE

Les plus grands auteurs du XVIIe siècle se sont essayés au genre de la comédie héroïque, dont Voltaire disait qu'elle était un « **genre mitoyen** ». Aux caractéristiques de la comédie (une intrigue amoureuse, des protagonistes très marqués) s'ajoute une dimension nouvelle : l'exaltation de la **vaillance** et du **courage**.

En raison de nombreuses similitudes, notamment l'intrigue tragique et le dénouement heureux, on a souvent rapproché la tragi-comédie de la comédie héroïque. Cette dernière répond pourtant à des critères qui lui sont propres.

1 • L'influence espagnole

- Rostand a probablement été séduit par l'origine espagnole de ce genre dramatique, lui qui écrivait dans *Les Musardises* :

« Car l'Espagne qui me possède
Et qui fait que je vais, là-haut,
Laissant en bas la brise tiède,
À la rencontre du vent chaud,
Ce n'est pas cette espagnolade
Qui pendant un instant vous a
Lorsqu'on mord dans une grenade
Ou qu'on respire un mimosa ;

Ni la jeune espagnolerie
Qui vous prend quand on lit Musset
Et qu'une basquine fleurie
Passe dans votre rêve... c'est
Une Espagne en mon cœur vivante
Au point que, lorsqu'il bat le soir,
C'est elle, à grands coups, qui s'évente
De son petit éventail noir[1] ! »

L'Espagne est d'ailleurs partout présente dans la pièce, et particulièrement dans l'acte IV (pp. 210-211), qui s'ouvre ainsi sur les mots de Le Bret :

« Hélas !
Rien de plus compliqué que ce siège d'Arras :
Nous assiégeons Arras, – nous-mêmes, pris au piège,
Le cardinal infant d'Espagne nous assiège... »

La *comedia* espagnole

La *comedia*, en vogue pendant tout le XVIIe siècle – siècle d'or espagnol – est un genre hétérogène, de forme instable et aux sujets divers. Elle comporte trois actes, et, comme la pièce de Rostand, ignore la règle des trois unités (temps, lieu, action) : elle relève donc davantage de la fantaisie baroque que de la rigueur classique.

Comme la comédie héroïque, elle est à la croisée de la comédie et de la tragédie, et met au premier plan l'honneur et l'amour, avec un ancrage historique très marqué. Son dénouement, le plus souvent heureux, a une portée moralisatrice.

La *comedia* espagnole a eu une influence considérable sur les théâtres français et italien du XVIIe siècle.

• Toutefois, si l'on trouve assurément dans *Cyrano de Bergerac* les échos de la *comedia* espagnole, Rostand est contraint de s'en éloigner à de nombreuses reprises, pour laisser place aux nombreuses autres influences de la pièce, parmi lesquelles, notamment, la ***Commedia dell'arte.***

2 • Des personnages de haut rang et des sentiments nobles

• La comédie héroïque est tout entière consacrée à la **célébration de la grandeur** de son protagoniste. Cyrano a l'âme vaillante et ne craint pas le combat : membre des Cadets de Gascogne, il n'hésite par ailleurs pas à s'attaquer seul aux cent hommes qui attendent Lignière en embuscade. Rostand a vraisemblablement beaucoup d'admiration pour la noblesse d'un tel courage, lui à qui l'on a refusé de partir au front pendant la Première Guerre mondiale.

1. *Les Musardises*, A. Lemerre, 1890, Paris, p. 192.

• Cyrano est également porté par des **sentiments nobles** : à l'amour qu'il porte à Roxane s'ajoute un réel sens du **sacrifice**, qui le fait s'incliner devant Christian :

« Je ne veux pas que vous pleuriez moins ce charmant,
Ce bon, ce beau Christian, mais je veux seulement
Que lorsque le grand froid aura pris mes vertèbres,
Vous donniez un sens double à ces voiles funèbres,
Et que son deuil sur vous devienne un peu mon deuil ».
(Acte V, scène 6, p. 306)

• De telles valeurs sont, dans le cadre de la comédie héroïque, inséparables d'une **condition sociale** elle aussi noble. Enfin, Cyrano a la particularité d'avoir un physique disgracieux : dans sa rivalité avec Christian, son esprit n'en est que plus mis en valeur.

3 • Un style élevé

• La grandeur d'âme et de rang est célébrée dans un style lui aussi élevé, porté en première instance par **l'alexandrin**, considéré depuis le XVIIe siècle comme le vers noble par excellence. Les déclarations d'amour, dans lesquelles les alexandrins sont nourris de **métaphores**, sont particulièrement probantes :

« Au lieu de boire goutte à goutte, en un mignon
Dé à coudre d'or fin, l'eau fade du Lignon,
Si l'on tentait de voir comment l'âme s'abreuve
En buvant largement à même le grand fleuve ! »
(Acte III, scène 7, p. 175)

• Par ailleurs, la pièce de Rostand comporte un important **lexique technique** (qu'on pense, par exemple, au registre de l'escrime, ou encore au vocabulaire très spécialisé de la pâtisserie dans la scène chez Ragueneau). De même, Rostand a eu à cœur de construire sa pièce autour de termes appartenant à la **réalité historique** du XVIIe siècle : les longues didascalies de la scène d'exposition en sont un bon exemple.

4 • Un dénouement heureux

• Les codes de la comédie héroïque imposent un dénouement heureux, en dépit d'une intrigue plutôt tragique. Corneille disait à ce propos qu'« on n'y voit naître aucun danger par qui nous puissions être portés à la pitié ou à la crainte » – ces deux derniers sentiments étant depuis Aristote au fondement même de la tragédie.

La fin de *Cyrano de Bergerac* voit en effet les sentiments de Roxane changer («Je n'aimais qu'un seul être et je le perds deux fois!», p. 303), mais cette issue n'a rien d'heureux. Une telle liberté par rapport aux codes du genre n'est pas la seule prise par Rostand.

UNE LIBRE ADAPTATION

• D'un point de vue formel, l'auteur ne respecte pas strictement l'alexandrin, qu'il prend souvent plaisir à éclater sur plusieurs répliques. De telles ruptures permettent d'accélérer le rythme, et d'alterner tirades et stichomythies.

LE POÈTE, *s'avançant.*

« Monsieur...

CYRANO

Encor!

LE POÈTE

Je veux faire un pentacrostiche »

(Acte II, scène 7, pp. 115-116)

• De même, l'ensemble de la pièce ne relève pas du style élevé, comme en témoignent par exemple les nombreux jurons gascons. Enfin, les comédies héroïques du XVIIe siècle avaient toutes pour héros un homme au nom espagnol (*Dom Sanche d'Aragon* de Corneille, 1650; *Dom Garcie de Navarre* de Molière, 1661): le nom de Cyrano est un contre-exemple flagrant. Mais surtout, Rostand affiche une distance certaine à l'égard des exigences **fondamentales** du genre.

1 • Un dénouement pathétique

• Le dénouement de la pièce est bien davantage à la croisée du **pathétique** et du **tragique**: Cyrano s'écroule sur scène après un dernier combat (fictif). Cette fin n'est guère plus profitable aux autres personnages: Christian est déjà mort au combat, et Roxane ne découvre l'identité de celui qu'elle a toujours aimé que lorsqu'il meurt sous ses yeux.

• En revanche, le caractère **héroïque** du genre est préservé: Cyrano lutte en héros contre la mort, après s'être amoureusement sacrifié. Ses derniers mots traduisent d'ailleurs sa bravoure et son ingéniosité : « il y a malgré vous quelque chose que j'emporte [...] et c'est [...] mon panache ». Les valeurs capitales du courage et de la noblesse sont préservées, mais au détriment d'une issue heureuse, ce qui modifie intégralement la portée de la pièce.

2 • Comédie héroïque ou drame romantique ?

• *Cyrano de Bergerac* est à la croisée de deux siècles : bien que Rostand l'inscrive dans un genre propre au XVIIe siècle (la comédie héroïque), cette pièce semble aussi, et peut-être malgré l'auteur lui-même, imprégnée d'une autre influence majeure, théorisée cette fois-ci au XIXe siècle par Victor Hugo : le **drame romantique**. Dans la préface de *Cromwell*, on apprend ainsi que le drame romantique, à l'inverse du théâtre classique, se positionne contre la **règle des trois unités** (temps, lieu, action), en choisissant de ne préserver que l'unité d'action. En accord avec ce principe, *Cyrano de Bergerac* multiplie les lieux (l'Hôtel de Bourgogne, la rôtisserie, le siège d'Arras...) ; quant au temps, il est totalement distendu, puisque le dernier acte a lieu quinze ans après les autres.

• Le drame romantique se définit aussi par le **mélange**, l'hybridité : « le laid [...] existe à côté du beau, le difforme près du gracieux, le grotesque au revers du sublime, le mal avec le bien, l'ombre avec la lumière », explique Hugo. *Cyrano de Bergerac* se nourrit par ailleurs de la multiplication des registres et des tonalités : **dramatique** bien sûr, mais aussi **épique** (à travers les récits de batailles), **comique** (la pièce mêle comique de situation, de mots et de geste), ou encore **pathétique** (notamment dans le dénouement)

• De toute évidence, Rostand se méfie de la rigidité des étiquetages littéraires ; c'est pour l'ensemble des raisons évoquées ici, qu'en dépit de la mention « comédie héroïque », sa pièce demeure en de nombreux points **inclassable**.

Cyrano, de l'homme au mythe

Edmond Rostand a immortalisé le personnage de Cyrano au grand nez; mais on oublie souvent qu'il s'est inspiré d'un auteur ***libertin*** *du* XVII*e siècle, Cyrano de Bergerac. Dans sa pièce, Rostand n'est pas toujours fidèle à la vie de Cyrano, mais il reste en revanche toujours conforme à la* ***personnalité*** *de cet homme hors du commun, caractérisé par sa* ***liberté*** *d'esprit et de parole, et par son goût immodéré pour la* ***provocation****.*

DES PERSONNAGES ET UN CADRE RÉELS

• Tous les personnages présentés au début de la pièce ont en effet été proches du véritable Cyrano. Parmi eux, deux sont particulièrement importants : **Le Bret**, éditeur du premier roman de Cyrano de Bergerac, et la **mère Marguerite de Jésus**, qui s'est occupée de lui à la fin de sa vie.

Qu'est-ce qu'un libertin ?

Ce mot vient du latin *libertinus*, qui signifie « esclave affranchi ». Au XVIIe siècle, le libertinage est essentiellement un libertinage d'esprit. Les libertins sont ainsi des libres penseurs, qui revendiquent leur indépendance à l'égard du pouvoir politique et religieux. L'un des plus célèbres est le poète Théophile de Viau, condamné et emprisonné pour avoir écrit des textes blasphématoires et irrévérencieux. De tels auteurs ont ouvert la voie au libertinage de mœurs du XVIIIe siècle, incarné principalement par *Les Liaisons dangereuses* de Choderlos de Laclos.

• Le cadre historique que Rostand donne à sa pièce est lui aussi fidèle à la réalité : Cyrano de Bergerac a en effet combattu comme cadet, c'est notamment pour cela qu'on l'associe spontanément au **goût du combat** et au maniement de l'épée.

• L'incroyable épisode de la porte de Nesle (fin de l'acte I), dans lequel Cyrano met seul en déroute une centaine d'hommes, est attesté dans les témoignages de l'époque. De même, la scène où le protagoniste demande à Montfleury de sortir de scène (I, 4) a véritablement eu lieu à l'Hôtel de Bourgogne. Si Rostand a choisi de préserver de tels épisodes héroïques, c'est parce qu'ils symbolisent la **vaillance** et l'esprit **provocateur** de Cyrano.

L'ÉTOFFE D'UN HÉROS

• Ces deux derniers traits de caractère sont conformes aux témoignages du XVIIe siècle. Dassoucy, dont Cyrano parle dans l'acte III (scène 1) disait de son contemporain qu'il était « **furieux soldat**[1] » comme on peut le constater dans l'acte IV. Quant à son fidèle ami Lebret, il écrit que les Gascons considéraient Cyrano « comme le démon de la bravoure », ou encore comme « un **homme d'esprit très rare**[2] ». Cyrano est à l'image de cette enluminure qu'il décrit dans l'une de ses lettres comme un « caméléon spirituel[3] » : il s'adapte à toutes les situations avec brio, et rayonne aussi bien dans le **discours amoureux** (voir notamment III, 7) que dans la **joute verbale** (voir, entre autres, la tirade des nez).

LA NAISSANCE DU MYTHE

• Depuis plus d'un siècle, l'amour de Cyrano pour Roxane est devenu aussi célèbre que celui de Roméo pour Juliette. Or, d'une part, la véritable cousine de Cyrano, devenue veuve très tôt, est entrée dans les ordres ; d'autre part, Cyrano était vraisemblablement homosexuel, d'après les témoignages qui nous sont parvenus. Mais cet élément importe peu. Le schéma amoureux de la pièce est important parce qu'il est au fondement même de **l'intrigue**, mais aussi parce qu'il s'accompagne d'un **discours** hérité d'une longue tradition, et qui permet à Cyrano de se mettre en valeur dans sa rivalité avec Christian. Le vrai Cyrano est d'ailleurs lui-même l'auteur de plusieurs **lettres d'amour fictives**, adressées à des femmes (voir un exemple p. 319).

le mythe de Cyrano

Le mot *mythe*, dans ce sens, désigne à la fois une légende construite autour d'un personnage historique ayant réellement existé, et une représentation idéalisée – parfois fausse – de ce personnage.

Un héros mythique est ainsi connu et reconnu par tous, en fonction de traits de caractère facilement identifiables et auxquels il est systématiquement associé.

• Enfin, la mort de l'homme est auréolée de **mystère** : les circonstances de son décès ne sont pas clairement établies, et l'on n'a pas pu retrouver sa tombe. De telles **incertitudes** laissaient à Rostand la possibilité de magnifier le personnage et d'en faire un véritable **mythe,** jusque dans sa mort héroïque.

---

1. Charles Dassoucy, *Les Aventures de M. Dassoucy*, dans *Libertins du XVIIe siècle*, éditions J. Prévot, Gallimard, coll. « Bibliothèque de la Pléiade », 1998, Paris, tome 1, p. 882.

2. « Préface » à l'*Histoire comique des États et Empires de la Lune*, C. de Sercy, 1657, Paris.

3. Cyrano de Bergerac, *Œuvres diverses*, C. de Sercy, 1654, Paris, p. 42.

Cyrano et son panache

Les derniers mots de la pièce, qui accompagnent la mort du protagoniste, montrent bien à quel point son panache fait la fierté du personnage : « Il y a malgré vous quelque chose / Que j'emporte, et ce soir, quand j'entrerai chez Dieu, / Mon salut balaiera largement le seuil bleu, / Quelque chose que sans un pli, sans une tache, / J'emporte malgré vous, et c'est... / C'est... / Mon panache » (pp. 307-308).

C'est bien cette verve qui a rendu le vrai Cyrano célèbre et qui a séduit Rostand : ce dernier a d'ailleurs consacré au panache un long passage de son discours de réception à l'Académie française.

QU'EST-CE QUE LE PANACHE ?

• Le panache, qui désigne à l'origine les plumes du chapeau, notamment des chefs militaires, est devenu par métonymie le symbole du courage et de la virtuosité. Pendant le siège d'Arras, où s'affirme le courage des cadets, Cyrano reproche ainsi à De Guiche son manque de bravoure : « Henri quatre / N'eût jamais consenti, le nombre l'accablant, / À se diminuer de son panache blanc » (p. 224). Ce dernier exemple montre bien la continuité entre les deux sens du mot, et fait allusion au célèbre mot d'Henri IV lors de la bataille d'Ivry (1590) : « Ne perdez point de vue mon panache ; vous le trouverez toujours au chemin de l'honneur et de la victoire ! ». Pour Rostand, le brio de Cyrano a quelque chose de prodigieux et d'admirable. L'auteur explique en effet qu'« il ne suffit pas, pour avoir [du panache], d'être un héros. Le panache n'est pas la grandeur, mais quelque chose qui s'ajoute à la grandeur, et qui bouge au-dessus d'elle ». Le panache est lié selon lui à « l'esprit de bravoure » d'un personnage habile au combat, et qui sait « trouver le mot » en toute circonstance ; il est « la pudeur de l'héroïsme[1] », le signe d'une victoire non plus avec l'épée mais avec les mots.

• La mort du protagoniste est en cela exemplaire aux yeux de Rostand, qui explique dans son discours que le panache est précisément « une grâce, difficile à conserver jusque devant la mort ».

L'ART DU BON MOT

• C'est grâce à son panache que Cyrano parvient toujours à dominer ses adversaires de discours. Souvent, il achève leurs répliques, comme dans cet extrait (I, 4, pp. 48-49) :

1. Toutes ces expressions sont tirées du discours de réception de Rostand à l'Académie française.

LE FÂCHEUX
Mais le duc de Candale a le bras long !

CYRANO
Moins long
Que n'est le mien

Montrant son épée.

quand je lui mets cette rallonge !

• Cyrano joue ici sur les sens propre et figuré des mots : *avoir le bras long* signifie « avoir beaucoup de pouvoir » mais aussi, au sens propre, « avoir le bras étendu ». Ces pirouettes verbales fondent la force du personnage. À l'inverse, dans la célèbre tirade du nez, Cyrano ne cesse de signifier à Valvert son incapacité à faire de bons mots :

« Voilà ce qu'à peu près, mon cher, vous m'auriez dit
Si vous aviez un peu de lettres et d'esprit »
(Acte I, scène 4, p. 55)

LE PANACHE : UN ENJEU DE L'INTRIGUE

• Le panache est enfin au cœur des rapports entre Cyrano et Christian. Ce dernier est le seul personnage qui parvienne à dominer Cyrano, en achevant chacune de ses phrases avec une allusion à son nez (II, 9). Pourtant, il envie l'aisance verbale de Cyrano et lui confie même : « Il me faudrait de l'éloquence » (II, 10, v. 1130). Roxane, conquise par « l'esprit » des déclarations de Cyrano (qu'elle prend pour Christian), va jusqu'à lui promettre qu'elle l'aimerait s'il était laid. En lui disant « vous ne m'aviez jamais parlé comme cela » (III, 7, v. 1419), elle confesse que c'est bien l'esprit, et non plus la beauté, qui la charme.

• Telle est bien la dimension tragique de cette pièce : Roxane ne découvre qu'à la fin l'identité de celui qu'elle a toujours admiré et qui, en dépit de sa laideur, a su la conquérir avec ses mots et son panache.

La laideur et l'esprit

C'est probablement la tirade des nez qui a immortalisé le personnage de Cyrano. Connu pour sa laideur, sur laquelle il revient à maintes reprises, ce héros n'en demeure pas moins associé au panache, à l'éloquence, à la virtuosité de parole. L'association a priori paradoxale d'un physique disgracieux et d'un esprit brillant – souvent lié à la figure de l'écrivain – traverse les siècles, parfois même jusqu'à un renversement total : la laideur devient alors un atout.

DOCUMENT 1

VICTOR HUGO, *Notre-Dame de Paris*, « Quasimodo » (1831) ♦ livre I, chapitre 5

Dès le début du roman, Hugo (1802-1885) nous livre la description du célèbre bossu de Notre-Dame, immortalisé tant par sa laideur que par son amour éternel pour Esmeralda.

Nous n'essaierons pas de donner au lecteur une idée de ce nez tétraèdre[1], de cette bouche en fer à cheval, de ce petit œil gauche obstrué d'un sourcil roux en broussaille tandis que l'œil droit disparaissait entièrement sous une énorme verrue, de ces dents désordonnées, ébréchées çà et là, comme les créneaux d'une forteresse, de cette lèvre calleuse[2] sur laquelle une de ces dents empiétait comme la défense d'un éléphant, de ce menton fourchu, et surtout de la physionomie[3] répandue sur tout cela, de ce mélange de malice, d'étonnement et de tristesse. Qu'on rêve, si l'on peut, cet ensemble.

L'acclamation fut unanime. On se précipita vers la chapelle. On en fit sortir en triomphe le bienheureux pape des fous. Mais c'est alors que la surprise et l'admiration furent à leur comble. La grimace était son visage.

DOCUMENT 2

TRISTAN CORBIÈRE, *Les Amours jaunes*, « Le crapaud » (1873)

Corbière (1845-1875), rongé par la maladie, se met ici en scène sous les traits d'un crapaud, animal repoussant, symbole de la laideur physique. Le lien entre l'auteur et l'animal est explicite à travers l'évocation du « poète » au vers 9. Toutefois, pour obtenir dans ce vers un octosyllabe, il faut faire une synérèse sur le mot poète – et donc le prononcer « pouet » –, ce qui enlève au mot toute sa noblesse.

1. **Tétraèdre :** qui a quatre côtés.
2. **Calleuse :** dont la peau est durcie.
3. **Physionomie :** ici, expression du visage.

Un chant dans une nuit sans air...
La lune plaque en métal clair
Les découpures du vert sombre.

...Un chant; comme un écho, tout vif
Enterré, là, sous le massif...
– Ça se tait: Viens, c'est là, dans l'ombre...

– Un crapaud! – Pourquoi cette peur,
Près de moi, ton soldat fidèle!
Vois-le, poète tondu, sans aile,
Rossignol de la boue... – Horreur! –

...Il chante. – Horreur!! – Horreur pourquoi?
Vois-tu pas son œil de lumière...
Non: il s'en va, froid, sous sa pierre.

....

Bonsoir – ce crapaud-là c'est moi.

DOCUMENT 3

EDMOND ROSTAND, *Cyrano de Bergerac* (1897) ♦ V, 6, du vers 2499 à la fin

Dans cette scène décisive, Cyrano finit par avouer son amour à Roxane, mais revient sans cesse sur ce qui l'oppose à Christian : la beauté physique.

DOCUMENT 4

MICHEL LEIRIS, *L'Âge d'homme* (1939) ♦ © Éditions Gallimard

Dans L'Âge d'homme, *l'écrivain et ethnologue Michel Leiris (1901-1990) propose une autobiographie tourmentée, que lui a inspirée sa cure psychanalytique. L'extrait suivant constitue presque les premières lignes de cette œuvre, essentiellement consacrée à la jeunesse et à l'adolescence de son auteur. Ce portrait dévalué est suivi d'une réflexion consacrée au métier d'écrivain.*

[...] Mes yeux sont bruns, avec le bord des paupières habituellement enflammé; mon teint est coloré; j'ai honte d'une fâcheuse tendance aux rougeurs et à la peau luisante. Mes mains sont maigres, assez velues, avec des veines très dessinées ; mes deux majeurs, incurvés[1] vers le bout, doivent dénoter quelque chose d'assez faible ou d'assez fuyant dans mon caractère.

Ma tête est plutôt grosse pour mon corps ; j'ai les jambes un peu courtes par rapport à mon torse, les épaules trop droites relativement aux hanches. Je marche le haut du corps incliné en avant ; j'ai tendance, lorsque je suis assis, à me tenir le dos voûté ; ma poitrine n'est pas très large et je n'ai guère de muscles. J'aime à me vêtir avec le maximum d'élégance ; pourtant, à cause des défauts que je viens de relever dans ma structure et de mes moyens qui, sans que je puisse me dire pauvre, sont plutôt limités, je me juge d'ordinaire profondément inélégant ; j'ai horreur de me voir à l'improviste dans une glace car, faute de m'y être préparé, je me trouve à chaque fois d'une laideur humiliante. [...]

DOCUMENT 5

AIMÉ CÉSAIRE, *Une Tempête* (1969) ♦ scène 2, © Éditions du Seuil

Il s'agit ici d'une adaptation par Aimé Césaire de La Tempête *de Shakespeare, créée en 1661. Elle conserve les mêmes personnages, qui mettent en scène le conflit entre la laideur physique et la laideur morale.*

CALIBAN

Uhuru !

PROSPERO

Qu'est-ce que tu dis ?

CALIBAN

Je dis Uhuru !

PROSPERO

Encore une remontée de ton langage barbare. Je t'ai déjà dit que je n'aime pas ça. D'ailleurs, tu pourrais être poli, un bonjour ne te tuerait pas !

CALIBAN

Ah ! J'oubliais... Bonjour. Mais un bonjour autant que possible de guêpes, de crapauds, de pustules et de fiente. Puisse le jour d'aujourd'hui hâter de dix ans

1. Incurvés : courbés.

le jour où les oiseaux du ciel et les bêtes de la terre se rassasieront de ta charogne !

PROSPERO

Toujours gracieux je vois, vilain singe ! Comment peut-on être si laid !

CALIBAN

Tu me trouves laid, mais moi je ne te trouve pas beau du tout ! Avec ton nez crochu, tu ressembles à un vieux vautour !

Il rit.

Un vieux vautour au cou pelé !

PROSPERO

Puisque tu manies si bien l'invective[1], tu pourrais au moins me bénir de t'avoir appris à parler. Un barbare ! Une bête brute que j'ai éduquée, formée, que j'ai tirée de l'animalité qui l'engangue[2] de toute part !

CALIBAN

D'abord, ce n'est pas vrai. Tu ne m'as rien appris du tout. [...]

PROSPERO

Sans moi, que serais-tu ?

CALIBAN

Sans toi ? Mais tout simplement le roi ! Le roi de l'île !

1. Invective : discours violent ou injurieux contre quelqu'un ou quelque chose.

2. Engangue : entoure.

DOCUMENT 6

PORTRAIT DE SAVINIEN DE CYRANO DE BERGERAC (1619-1655), écrivain français.

Gravure de Le Doyen d'après Zacharie Heince ♦ Illustration en 2e de couverture

Ce portrait du véritable Cyrano a été peint par Heince et gravé par Le Doyen. Il accompagnait l'édition des Nouvelles Œuvres *de l'auteur, en 1662. On lit dessous : « La Terre me fut importune, Je pris mon essort vers les Cieux, J'y vis le Soleil et la Lune, Et maintenant j'y vois les Dieux ».*

Le discours amoureux

La déclaration d'amour répond, depuis l'Antiquité, à des codes que l'on retrouve de manière constante dans l'histoire littéraire, de sorte qu'ils en deviennent presque des clichés. Ainsi, par exemple, la scène du balcon dans Cyrano de Bergerac *est un clin d'œil à la scène très célèbre du balcon dans* Roméo et Juliette *de Shakespeare.*

La déclaration a souvent lieu dans un contexte particulièrement contraint et a priori défavorable, dont on trouve ci-dessous quelques exemples, du XVIe *au* XXe *siècle.*

DOCUMENT 1

WILLIAM SHAKESPEARE, *Roméo et Juliette* (1562) ♦ II, 1, traduction de Victor Bourgy, © Éditions Robert Laffont, pour la traduction française, 1995

Cette tragédie de Shakespeare (1564-1616) relate les aventures amoureuses de deux personnages issus de familles ennemies, les Montaigu et les Capulet. Dans l'extrait suivant, Roméo surprend la déclaration d'amour que Juliette pensait faire en aparté. S'engage alors un discours amoureux entre la jeune fille à sa fenêtre et Roméo, resté en bas.

JULIETTE *(croyant être seule)*

Ô Roméo,
Roméo, mais pourquoi donc es-tu Roméo ?
Renie ton père et dépouille-toi de ton nom,
Ou si tu ne veux pas, fais serment de m'aimer
Et moi, je cesserai d'être une Capulet[1].

ROMÉO *(à part)*

Dois-je écouter la suite ou bien dois-je parler ?

JULIETTE

Il n'y a que ton nom qui soit mon ennemi.
N'étant pas Montaigu[2], tu resterais toi-même.
Qu'est-ce que Montaigu ? Est-ce la main, le pied,
Est-ce le bras, la face ou quelque autre partie
Du corps humain ? Mais non. Oh ! prends un autre nom !
Qu'est-ce après tout qu'un nom ? Ce qu'on appelle rose,
Sous un autre vocable, aurait le même parfum.
Roméo, s'il n'était « Roméo », garderait

1. **Capulet :** nom de famille de Juliette.

2. **Montaigu :** nom de famille de Roméo.

Cette admirable perfection qui est la sienne
Sans ce nom-là. Alors, défais-toi de ton nom,
Car il n'est pas toi, Roméo, et en échange
Tout entière prends-moi.

ROMÉO *(à Juliette)*

Oui, je te prends au mot.
Dis seulement « Je t'aime », et je me rebaptise.
Dorénavant je ne serai plus Roméo.

JULIETTE

Qui donc es-tu, toi que la nuit cèle aux regards,
Et qui surprends ainsi mon secret ?

ROMÉO

Je ne sais
Par quel nom je pourrais te dire qui je suis.
Mon nom, très chère sainte, m'est odieux à moi-même,
Puisqu'il est à tes yeux celui d'un ennemi.
S'il était là, écrit, je le déchirerais.

JULIETTE

Mes oreilles n'ont pas encore bu cent paroles
Prononcées par ta bouche, mais j'en connais le son.
N'es-tu pas Roméo, du clan des Montaigu ?

ROMÉO

Ni l'un ni l'autre, belle enfant, s'ils te déplaisent.

JULIETTE

Comment es-tu venu ici, dis, et pourquoi ?
Les murs du verger sont bien hauts pour l'escalade,
Et cet endroit serait ta mort, vu qui tu es,
Si l'un de mes cousins te découvrait ici.

ROMÉO

Ce mur, l'amour me l'a fait franchir sur son aile :
Comment barrer la route à l'amour par des pierres ?
Ce que l'amour peut faire, l'amour ose le tenter.
C'est pourquoi tes cousins ne sont pas un obstacle.

JULIETTE

Si on te voit ici, tu seras mis à mort.

DOCUMENT 2

JEAN RACINE, *Bérénice* (1670) ♦ IV, 5

Racine (1639-1699) raconte ici les amours tragiques de l'empereur romain Titus et de la reine de Palestine Bérénice, évoquées également à la même époque par Corneille dans Tite et Bérénice. *Dans cet extrait, l'empereur annonce à la reine qu'il a choisi le pouvoir et renonce donc à leur amour. Bérénice, désespérée, ne peut plus envisager que la mort.*

BÉRÉNICE

Ah ! cruel ! est-il temps de me le déclarer ?
Qu'avez-vous fait ? Hélas ! je me suis crue aimée.
Au plaisir de vous voir mon âme accoutumée
Ne vit plus que pour vous. Ignoriez-vous vos lois,
Quand je vous l'avouai pour la première fois ?
À quel excès d'amour m'avez-vous amenée !
Que ne me disiez-vous : « Princesse infortunée[1],
Où vas-tu t'engager, et quel est ton espoir ?
Ne donne point un cœur qu'on ne peut recevoir. »
Ne l'avez-vous reçu, cruel, que pour le rendre,
Quand de vos seules mains ce cœur voudrait dépendre ?
Tout l'Empire a vingt fois conspiré contre nous.
Il était temps encor : que ne me quittiez-vous ?
Mille raisons alors consolaient ma misère :
Je pouvais de ma mort accuser votre père,
Le peuple, le sénat, tout l'Empire romain,
Tout l'univers, plutôt qu'une si chère main.
Leur haine, dès longtemps contre moi déclarée,
M'avait à mon malheur dès longtemps préparée.
Je n'aurais pas, Seigneur, reçu ce coup cruel
Dans le temps que[2] j'espère un bonheur immortel,
Quand votre heureux amour peut tout ce qu'il désire,
Lorsque Rome se tait, quand votre père expire[3],
Lorsque tout l'univers fléchit à vos genoux,
Enfin quand je n'ai plus à redouter que vous.

1. **Infortunée :** qui est dans l'infortune, le malheur.

2. **Dans le temps que :** alors que.
3. **Expire :** meurt.

TITUS

Et c'est moi seul aussi qui pouvais me détruire.
Je pouvais vivre alors et me laisser séduire.
Mon cœur se gardait bien d'aller dans l'avenir
Chercher ce qui pouvait un jour nous désunir.
Je voulais qu'à mes vœux rien ne fût invincible,
Je n'examinais rien, j'espérais l'impossible.
Que sais-je ? J'espérais de mourir à vos yeux,
Avant que[1] d'en venir à ces cruels adieux.
Les obstacles semblaient renouveler ma flamme.
Tout l'empire parlait, mais la gloire, Madame,
Ne s'était point encor fait entendre à mon cœur
Du ton dont elle parle au cœur d'un empereur.
Je sais tous les tourments où ce dessein[2] me livre ;
Je sens bien que sans vous je ne saurais plus vivre,
Que mon cœur de moi-même est prêt à s'éloigner ;
Mais il ne s'agit plus de vivre, il faut régner.

BÉRÉNICE

Eh bien ! régnez, cruel, contentez votre gloire :
Je ne dispute plus. J'attendais, pour vous croire,
Que cette même bouche, après mille serments
D'un amour qui devait unir tous nos moments,
Cette bouche, à mes yeux s'avouant infidèle,
M'ordonnât elle-même une absence éternelle.
Moi-même j'ai voulu vous entendre en ce lieu.
Je n'écoute plus rien, et pour jamais, adieu.
Pour jamais ! Ah ! Seigneur, songez-vous en vous-même
Combien ce mot cruel est affreux quand on aime ?
Dans un mois, dans un an, comment souffrirons-nous,
Seigneur, que tant de mers me séparent de vous ?
Que le jour recommence et que le jour finisse,
Sans que jamais Titus puisse voir Bérénice,
Sans que de tout le jour je puisse voir Titus ?
Mais quelle est mon erreur, et que de soins perdus !
L'ingrat, de mon départ consolé par avance,
Daignera-t-il compter les jours de mon absence ?
Ces jours si longs pour moi lui sembleront trop courts.

1. Avant que : plutôt que.

2. Dessein : projet.

DOCUMENT 3

STENDHAL, *Le Rouge et le Noir* (1830) ♦ I, 9

Stendhal (1783-1842) narre dans ce roman les aventures de son héros Julien Sorel qui, après de nombreuses hésitations, se décide enfin à manifester son amour à Madame de Rênal, mère des enfants dont il est le précepteur.

Serai-je aussi tremblant, et malheureux au premier duel qui me viendra ? se dit Julien, car il avait trop de méfiance et de lui et des autres pour ne pas voir l'état de son âme.

Dans sa mortelle angoisse, tous les dangers lui eussent semblé préférables. Que de fois ne désira-t-il pas voir survenir à madame de Rênal quelque affaire qui l'obligeât de rentrer à la maison et de quitter le jardin ! La violence que Julien était obligé de se faire était trop forte pour que sa voix ne fût pas profondément altérée ; bientôt la voix de madame de Rênal devint tremblante aussi, mais Julien ne s'en aperçut point. L'affreux combat que le devoir livrait à la timidité était trop pénible pour qu'il fût en état de rien observer hors de lui-même. Neuf heures trois quarts venaient de sonner à l'horloge du château, sans qu'il eût encore rien osé. Julien, indigné de sa lâcheté, se dit : Au moment précis où dix heures sonneront, j'exécuterai ce que, pendant toute la journée, je me suis promis de faire ce soir, ou je monterai chez moi me brûler la cervelle.

Après un dernier moment d'attente et d'anxiété, pendant lequel l'excès de l'émotion mettait Julien comme hors de lui, dix heures sonnèrent à l'horloge qui était au-dessus de sa tête. Chaque coup de cloche fatale retentissait dans sa poitrine, et y causait comme un mouvement physique.

Enfin, comme le dernier coup de dix heures retentissait encore, il étendit la main et prit celle de madame de Rênal, qui la retira aussitôt. Julien, sans trop savoir ce qu'il faisait, la saisit de nouveau. Quoique bien ému lui-même, il fut frappé de la froideur glaciale de la main qu'il prenait ; il la serrait avec une force convulsive[1] ; on fit un dernier effort pour la lui ôter, mais enfin cette main lui resta.

DOCUMENT 4

EDMOND ROSTAND, *Cyrano de Bergerac* (1897) ♦ III, 7, du vers 1441 au vers 1482

Dans ce texte, Roxane pense que Christian lui déclare son amour, alors qu'il s'agit de Cyrano, qui a accepté de rendre service à son rival. Fortement inspiré de la

1. **Convulsive :** prise de convulsions.

scénographie shakespearienne, cet extrait propose une situation d'énonciation originale dans laquelle le discours amoureux, simple et spontané, est en rupture avec le passage qui précède.

DOCUMENT 5

JEAN TARDIEU, *Oswald et Zénaïde* (1966) ♦ © Éditions Gallimard

En substituant au dialogue une confrontation de deux apartés, Jean Tardieu (1903-1995) revient ici sur les codes de l'échange amoureux, dont il propose une parodie.

OSWALD, *haut, avec feu*

O Primavera ! Gioventù dell'anno ! O Gioventù ! Primavera della vita !

ZÉNAÏDE, *à part*

Quel bizarre langage ! Je ne comprends pas ce qu'il dit, mais un accent de mâle gaieté résonne dans ses paroles ! *(Haut.) Oh ! who is me to have seen what I have seen, to see what I see !*

OSWALD, *à part*

Que dit-elle ? Quelle est cette langue inconnue ? Ô musique de la voix bien aimée ! Sa mélodie fait vibrer notre âme, alors même que nous ne comprenons pas ses paroles. *(Haut.)* Il est cinq heures, Zénaïde !

ZÉNAÏDE, *à part*

Le voilà qui se trompe encore d'heure, mais je dois apprendre à ne pas contredire mon époux. *(Haut.)* Eh oui, déjà le soir, Oswald !

OSWALD, *à part*

Parbleu non, il fait encore grand jour, mais il ne faut jamais contrarier les femmes ! *(Haut.)* Vous voilà donc à moi, cher ange ?

ZÉNAÏDE, *à part*

Encore une erreur, c'est lui qui est à moi, peu importe ! *(Haut.)* Eh oui, nous voilà enfin à nous, vous et moi !

OSWALD, *à part*

À nous, elle a dit à nous ! Elle est à moi, moi à elle, nous à nous. *(Haut.)* Pour toujours ?

ZÉNAÏDE, *à part*

À jamais ! *(Haut.)* À la vie ?

OSWALD, *à part*

À la mort.

Rideau

DOCUMENT 6

EDMOND ROSTAND, opéra de *Cyrano de Bergerac*, au théâtre du Châtelet (2009) à partir du livret de Henri Cain ; mise en scène et décor de Pétrika Ionesco. Compositeur : Franco Alfano ; orchestre symphonique de Navarre ; costumes de Lili Kendaka. Avec Saimir Pirgu dans le rôle de Christian, Nathalie Manfrino dans le rôle de Roxane et Placido Domingo dans le rôle de Cyrano ♦ Illustration en 3e de couverture

La scène du balcon dans Cyrano de Bergerac a donné lieu à de nombreuses options de scénographie, en raison de sa configuration énonciative complexe. Dans cette mise en scène, le personnage de Cyrano est dans l'ombre, visible par Christian mais non par Roxane, dont il doit toutefois être suffisamment proche pour qu'elle croie qu'il s'agit bien de la voix de Christian.

La revanche de l'esprit | SUJET D'ÉCRIT 1 |

Objet d'étude : Le texte théâtral et ses représentations du XVIIe siècle à nos jours

DOCUMENTS *(Les documents figurent dans l'ouvrage, pp. 337-340)*

- **TRISTAN CORBIÈRE, *Les Amours jaunes*, « Le crapaud »** (1873) ♦ DOC. 2
- **EDMOND ROSTAND, *Cyrano de Bergerac*** (1897), V, 6 ♦ DOC. 3
- **AIMÉ CÉSAIRE, *Une Tempête*** (1969), scène 2 ♦ DOC. 5

QUESTIONS SUR LE CORPUS

1. Chacun de ces textes emploie le même type de comparaison pour caractériser la laideur. Identifiez-le et citez le texte à l'appui.

2. De quel type de laideur s'agit-il dans chaque texte ? Justifiez.

3. Comment se manifeste l'esprit et le talent de chaque personnage ? Justifiez votre réponse en vous appuyant sur le texte.

TRAVAUX D'ÉCRITURE

Commentaire

Vous ferez le commentaire du document 2.

Dissertation

Pensez-vous que le texte de théâtre, parce qu'il est appelé à être représenté et joué, soit le genre qui permette le mieux de représenter le conflit entre la laideur et l'esprit ?

Vous répondrez à cette question de façon organisée, en vous appuyant sur des exemples précis tirés des textes du corpus, des lectures faites en classe et de votre culture personnelle.

Écriture d'invention

Au sujet de l'extrait de *Cyrano de Bergerac*, vous ferez dialoguer deux metteurs en scène. Le premier souhaite mettre l'accent sur la laideur du personnage et sur le ridicule de son délire ; le second au contraire souhaite que cette dernière scène fasse apparaître pour la dernière fois le génie de Cyrano.

Vous présenterez brièvement les deux interlocuteurs avant de leur laisser la parole, sans intervenir personnellement. Vous citerez le texte à l'appui des indications de mise en scène.

Le discours amoureux et ses codes

| SUJET D'ÉCRIT 2 |

Objet d'étude : Le texte théâtral et sa représentation du XVIIe siècle à nos jours

DOCUMENTS *(Les documents figurent dans l'ouvrage, pp. 342-348)*

- **WILLIAM SHAKESPEARE, *Roméo et Juliette*** (1562), II, 1 ♦ DOC. 1
- **JEAN RACINE, *Bérénice*** (1670), IV, 5 ♦ DOC. 2
- **EDMOND ROSTAND, *Cyrano de Bergerac*** (1897), III, 7 ♦ DOC. 4
- **JEAN TARDIEU, *Oswald et Zénaïde*** (1966) ♦ DOC. 5

QUESTIONS SUR LE CORPUS

1. Relevez de manière organisée les différentes caractéristiques du discours amoureux.

2. Montrez en quoi la situation de dialogue est originale dans les documents 1, 4 et 5.

TRAVAUX D'ÉCRITURE

Commentaire

Vous ferez le commentaire du document 4.

Dissertation

Pensez-vous que le rôle dramaturgique de la déclaration d'amour soit plus important dans la comédie ou dans la tragédie ?

Vous répondrez à cette question de façon organisée, en vous appuyant sur des exemples précis tirés des textes du corpus, des lectures faites en classe et de votre culture personnelle.

Écriture d'invention

À la sortie d'une représentation d'*Oswald et Zénaïde*, deux amis discutent : le premier a été séduit par l'aspect parodique du texte, tandis que le second trouve que ce choix de l'auteur est irrespectueux à l'égard des scènes de déclaration d'amour classiques.

Vous restituerez ce dialogue en veillant à adopter un niveau de langue correct, et vous fournirez pour chacun des personnages au moins trois arguments.

La scène d'exposition | SUJET D'ORAL 1 |

• **ROSTAND,** *Cyrano de Bergerac* (1897), I, 1 (didascalies et ensemble de la scène)

QUESTION

En quoi cette scène d'exposition est-elle originale ?

Pour vous aider à répondre

a. Quels sont les éléments qui caractérisent habituellement une scène d'exposition ?
b. Quels types d'information fournissent les didascalies ?
c. À quel moment apparaît Cyrano ?

COMME À L'ENTRETIEN

1. Comment s'appelle le procédé qui consiste à représenter une pièce de théâtre dans une pièce de théâtre ? Cyrano vous semble-t-il être, dans l'ensemble de l'œuvre, un personnage en représentation ?

2. Pourquoi Cyrano s'oppose-t-il par la suite à Montfleury, mentionné dans cette scène ?

3. La pièce de Rostand respecte-t-elle la règle des trois unités (temps, lieu, action) ?

La tirade des nez | SUJET D'ORAL 2 |

• **ROSTAND,** *Cyrano de Bergerac* (1897), I, 4, v. 312 à 365

QUESTION

Comment Cyrano parvient-il dans cette scène à se mettre en valeur malgré une apparente moquerie sur la taille de son nez ?

Pour vous aider à répondre

a. Sur quoi repose le comique du texte ?
b. Quels sont les reproches que Cyrano adresse au vicomte de Valvert ?
c. Comment apparaît le panache de Cyrano ? (vous pouvez aussi vous référer à la fiche consacrée au panache, p. 335).

COMME À L'ENTRETIEN

1. En quoi la « verve » de Cyrano est-elle importante dans sa relation avec Roxane ?

2. L'appellation « comédie héroïque » que Rostand donne à cette pièce vous semble-t-elle appropriée ?

3. Lors des scènes de conflit avec d'autres personnages, Cyrano sort-il vainqueur ou perdant ? Pourquoi ?

6 Abbé Prévost
Manon Lescaut

41 Balzac
Le Chef-d'œuvre inconnu
Sarrasine

47 Balzac
Le Colonel Chabert

11 Balzac
La Duchesse de Langeais
Ferragus - La Fille aux yeux d'or

53 Balzac
La Femme de trente ans

3 Balzac
La Peau de chagrin

34 Balzac
Le Père Goriot

73 Barbey d'Aurevilly
Le Chevalier des Touches

42 Barbey d'Aurevilly
Les Diaboliques

20 Baudelaire
Les Fleurs du mal
Mon cœur mis à nu

61 Baudelaire
Le Spleen de Paris

55 Beaumarchais
Le Barbier de Séville

15 Beaumarchais
Le Mariage de Figaro
Essai sur le genre dramatique

83 Brisville (J.-C)
Le Souper

59 Chateaubriand
René

51 Corneille
Le Cid

2 Corneille
L'Illusion comique

38 Diderot
Jacques le Fataliste

66 Diderot
Supplément au Voyage
de Bougainville

80 Durringer
Ex-voto

62 Flaubert
L'Éducation sentimentale

17 Flaubert
Madame Bovary

44 Flaubert
Trois Contes

4 Hugo
Le Dernier Jour d'un condamné
et autres textes
sur **la peine de mort**

60 Hugo
Hernani

21 Hugo
Ruy Blas

8 Jarry
Ubu roi

5 Laclos
Les Liaisons dangereuses

14 Lafayette (Mme de)
La Princesse de Clèves

70 La Fontaine
Fables

78 Laroui
De quel amour blessé

82 Anthologie
Écrire, publier, lire

75 Marivaux
Les Acteurs de bonne foi

50 Marivaux
La Double Inconstance

46 Marivaux
L'Île des Esclaves

12 Marivaux
Le Jeu de l'amour et du hasard
L'Épreuve

30 Maupassant
Bel-Ami

52 Maupassant
Le Horla et autres nouvelles fantastiques

18 Maupassant
Nouvelles

27 Maupassant
Pierre et Jean

40 Maupassant
Une vie

48 Mérimée
Carmen - Les Âmes du purgatoire

74 Mérimée
Lokis

1 Molière
Dom Juan

19 Molière
L'École des femmes
La critique de l'École des femmes

25 Molière
Le Misanthrope
et autres textes sur **l'honnête homme**

9 Molière
Le Tartuffe ou l'Imposteur
Lettre sur la comédie de l'Imposteur

86 Montaigne
Essais
et autres textes
sur **la question de l'homme**

45 Montesquieu
Lettres persanes

81 Musset
Les Caprices de Marianne

10 Musset
Lorenzaccio

54 Musset
On ne badine pas avec l'amour

35 La poésie
française au XIXe siècle

26 Rabelais
Pantagruel - Gargantua

1 Racine
Andromaque

22 Racine
Bérénice

45 Racine
Britannicus

7 Racine
Phèdre

64 Rimbaud
Poésies
(Poésies - Une saison en enfer Illuminations)

79 Rotrou
Le Véritable Saint Genest

37 Rostand
Cyrano de Bergerac
Lettres de Cyrano de Bergerac

68 Sophocle
Œdipe-roi

69 Shakespeare
Hamlet

72 Sophocle
Roméo et Juliette

65 Stendhal
Les Cenci

32 Stendhal
Le Rouge et le Noir

77 Trouillot
Bicentenaire

67 Verlaine
Poèmes saturniens et autres recueils (Fêtes galantes - Romances sans paroles)

84 Vigny
Chatterton

13 Voltaire
Candide ou l'optimisme

24 Voltaire
L'ingénu

56 Voltaire
Micromégas et autres contes

33 Voltaire
Zadig

63 Zola
Au Bonheur des Dames

29 Zola
L'Assommoir

49 Zola
La Curée

76 Zola
La Fortune des Rougon

28 Zola
Germinal

43 Zola
Thérèse Raquin
Un mariage d'amour

Conception graphique de la maquette : c-album, Jean-Baptiste Taisne, Rachel Pfleger (texte) ; Lauriane Tiberghien (dossier) • Mise en pages : Chesteroc Ltd • Suivi éditorial : Charlotte Monnier.

Achevé d'imprimer par Grafica Veneta à Trebaseleghe - Italie
Dépôt légal : 95923-3/04 - Janvier 2015